문학사상 30주년기념출판

한국대표시인 101인선집

만해 한용운

만해 한용운 (1879~1944)

◀ 출가 당시 만해의 사진

▼ 마포형무소를 출옥한 직후 만해의 옥중 감상기를 보도한 동아일보의 기사

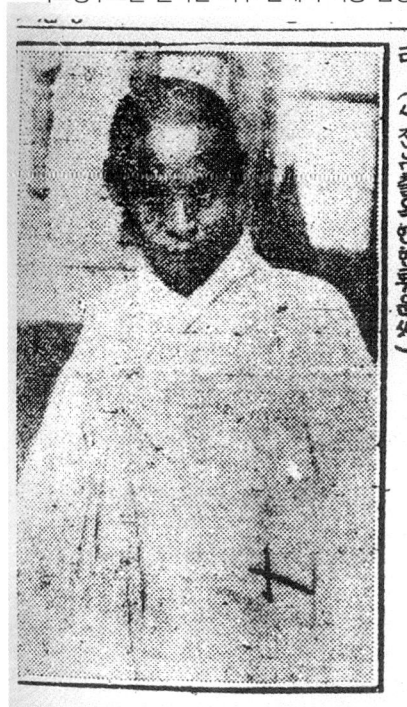

◇ 地獄에서 極樂을 求하라 ··· 한룡운씨옥중감상 ◇

이십일일 오후에 경성감옥에서 가출옥한 조선불교계에 명성이 놉흔 한룡운(韓龍雲)씨를 가회동(嘉會洞)으로 방문한즉 씨는 수척한얼굴에 친착한빗이 흐르우고말하되「내가옥중에서늣긴것은고통속에서쾌락을엇고 디옥속에서텬당을추구하라는 말이올시다내가경던으로는 여러번그런말을보앗스나 실상몸으로당하기는 처음인데다른사람은 엇더하얏는지모르나나는그속에서도쾌락으로지낫슴니다 세상사람은 고통과무서위하야구타로히피하고자하기쌔문에 비두한데떠러지고 불미한일을놀둣게되나니 한번쯤음속한인성관아리에 고통의쾌낙과 밤든곳에쾌락이거긔잇고 다옥을 향야야든간후에는 그곳을 텬당으로알수잇스니우리의성각은 더옥위대하고더욱고상하게가지어야하겟다 고씨는일류의 텰학뎍인성관을 흘만말하야 흐르는물과가톰으로다시말머리를돌리어장린는 엇지하려느냐 불으즉그떡시조선불교를위하야 일할터이나자세한성각은 말일수업다」고하며
라 (사진은출옥한한룡운씨)

▲《님의 침묵》초판(왼쪽)과 재판(오른쪽)의 속표지　　▲ 만해의 시조 〈코스모스〉의 육필 원고

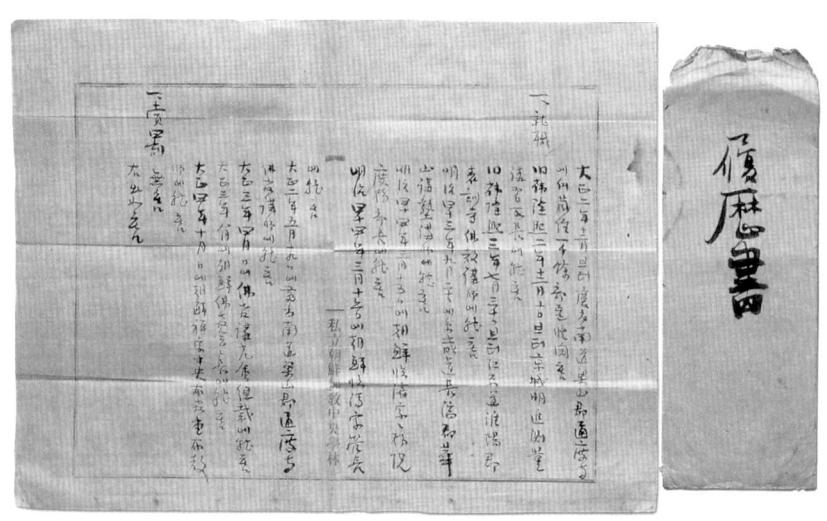

▲ 만해의 친필 이력서

(사진제공 : 만해기념관)

문학사상 30주년 기념출판

한국대표시인 101인선집

만해 한용운

종합
출판 문학사상

시문학의 르네상스를 지향하며…
한국대표시인 101인선집 간행의 말씀

인류는 아득히 먼 옛날부터 언어의 탄생과 더불어 가장 아름답고 감동적인 원초적 예술인 시詩를 꽃피워왔습니다. 그리하여 시는 어느 때, 어느 곳에서나 인간의 정신과 삶을 순화하고 풍요롭게 하며, 이상理想을 지향하는 정신적 영양소로 애송되어 왔습니다.

더욱이 다정다감하고 예술적인 정서와 재능이 풍부한 우리 겨레에게 시는 인간다운 삶을 구가하는 예술혼의 정화로서, 일제의 강점기와 같은 수난기에도 나라를 사랑하는 마음을 시로써 불태우며 겨레의 가슴마다 희망과 용기에 찬 민족혼을 일깨워왔습니다.

또한 8·15 광복 후의 혼란을 겪고 6·25 동란으로 폐허가 된 이 땅에 불사조의 넋처럼 잿더미에서 일어나, 선진국의 대열에 서게 한 기적을 낳게 한 것도, 아름답고 인간적인 삶을 희구하는 시 정신이 다른 어느 민족보다 강렬했기 때문이 아니겠습니까.

그러나 안타깝게도 오늘날 우리 사회는 가치관의 혼돈과 무질서가 휩쓸고, 부정과 부패가 판을 치는가 하면, 만인의 만인에 대한 극한의 투쟁이 소용돌이치는 삭막한 풍토에서 헤어나지 못하고 있습니다.

그 같은 풍요 속의 비극은 많은 원인이 있겠으나, 무엇보다도 황금만능의 사조에 사로잡혀, 소중한 정신적 유산인 시를 사랑하며 시 정신을 소중히 여기는 전통을 잊어가고 있기 때문이라고 하겠습니다. 그러므로 메말라가는 시 정신을 불러 일으켜 겨레마다 시를 사랑하는 시혼詩魂을 고취하는 노력은 무엇보다도 소중하고 보람 있는 시대적 사명이며 문학적 과제라고 믿고 싶습니다.

이에 한국문학의 발전을 위한 향도적 사명을 다하기 위해 30년의 열성과 노력을 기울여온 문학사상사는, 2002년 창사 30주년을 맞이하여, 시문학의 르네상스를 지향하는 일이야말로 오늘의 가장 중요하고 시급한 국민적 과제의 하나라고 믿으며, 뜻을 같이하는 편찬위원들의 협조를 얻어, 한국대표시인 101인선집을 간행하기로 결정했습니다.

이 시선집은 한국 신시 100년을 집대성하는 한국 출판 사상 일찍이 시도되지 못했던 시청각을 통한 입체적인 감상을 돕게 함으로써, 한국 시문학사에 커다란 발자취를 남긴 대표시인 101인의 작품과 그 업적을 자자손손에 전하며 기리고자 합니다. 이 간행의 뜻을 혜량하여 전 시단과 독자 여러분의 적극적인 성원과 지원을 기대해 마지않는 바입니다.

(주)문학사상 대표 임홍빈

편찬위원(김남조, 김재홍, 오세영, 이승훈, 최동호)

차례

님의 침묵

동시

님의 침묵

군말

'님'만 님이 아니라, 기룬[1] 것은 다 님이다. 중생衆生이 석가釋迦의 님이라면, 철학哲學은 칸트의 님이다. 장미화薔薇花의 님이 봄비라면, 마시니의 님은 이태리伊太利다. 님은 내가 사랑할 뿐 아니라 나를 사랑하나니라.

연애戀愛가 자유自由라면 님도 자유일 것이다. 그러나 너희는 이름 좋은 자유自由에 알뜰한 구속拘束을 받지 않느냐. 너에게도 님은 있느냐. 있다면 님이 아니라 너의 그림자니라.

나는 해 저문 벌판에서 돌아가는 길을 잃고 헤매는 어린 양羊이 기루어서 이 시詩를 쓴다.

필자筆者

---

1)기루다: 그리워하다. 안쓰럽다.

님의 침묵沈默

님은 갔습니다. 아아 사랑하는 나의 님은 갔습니다.

푸른 산빛을 깨치고 단풍나무 숲을 향하여 난 작은 길을 걸어서 차마 떨치고 갔습니다.

황금黃金의 꽃같이 굳고 빛나던 옛 맹서盟誓는 차디찬 티끌이 되어서 한숨의 미풍微風에 날아갔습니다.

날카로운 첫 '키스'의 추억追憶은 나의 운명運命의 지침指針을 돌려놓고 뒷걸음쳐서 사라졌습니다.

나는 향기로운 님의 말소리에 귀먹고, 꽃다운 님의 얼굴에 눈멀었습니다.

사랑도 사람의 일이라, 만날 때에 미리 떠날 것을 염려하고 경계하지 아니한 것은 아니지만, 이별은 뜻밖의 일이 되고 놀란 가슴은 새로운 슬픔에 터집니다.

그러나 이별을 쓸데없는 눈물의 원천源泉을 만들고 마는 것은, 스스로 사랑을 깨치는 것인 줄 아는 까닭에, 걷잡을 수 없는 슬픔의 힘을 옮겨서 새 희망希望의 정수박이[1]에 들어부었습니다.

우리는 만날 때에 떠날 것을 염려하는 것과 같이 떠날 때에 다시 만날 것을 믿습니다.

아아, 님은 갔지만은 나는 님을 보내지 아니하였습니다.

제 곡조를 못이기는 사랑의 노래는 님의 침묵沈默을 휩싸고 돕니다.

---

1) 정수박이: 정수리.

이별은 미美의 창조創造

이별은 미美의 창조創造입니다.

이별의 미는 아침의 바탕質 없는 황금黃金과 밤의 올系 없는 검은 비단과 죽음 없는 영원永遠의 생명生命과 시들지 않는 하늘의 푸른 꽃에도 없습니다.

님이여, 이별이 아니면 나는 눈물에서 죽었다가 웃음에서 다시 살아날 수가 없습니다. 오오 이별이여.

미는 이별의 창조입니다.

알 수 없어요

바람도 없는 공중에 수직垂直의 파문波紋을 내며, 고요히 떨어지는 오동잎은 누구의 발자취입니까.

지리한 장마 끝에 서풍에 몰려가는 무서운 검은 구름의 터진 틈으로, 언뜻언뜻 보이는 푸른 하늘은 누구의 얼굴입니까.

꽃도 없는 깊은 나무에 푸른 이끼를 거쳐서 옛 탑塔 위의 고요한 하늘을 스치는 알 수 없는 향기는 누구의 입김입니까.

근원은 알지 못할 곳에서 나서, 돌부리를 울리고 가늘게 흐르는 작은 시내는 굽이굽이 누구의 노래입니까.

연꽃 같은 발꿈치로 가없는 바다를 밟고, 옥 같은 손으로 끝없는 하늘을 만지면서 떨어지는 날을 곱게 단장하는 저녁놀은 누구의 시詩입니까.

타고 남은 재가 다시 기름이 됩니다. 그칠 줄을 모르고 타는 나의 가슴은 누구의 밤을 지키는 약한 등불입니까.

나는 잊고자

남들은 님을 생각한다지만
나는 님을 잊고자 하여요
잊고자 할수록 생각하기로
행여 잊힐까 하고 생각하여 보았습니다.

잊으려면 생각하고
생각하면 잊히지 아니하니
잊지도 말고 생각도 말아볼까요
잊든지 생각든지 내버려두어 볼까요.
그러나 그리도 아니되고
끊임없는 생각 생각에 님뿐인데 어찌하여요.

구태여 잊으려면
잊을 수가 없는 것은 아니지만
잠과 죽음뿐이기로
님 두고는 못하여요.

아아, 잊히지 않는 생각보다
잊고자 하는 그것이 더욱 괴롭습니다.

가지 마셔요

그것은 어머니의 가슴에 머리를 숙이고, 아기자기한 사랑을 받으려고 삐죽거리는 입술로 표정表情하는 어여쁜 아기를 싸안으려는 사랑의 날개가 아니라 적敵의 깃발입니다.

그것은 자비慈悲의 백호白毫[1] 광명光明이 아니라 번득거리는 악마惡魔의 눈빛입니다.

그것은 면류관冕旒冠과 황금黃金의 누리[2]와 죽음과를 본 체도 아니하고, 몸과 마음을 돌돌 뭉쳐서 사랑의 바다에 풍당 넣으려는 사랑의 여신女神이 아니라, 칼의 웃음입니다.

아아 님이여, 위안慰安에 목마른 나의 님이여, 걸음을 돌리세요, 거기를 가지 마셔요, 나는 싫어요.

대지大地의 음악音樂은 무궁화無窮花 그늘에 잠들었습니다.

광명光明의 꿈은 검은 바다에서 자맥질합니다.

무서운 침묵沈默은 만상萬像의 속살거림에 서슬이 푸른 교훈敎訓을 내리고 있습니다.

아아 님이여, 이 새 생명生命의 꽃에 취醉하려는 나의 님이여, 걸음을 돌리셔요, 거기를 가지 마셔요, 나는 싫어요.

거룩한 천사天使의 세례洗禮를 받은 순결純潔한 청춘靑春을 똑 따서 그 속에 자기自己의 생명生命을 넣어, 그것을 사랑의 제단祭壇에 제물祭物로 드리는 어여쁜 처녀處女가 어디 있어요.

달콤하고 맑은 향기를 꿀벌에게 주고 다른 꿀벌에게 주지 않는 이상한 백합百合꽃이 어디 있어요.

자신自身의 전체全體를 죽음의 청산靑山에 장사 지내고 흐르는 빛光으로 밤을 두 조각에 베는 반딧불이 어디 있어요.

아아 님이여, 정情에 순사殉死하려는 나의 님이여, 걸음을 돌리셔요, 거기를 가지 마셔요, 나는 싫어요.

그 나라에는 허공虛空이 없습니다.

그 나라에는 그림자 없는 사람들이 전쟁戰爭을 하고 있습니다.

그 나라에는 우주 만상宇宙萬象의 모든 생명生命의 쇳대³⁾를 가지고 척도尺度를 초월超越한 삼엄森嚴한 궤율軌律로 진행進行하는 위대偉大한 시간時間이 정지停止되었습니다.

아아 님이여, 죽음을 방향芳香이라고 하는 나의 님이여, 죽음을 돌리셔요, 거기를 가지 마셔요, 나는 싫어요.

---

1) 백호白毫: 부처의 두 눈썹 사이에 있는 희고 빛나는 가는 터럭. 이 광명이 무량세계를 비춘다고 한다.
2) 누리: 세상.
3) 쇳대: 열쇠.

고적한 밤

하늘에는 달이 없고 땅에는 바람이 없습니다.
사람들은 소리가 없고 나는 마음이 없습니다.

우주宇宙는 죽음인가요.
인생人生은 잠인가요.

한 가닥은 눈썹에 걸치고 한 가닥은 작은 별에 걸쳤던 님 생각의 금金실
은 살살살 걷힙니다.
한 손에는 황금黃金의 칼을 들고 한 손으로 천국天國의 꽃을 꺾던 환상
幻想의 여왕女王도 그림자를 감추었습니다.
아아, 님 생각의 금실과 환상의 여왕이 두 손을 마주잡고 눈물의 속에서
정사情死한 줄이야 누가 알아요.

우주는 죽음인가요
인생은 눈물인가요
인생이 눈물이면
죽음은 사랑인가요.

나의 길

이 세상에는 길도 많기도 합니다.

산에는 돌길이 있습니다. 바다에는 뱃길이 있습니다. 공중에는 달과 별의 길이 있습니다.

강가에서 낚시질하는 사람은 모래 위에 발자취를 냅니다. 들에서 나물 캐는 여자女子는 방초芳草를 밟습니다.

악한 사람은 죄의 길을 좇아갑니다.

의義 있는 사람은 옳은 일을 위하여는 칼날을 밟습니다.

서산에 지는 해는 붉은 놀을 밟습니다.

봄 아침의 맑은 이슬은 꽃머리에서 미끄럼 탑니다.

그러나 나의 길은 이 세상에 둘밖에 없습니다.

하나는 님의 품에 안기는 길입니다.

그렇지 아니하면 죽음의 품에 안기는 길입니다.

그것은 만일 님의 품에 안기지 못하면 다른 길은 죽음의 길보다 험하고 괴로운 까닭입니다.

아아, 나의 길은 누가 내었습니까.

아아, 이 세상에는 님이 아니고는 나의 길을 낼 수가 없습니다.

그런데 나의 길을 님이 내었으면 죽음의 길은 왜 내셨을까요.

꿈 깨고서

님이면은 나를 사랑하련마는 밤마다 문밖에 와서 발자취 소리만 내고,
한 번도 들어오지 아니하고 도로 가니, 그것이 사랑인가요.
　그러나 나는 발자취나마 님의 문밖에 가본 적이 없습니다.
　아마 사랑은 님에게만 있나 봐요.

　아아, 발자취 소리나 아니더면 꿈이나 아니 깨었으련마는
꿈은 님을 찾아가려고 구름을 탔었어요.

예술가藝術家

나는 서투른 화가畵家예요.

잠 아니 오는 잠자리에 누워서 손가락을 가슴에 대고 당신의 코와 입과 두 볼에 새암[1] 파지는 것까지 그렸습니다.

그러나 언제든지 작은 웃음이 떠도는 당신의 눈자위는 그리다가 백 번이나 지웠습니다.

나는 파겁破怯[2] 못한 성악가聲樂家여요.

이웃사람도 돌아가고 버러지[3] 소리도 그쳤는데 당신의 가르쳐주시던 노래를 부르려다가 조는 고양이가 부끄러워서 부르지 못하였습니다.

그래서 가는 바람이 문풍지를 스칠 때에 가만히 합창合唱하였습니다.

나는 서정시인敍情詩人이 되기에는 너무도 소질素質이 없나 봐요.

'즐거움' 이니 '슬픔' 이니 '사랑' 이니 그런 것은 쓰기 싫어요.

당신의 얼굴과 소리와 걸음걸이와를 그대로 쓰고 싶습니다.

그리고 당신의 집과 침대寢臺와 꽃밭에 있는 작은 돌도 쓰겠습니다.

---

1)새암: 샘.

2)파겁破怯: 두려움이나 부끄러움을 없애다.

3)버러지: 벌레.

이별

아아, 사람은 약한 것이다, 여린 것이다, 간사한 것이다.
이 세상에는 진정한 사랑의 이별은 있을 수가 없는 것이다.
죽음으로 사랑을 바꾸는 님과 님에게야 무슨 이별이 있으랴.
이별의 눈물은 물거품의 꽃이요, 도금鍍金한 금金방울이다.

칼로 베인 이별의 '키스'가 어디 있느냐.
생명生命의 꽃으로 빚은 이별의 두견주杜鵑酒[1]가 어디 있느냐.
피의 홍보석紅寶石으로 만든 이별의 기념紀念 반지가 어디 있느냐.
이별의 눈물은 저주咀呪의 마니주摩尼珠[2]요 거짓의 수정水晶이다.

사랑의 이별은 이별의 반면反面에 반드시 이별하는 사랑보다 더 큰 사랑이 있는 것이다.
혹은 직접直接의 사랑은 아닐지라도 간접間接의 사랑이라도 있는 것이다.
다시 말하면 이별하는 애인愛人보다 자기自己를 더 사랑하는 것이다.
만일 애인을 자기의 생명보다 더 사랑하면 무궁無窮을 회전回轉하는 시간時間의 수레바퀴에 이끼가 끼도록 사랑의 이별은 없는 것이다.

아니다, 아니다. '참' 보다도 참인 님의 사랑엔 죽음보다도 이별이 훨씬 위대偉大하다.
죽음이 한 방울의 찬 이슬이라면 이별은 일천 줄기의 꽃비다.
죽음이 밝은 별이라면 이별은 거룩한 태양太陽이다.

생명보다도 사랑하는 애인을 사랑하기 위하여는 죽을 수가 없는 것이다.

진정한 사랑을 위하여는 괴롭게 사는 것이 죽음보다도 더 큰 희생犧牲이다.

이별은 사랑을 위하여 죽지 못하는 가장 큰 고통苦痛이요, 보은報恩이다.

애인은 이별보다 애인의 죽음을 더 슬퍼하는 까닭이다.

사랑은 붉은 촛불이나 푸른 술에만 있는 것이 아니라, 먼 마음을 서로 비치는 무형無形에도 있는 까닭이다.

그러므로 사랑하는 애인을 죽음에서 잊지 못하고 이별에서 생각하는 것이다.

그러므로 사랑하는 애인을 죽음에서 웃지 못하고 이별에서 우는 것이다.

그러므로 애인을 위하여는 이별의 원한怨恨을 죽음의 유쾌愉快로 갚지 못하고 슬픔의 고통으로 참는 것이다.

그러므로 사랑은 차마 죽지 못하고 차마 이별하는 사랑보다 더 큰 사랑은 없는 것이다.

그리고 진정한 사랑은 곳이 없다.

진정한 사랑은 애인의 포옹만 사랑할 뿐 아니라, 애인의 이별도 사랑하는 것이다.

그리고 진정한 사랑은 때가 없다.

진정한 사랑은 간단間斷이 없어서 이별은 애인의 육肉뿐이요, 사랑은 무궁無窮이다.

아아, 진정한 애인을 사랑함에는 죽음의 칼을 주는 것이요, 이별은 꽃을 주는 것이다.

아아, 이별의 눈물은 진眞이요 선善이요 미美다.

아아, 이별의 눈물은 석가釋迦요 모세요 잔다르크다.

---

1)두견주杜鵑酒: 진달래꽃을 넣어서 빚은 술.

2)마니주摩尼珠: 악을 제거하고 흐린 물을 맑게 해주는 구슬.

길이 막혀

당신의 얼굴은 달도 아니건만
산 넘고 물 넘어 나의 마음을 비칩니다.

나의 손길은 왜 그리 짧아서
눈앞에 보이는 당신의 가슴을 못 만지나요.

당신이 오기로 못 올 것이 무엇이며
내가 가기로 못 갈 것이 없지마는
산에는 사다리가 없고
물에는 배가 없어요

뉘라서 사다리를 떼고 배를 깨뜨렸습니까.
나는 보석으로 사다리를 놓고 진주로 배 모아요.
오시려도 길이 막혀서 못 오시는 당신이 기루어요

자유정조自由貞操

내가 당신을 기다리고 있는 것은 기다리고자 하는 것이 아니라 기다려 지는 것입니다.

말하자면 당신을 기다리는 것은 정조貞操보다도 사랑입니다.

남들은 나더러 시대時代에 뒤진 낡은 여성女性이라고 삐죽거립니다. 구 구區區한 정조貞操를 지킨다고.

그러나 나는 시대성時代性을 이해理解하지 못하는 것도 아닙니다.

인생人生과 정조貞操의 심각深刻한 비판批判을 하여보기도 한두 번이 아닙니다.

자유연애自由戀愛의 신성神聖(?)을 덮어놓고 부정否定하는 것도 아닙 니다.

대자연大自然을 따라서 초연생활超然生活을 할 생각도 하여 보았습니다.

그러나 구경究竟, 만사萬事가 다 저의 좋아하는 대로 말한 것이요, 행한 것입니다.

나는 님을 기다리면서 괴로움을 먹고 살이 찝니다. 어려움을 입고 키가 큽니다.

나의 정조는 '자유정조自由貞操'입니다.

하나가 되어주세요

님이여, 나의 마음을 가져가려거든 마음을 가진 나한지[1] 가져 가셔요.
그리하여 나로 하여금 님에게서 하나가 되게 하세요.

그렇지 아니하거든 나에게 고통만을 주지 마시고 님의 마음을 다 주셔
요. 그리고 마음을 가진 님한지 나에게 주세요. 그래서 님으로 하여금 나
에게서 하나가 되게 하셔요.

그렇지 아니하거든 나의 마음을 돌려보내 주셔요. 그리고 나에게 고통
을 주셔요.

그러면 나는 나의 마음을 가지고 님의 주시는 고통을 사랑하겠습니다.

---

1)한지: ~와 함께.

나룻배와 행인行人

나는 나룻배
당신은 행인.

당신은 흙발로 나를 짓밟습니다.
나는 당신을 안고 물을 건너갑니다.
나는 당신을 안으면 깊으나 얕으나 급한 여울이나 건너갑니다.

만일 당신이 아니 오시면 나는 바람을 쐬고 눈비를 맞으며 밤에서 낮까
지 당신을 기다리고 있습니다.
당신은 물만 건너면 나를 돌아보지도 않고 가십니다그려.
그러나 당신이 언제든지 오실 줄만은 알아요.
나는 당신을 기다리면서 날마다 날마다 낡아갑니다.

나는 나룻배
당신은 행인.

차라리

님이여, 오셔요. 오시지 아니하려면 차라리 가셔요. 가려다 오고 오려다 가는 것은 나에게 목숨을 빼앗고 죽음도 주지 않는 것입니다.

님이여, 나를 책망하려거든 차라리 큰 소리로 말씀하여 주셔요. 침묵沈默으로 책망하지 말고. 침묵으로 책망하는 것은 아픈 마음을 얼음 바늘로 찌르는 것입니다.

님이여, 나를 아니 보려거든 차라리 눈을 돌려서 감으셔요. 흐르는 곁눈으로 흘겨보지 마셔요. 곁눈으로 흘겨보는 것은 사랑의 보褓에 가시의 선물을 싸서 주는 것입니다.

나의 노래

나의 노랫가락의 고저장단高抵長短은 대중이 없습니다.

그래서 세속의 노래곡조와는 조금도 맞지 않습니다.

그러나 나는 나의 노래가 세속 곡조에 맞지 않는 것을 조금도 애달파 하지 않습니다.

나의 노래는 세속의 노래와 다르지 아니하면 아니 되는 까닭입니다.

곡조는 노래의 결함缺陷을 억지로 조절調節하려는 것입니다.

곡조는 부자연不自然한 노래를 사람의 망상妄想으로 도막 쳐 놓는 것입니다.

참된 노래에 곡조를 붙이는 것은 노래의 자연自然에 치욕恥辱입니다.

님의 얼굴에 단장을 하는 것이 도리어 흠이 되는 것과 같이 나의 노래에 곡조를 붙이면 도리어 결점缺點이 됩니다.

나의 노래는 사랑의 신神을 울립니다.

나의 노래는 처녀處女의 청춘青春을 쥐어짜서 보기도 어려운 맑은 물을 만듭니다.

나의 노래는 님의 귀에 들어가서는 천국天國의 음악音樂이 되고 님의 꿈에 들어가서는 눈물이 됩니다.

나의 노래가 산과 들을 지나서 멀리 계신 님에게 들리는 줄을 나는 압니다.

나의 노랫가락이 바르르 떨다가 소리를 이루지 못할 때에 나의 노래가 님의 눈물 겨운 고요한 환상幻想으로 들어가서 사라지는 것을 나는 분명히 압니다.

나는 나의 노래가 님에게 들리는 것을 생각할 때에 광영光榮에 넘치는
나의 작은 가슴은 발발발 떨면서 침묵沈默의 음보音譜를 그립니다.

당신이 아니더면

당신이 아니더면 포시럽고[1] 매끄럽던 얼굴이 왜 주름살이 접혀요.
당신이 기룹지만 않다면, 언제까지라도 나는 늙지 아니할 터예요.
맨 첨에 당신에게 안기던 그때대로 있을 터예요.

그러나 늙고 병들고 죽기까지라도, 당신 때문이라면 나는 싫지 않아요.
나에게 생명을 주든지 죽음을 주든지 당신의 뜻대로만 하셔요.
나는 곧 당신이어요.

---

1)포시럽다: 포동포동하다.

잠 없는 꿈

나는 어느 날 밤에 잠 없는 꿈을 꾸었습니다.

'나의 님은 어디 있어요. 나는 님을 보러 가겠습니다. 님에게 가는 길을 가져다가 나에게 주세요, 검[1]이여.'

'너의 가려는 길은 너의 님이 오려는 길이다. 그 길을 가져다 너에게 주면 너의 님은 올 수가 없다.'

'내가 가기만 하면 님은 아니 와도 관계가 없습니다.'

'너의 님의 오려는 길을 너에게 갖다주면 너의 님은 다른 길로 오게 된다. 네가 간대도 너의 님을 만날 수가 없다.'

'그러면 그 길을 가져다가 나의 님에게 주셔요.'

'너의 님에게 주는 것이 너에게 주는 것과 같다. 사람마다 저의 길이 각각 있는 것이다.'

'그러면 어찌하여야 이별한 님을 만나 보겠습니까.'

'네가 너를 가져다가 너의 가려는 길에 주어라. 그리하고 쉬지 말고 가거라.'

'그리할 마음은 있지마는 그 길에는 고개도 많고 물도 많습니다. 갈 수가 없습니다.'

검은 '그러면 너의 님을 너의 가슴에 안겨주마' 하고 나의 님을 나에게 안겨주었습니다.

나는 나의 님을 힘껏 껴안았습니다.

나의 팔이 나의 가슴을 아프도록 다칠 때에 나의 두 팔에 베어진 허공虛 空은 나의 팔을 뒤에 두고 이어졌습니다.

---

1)검: 신神. 신령神靈.

생명生命

　닻과 키를 잃고 거친 바다에 표류漂流된 작은 생명의 배는 아직 발견發見도 아니 된 황금黃金의 나라를 꿈꾸는 한줄기 희망希望의 나침반羅針盤이 되고 항로航路가 되고 순풍順風이 되어서 물결의 한끝은 하늘을 치고 다른 물결의 한끝은 땅을 치는 무서운 바다에 배질 합니다.

　님이여 님에게 바치는 이 작은 생명을 힘껏 껴안아주셔요.

　이 작은 생명이 님의 품에서 으스러진다 하여도 환희歡喜의 영지靈地에서 순정殉情한 생명生命의 파편破片은 최귀最貴한 보석이 되어서 조각조각이 적당適當히 이어져서 님의 가슴에 사랑의 휘장徽章을 걸겠습니다.

　님이여, 끝없는 사막沙漠에 한 가지의 깃들일 나무도 없는 작은 새인 나의 생명을 님의 가슴에 으스러지도록 껴안아주셔요.

　그리고 부서진 생명生命의 조각조각에 입 맞춰주셔요.

사랑의 측량測量

즐겁고 아름다운 일은 양量이 많을수록 좋은 것입니다.

그런데 당신의 사랑은 양이 적을수록 좋은가 봐요.

당신의 사랑은 당신과 나와 두 사람의 사이에 있는 것입니다.

사랑의 양을 알려면 당신과 나의 거리距離를 측량測量할 수밖에 없습니다.

그래서 당신과 나의 거리가 멀면 사랑의 양이 많고 거리가 가까우면 사랑의 양이 적을 것입니다.

그런데 적은 사랑은 나를 웃기더니 많은 사랑은 나를 울립니다.

뉘라서 사람이 멀어지면 사랑도 멀어진다고 하여요.

당신이 가신 뒤로 사랑이 멀어졌으면 날마다 날마다 나를 울리는 것은 사랑이 아니고 무엇이어요.

진주眞珠

언제인지 내가 바닷가에 가서 조개를 주웠지요. 당신은 나의 치마를 걷어주셨어요, 진흙 묻는다고.
집에 와서는 나를 어린아이 같다고 하셨지요, 조개를 주워다가 장난한다고. 그리고 나가시더니 금강석을 사다주셨습니다, 당신이.

나는 그때에 조개 속에서 진주를 얻어서 당신의 작은 주머니에 넣어드렸습니다.
당신이 어디 그 진주를 가지고 계셔요, 잠시라도 왜 남을 빌려주셔요.

슬픔의 삼매三昧

하늘의 푸른빛과 같이 깨끗한 죽음은 군동群動을 정화淨化합니다.
허무虛無의 빛光인 고요한 밤은 대지大地에 군림君臨하였습니다.
힘없는 촛불 아래에 사리뜨리고 외로이 누워 있는 오오 님이여.
눈물의 바다에 꽃배를 띄웠습니다.
꽃배는 님을 싣고 소리도 없이 가라앉았습니다.
나는 슬픔의 삼매三昧에 '아공我空'이 되었습니다.

꽃향기의 무르녹은 안개에 취醉하여 청춘靑春의 광야曠野에 비틀걸음
치는 미인美人이여.
죽음을 기러기 털보다도 가벼웁게 여기고, 가슴에서 타오르는 불꽃을
얼음처럼 마시는 사랑의 광인狂人이여.
아아, 사랑에 병들어 자기自己의 사랑에게 자살自殺을 권고勸告하는 사
랑의 실패자失敗者여.
그대는 만족滿足한 사랑을 받기 위하여 나의 팔에 안겨요.
나의 팔은 그대의 사랑의 분신分身인 줄을 그대는 왜 모르셔요.

의심하지 마셔요

의심하지 마셔요. 당신과 떨어져 있는 나에게 조금도 의심을 두지 마셔요.
의심을 둔대야 나에게는 별로 관계가 없으나 부질없이 당신에게 고통苦痛의 숫자數字만 더할 뿐입니다.

나는 당신의 첫사랑의 팔에 안길 때에 온갖 거짓의 옷을 다 벗고 세상에 나온 그대로의 발가벗은 몸을 당신의 앞에 놓았습니다. 지금까지도 당신의 앞에는 그때에 놓아둔 몸을 그대로 받들고 있습니다.

만일 인위人爲가 있다면 '어찌하여야 처음 마음을 변치 않고 끝끝내 거짓 없는 몸을 님에게 바칠고' 하는 마음뿐입니다.
당신의 명령命令이라면 생명生命의 옷까지도 벗겠습니다.

나에게 죄가 있다면 당신을 그리워하는 나의 '슬픔'입니다.
당신이 가실 때에 나의 입술에 수없이 입 맞추고 '부디 나에게 대하여 슬퍼하지 말고 잘 있으라'고 한 당신의 간절한 부탁에 위반違反되는 까닭입니다.

그러나 그것만은 용서하여 주셔요.
당신을 그리워하는 슬픔은 곧 나의 생명인 까닭입니다.
만일 용서하지 아니하면 후일에 그에 대한 벌罰을 풍우風雨의 봄 새벽의 낙화의 수數만치라도 받겠습니다.
당신의 사랑의 동아줄에 휘감기는 체형體刑도 사양치 않겠습니다.

46

당신의 사랑의 혹법酷法 아래에 일만 가지로 복종服從하는 자유형自由刑도 받겠습니다.

　　그러나 당신이 나에게 의심을 두시면 당신의 의심의 허물과 나의 슬픔의 죄를 맞비기고 말겠습니다.
　　당신에게 떨어져 있는 나에게 의심을 두지 마셔요. 부질없이 당신에게 고통의 숫자를 더하지 마셔요.

당신은

　당신은 나를 보면 왜 늘 웃기만 하셔요, 당신의 찡그리는 얼굴을 좀 보고 싶은데.
　나는 당신을 보고 찡그리기는 싫어요, 당신은 찡그리는 얼굴을 보기 싫어 하실 줄을 압니다.
　그러나 떨어진 도화桃花가 날아서 당신의 입술을 스칠 때에 나는 이마가 찡그려지는 줄도 모르고 울고 싶었습니다.
　그래서 금실로 수놓은 수건으로 얼굴을 가렸습니다.

행복幸福

나는 당신을 사랑하고 당신의 행복을 사랑합니다. 나는 온 세상 사람이 당신을 사랑하고 당신의 행복을 사랑하기를 바랍니다.

그러나 정말로 당신을 사랑하는 사람이 있다면 나는 그 사람을 미워하겠습니다. 그 사람을 미워하는 것은 당신을 사랑하는 마음의 한 부분입니다.

그러므로 그 사람을 미워하는 고통도 나에게는 행복입니다.

만일 온 세상 사람이 당신을 미워한다면 나는 그 사람을 얼마나 미워하겠습니까.

만일 온 세상 사람이 당신을 사랑하지도 않고 미워하지도 않는다면 그것은 나의 일생에 견딜 수 없는 불행입니다.

만일 온 세상 사람이 당신을 사랑하고자 하여 나를 미워한다면 나의 행복은 더 클 수가 없습니다.

그것은 모든 사람의 나를 미워하는 원한怨恨의 두만강豆滿江이 깊을수록 나의 당신을 사랑하는 행복幸福의 백두산白頭山이 높아지는 까닭입니다.

착인錯認

내려오셔요, 나의 마음은 자릿자릿하여요, 곧 내려오셔요.

사랑하는 님이여, 어찌 그렇게 높고 가는 나뭇가지 위에서 춤을 추세요.

두 손으로 나뭇가지를 단단히 붙들고 고이고이 내려오셔요.

에그 저 나뭇잎새가 연꽃 봉오리 같은 입술을 스치겠네, 어서 내려오셔요.

'네네 내려가고 싶은 마음이 잠자거나 죽은 것은 아닙니다마는, 나는 아시는 바와 같이 여러 사람의 님인 때문이에요. 향기로운 부르심을 거스르고자 하는 것은 아닙니다' 고 버들가지에 걸린 반달은 해쭉해쭉 웃으면서 이렇게 말하는 듯하였습니다.

나는 작은 풀잎만큼도 가림이 없는 발가벗은 부끄럼을 두 손으로 움켜쥐고 빠른 걸음으로 잠자리에 들어가서 눈을 감고 누웠습니다.

내려오지 않는다던 반달이 사뿐사뿐 걸어와서 창밖에 숨어서 나의 눈을 엿봅니다.

부끄럽던 마음이 갑자기 무서워서 떨려집니다.

밤은 고요하고

밤은 고요하고 방은 물로 씻은 듯합니다.
이불은 갠 채로 놓아두고 화롯불을 다듬거리고 앉았습니다.
밤은 얼마나 되었는지 화롯불은 꺼져서 찬 재가 되었습니다.
그러나 그를 사랑하는 나의 마음은 오히려 식지 아니하였습니다.
닭의 소리가 채 나기 전에 그를 만나서 무슨 말을 하였는데 꿈조차 분명
치 않습니다그려.

비밀秘密

비밀입니까, 비밀이라니요, 나에게 무슨 비밀이 있겠습니까.

나는 당신에게 대하여 비밀을 지키려고 하였습니다마는 비밀은 야속히도 지켜지지 아니하였습니다.

나의 비밀은 눈물을 거쳐서 당신의 시각視覺으로 들어갔습니다.

나의 비밀은 한숨을 거쳐서 당신의 청각聽覺으로 들어갔습니다.

나의 비밀은 떨리는 가슴을 거쳐서 당신의 촉각觸覺으로 들어갔습니다.

그 밖의 비밀은 한 조각 붉은 마음이 되어서 당신의 꿈으로 들어갔습니다.

그리고 마지막 비밀은 하나 있습니다. 그러나 그 비밀은 소리 없는 메아리와 같아서 표현할 수가 없습니다.

사랑의 존재存在

사랑을 '사랑'이라고 하면 벌써 사랑은 아닙니다.

사랑을 이름 지을 만한 글이 어디 있습니까.

미소微笑에 눌려서 괴로운 듯한 장미薔薇빛 입술인들 그것을 스칠 수가 있습니까.

눈물의 뒤에 숨어서 슬픔의 흑암면黑闇面을 반사反射하는 가을 물결의 눈인들 그것을 비출 수가 있습니까.

그림자 없는 구름을 거쳐서 메아리 없는 절벽絕壁을 거쳐서 마음이 갈수 없는 바다를 거쳐서 존재? 존재입니다.

그 나라는 국경이 없습니다. 수명壽命은 시간時間이 아닙니다.

사랑의 존재는 님의 눈과 님의 마음도 알지 못합니다.

사랑의 비밀秘密은 다만 님의 수건手巾에 수繡놓는 바늘과, 님의 심으신 꽃나무와, 님의 잠과, 시인詩人의 상상想像과, 그들만이 압니다.

꿈과 근심

밤 근심이 하 길기에
꿈도 길 줄 알았더니
님을 보러 가는 길에
반도 못가서 깨었구나.

새벽 꿈이 하 짧기에
근심도 짧을 줄 알았더니
근심에서 근심으로
끝 간 데를 모르겠다.

만일 님에게도
꿈과 근심이 있거든
차라리
근심이 꿈되고 꿈이 근심되어라.

---

1) 하: 많이, 크게, 너무 등의 뜻.

포도주葡萄酒

　가을바람과 아침볕에 마침맞게 익은 향기로운 포도를 따서 술을 빚었습니다. 그 술 고이는 향기는 가을 하늘을 물들입니다.
　님이여, 그 술을 연잎 잔에 가득히 부어서 님에게 드리겠습니다.
　님이여, 떨리는 손을 거쳐서 타오르는 입술을 축이셔요.

　님이여, 그 술은 한 밤을 지나면 눈물이 됩니다.
　아아, 한 밤을 지나면 포도주가 눈물이 되지마는 또 한 밤을 지나면 나의 눈물이 다른 포도주가 됩니다. 오오, 님이여.

비방誹謗

세상은 비방도 많고 시기猜忌도 많습니다.

당신에게 비방과 시기가 있을지라도 관심關心치 마셔요.

비방을 좋아하는 사람들은 태양太陽에 흑점黑點이 있는 것도 다행으로 생각합니다.

당신에게 대하여는 비방할 것이 없는 그것을 비방할는지 모르겠습니다.

조는 사자獅子를 죽은 양羊이라고 할지언정, 당신이 시련試鍊을 받기 위하여 도적盜賊에게 포로捕虜가 되었다고 그것을 비겁卑怯이라고 할 수는 없습니다.

달빛을 갈꽃으로 알고 흰 모래 위에서 갈매기를 이웃하여 잠자는 기러기를 음란하다고 할지언정, 정직正直한 당신이 교활狡猾한 유혹에 속아서 청루靑樓에 들어갔다고 당신을 지조志操가 없다고 할 수는 없습니다.

당신에게 비방과 시기가 있을지라도 관심치 마셔요.

‘?’

희미한 졸음이 활발한 님의 발자취 소리에 놀라 깨어 무거운 눈썹을 이기지 못하면서 창을 열고 내다보았습니다.

동풍에 몰리는 소낙비는 산모롱이[1]를 지나가고, 뜰 앞의 파초 잎 위에 빗소리의 남은 음파音波가 그네를 뜁니다.

감정感情과 이지理智가 마주치는 찰나에, 인면人面의 악마惡魔와 수심獸心의 천사天使가 보이려다 사라집니다.

흔들어 빼는 님의 노랫가락에, 첫 잠든 어린 잔나비[2]의 애처로운 꿈이, 꽃 떨어지는 소리에 깨었습니다.

죽은 밤을 지키는 외로운 등잔불의 구슬 꽃이, 제 무게를 이기시 못하여 고요히 떨어집니다.

미친 불에 타오르는 불쌍한 영靈은 절망絶望의 북극北極에서 신세계新世界를 탐험探險합니다.

사막沙漠의 꽃이여 그믐밤의 반월滿月이여 님의 얼굴이여.

피려는 장미화薔薇花는 아니라도, 갈지 않은 백옥白玉인 순결純潔한 나의 입술은, 미소에 목욕沐浴 감는 그 입술에 채 닿지 못하였습니다.

움직이지 않는 달빛에 눌리운 창에는 저의 털을 가다듬는 고양이의 그림자가 오르락내리락 합니다.

아아, 불佛이냐 마魔냐 인생人生이 티끌이냐 꿈이 황금黃金이냐.

작은 새여, 바람에 흔들리는 약한 가지에서 잠자는 작은 새여.

---

1)산모롱이: 산모퉁이.

2)잔나비: 원숭이.

님의 손길

　님의 사랑은 강철鋼鐵을 녹이는 불보다도 뜨거운데, 님의 손길은 너무 차서 한도限度가 없습니다.
　나는 이 세상에서 서늘한 것도 보고 찬 것도 보았습니다. 그러나 님의 손길같이 찬 것은 볼 수가 없습니다.

　국화 핀 서리 아침에 떨어진 잎새를 울리고 오는 가을바람도 님의 손길보다는 차지 못합니다.
　달이 작고 별에 뿔 나는 겨울밤에 얼음 위에 쌓인 눈도 님의 손길보다는 차지 못합니다.
　감로甘露와 같이 청량淸凉한 선사禪師의 설법說法도 님의 손길보다는 차지 못합니다.

　나의 작은 가슴에 타오르는 불꽃은 님의 손길이 아니고는 끌 수가 없습니다.
　님의 손길의 온도溫度를 측량測量할 만한 한란계寒暖計는 나의 가슴밖에는 아무 데도 없습니다.
　님의 사랑은 불보다도 뜨거워서 근심 산山을 태우고 한恨 바다를 말리는데 님의 손길은 너무도 차서 한도가 없습니다.

해당화海棠花

당신은 해당화 피기 전에 오신다고 하였습니다. 봄은 벌써 늦었습니다.
봄이 오기 전에는 어서 오기를 바랐더니, 봄이 오고 보니 너무 일찍 왔
나 두려워합니다.

철모르는 아이들은 뒷동산에 해당화가 피었다고 다투어 말하기로 듣고
도 못 들은 체하였더니,
야속한 봄바람은 나는 꽃을 불어서 경대 위에 놓습니다그려.
시름 없이 꽃을 주워서 입술에 대고 '너는 언제 피었니' 하고 물었습니다.
꽃은 말도 없이 나의 눈물에 비쳐서 둘도 되고 셋도 됩니다.

당신을 보았습니다

당신이 가신 뒤로 나는 당신을 잊을 수가 없습니다.

까닭은 당신을 위하느니보다 나를 위함이 많습니다.

나는 갈고 심을 땅이 없으므로 추수秋收가 없습니다.

저녁거리가 없어서 조나 감자를 꾸러 이웃집에 갔더니 주인主人은 '거지는 인격人格이 없다. 인격이 없는 사람은 생명生命이 없다. 너를 도와주는 것은 죄악罪惡이다' 고 말하였습니다.

그 말을 듣고 돌아나올 때에 쏟아지는 눈물 속에서 당신을 보았습니다.

나는 집도 없고 다른 까닭을 겸하여 민적民籍이 없습니다.

'민적 없는 자者는 인권人權이 없다. 인권이 없는 너에게 무슨 정조貞操냐' 하고 능욕凌辱하려는 장군將軍이 있었습니다.

그를 항거抗拒한 뒤에 남에게 대한 격분激憤이 스스로의 슬픔으로 화化하는 찰나刹那에 당신을 보았습니다.

아아, 온갖 윤리倫理, 도덕道德, 법률法律은 칼과 황금黃金을 제사 지내는 연기烟氣인 줄을 알았습니다.

영원永遠의 사랑을 받을까, 인간역사人間歷史의 첫 페이지에 잉크칠을 할까, 술을 마실까 망설일 때에 당신을 보았습니다.

비

비는 가장 큰 권위權威를 가지고 가장 좋은 기회機會를 줍니다.
비는 해를 가리고 세상 사람의 눈을 가립니다.
그러나 비는 번개와 무지개를 가리지 않습니다.

나는 번개가 되어 무지개를 타고 당신에게 가서 사랑의 팔에 감기고자
합니다.
비 오는 날 가만히 서서 당신의 침묵沈默을 가지고 온대도 당신의 주인
主人은 알 수가 없습니다.

만일 당신이 비 오는 날에 오신다면 나는 연蓮잎으로 윗옷을 지어서 보
내겠습니다.
당신이 비 오는 날에 연잎 옷을 입고 오시면 이 세상에는 알 사람이 없
습니다. 당신이 비 가운데로 가만히 오셔서 나의 눈물을 가져가신대도 영
원永遠한 비밀秘密이 될 것입니다.
비는 가장 큰 권위를 가지고 가장 좋은 기회를 줍니다.

복종服從

남들은 자유自由를 사랑한다지만, 나는 복종을 좋아하여요.

자유를 모르는 것은 아니지만, 당신에게는 복종만 하고 싶어요.

복종하고 싶은데 복종하는 것은 아름다운 자유보다도 달콤합니다. 그
것이 나의 행복幸福입니다.

그러나 당신이 나더러 다른 사람을 복종하라면 그것만은 복종할 수가
없습니다.

다른 사람을 복종하려면 당신에게 복종할 수가 없는 까닭입니다.

참아주셔요

　나는 당신을 이별하지 아니할 수가 없습니다. 님이여, 나의 이별을 참아
주셔요.
　당신은 고개를 넘어갈 때에 나를 돌아보지 마셔요. 나의 몸은 한 작은
모래 속으로 들어가려 합니다.

　님이여, 이별을 참을 수가 없거든 나의 죽음을 참아주셔요.
　나의 생명의 배는 부끄럼의 땀의 바다에서 스스로 폭침爆沈하려 합니
다. 님이여, 님의 입김으로 그것을 불어서 속히 잠기게 하여주셔요. 그리
고 그것을 웃어주셔요.

　님이여, 나의 죽음을 참을 수가 없거든 나를 사랑하지 말아주셔요. 그리
하고 나로 하여금 당신을 사랑할 수 없도록 하여주셔요.
　나의 몸은 터럭 하나도 빼지 아니한 채로 당신의 품에 사라지겠습니다.
　님이여, 당신과 내가 사랑의 속에서 하나가 되는 것을 참아주셔요. 그리
하여 당신은 나를 사랑하지 말고, 나로 하여금 당신을 사랑할 수가 없도록
하여주셔요. 오오, 님이여.

어느 것이 참이냐

엷은 사紗의 장막帳幕이 작은 바람에 휘둘려서 처녀處女의 꿈을 휩싸듯이, 자취도 없는 당신의 사랑은 나의 청춘青春을 휘감습니다.

발딱거리는 어린 피는 고요하고 맑은 천국天國의 음악音樂에 춤을 추고 헐떡이는 작은 영靈은 소리 없이 떨어지는 천화天花[1]의 그늘에 잠이 듭니다.

가는 봄비가 드린 버들에 둘려서 푸른 연기가 되듯이, 끝도 없는 당신의 정情실이 나의 잠을 얽습니다.

바람을 따라가려는 짧은 꿈은 이불 안에서 몸부림치고, 강 건너 사람을 부르는 바쁜 잠꼬대는 목 안에서 그네를 뜁니다.

비낀 달빛이 이슬에 젖은 꽃수풀을 싸라기처럼 부시듯이 당신의 떠난 한恨은 드는 칼이 되어서 나의 애를 도막도막 끊어놓았습니다.

문밖의 시냇물은 물결을 보태려고 나의 눈물을 받으면서 흐르지 않습니다.

봄 동산의 미친 바람은 꽃 떨어뜨리는 힘을 더하려고 나의 한숨을 기다리고 섰습니다.

---

1)천화天花: 천상계天上界에 핀다는 영묘한 꽃.

첫 '키스'

마셔요 제발 마셔요

보면서 못 보는 체 마셔요

마셔요 제발 마셔요

입술을 다물고 눈으로 말하지 마셔요

마셔요 제발 마셔요

뜨거운 사랑에 웃으면서 차디찬 잔부끄럼에 울지 마셔요

마셔요 제발 마셔요

세계世界의 꽃을 혼자 따면서 항분亢奮에 넘쳐서 떨지 마셔요

마셔요, 제발 마셔요

미소微笑는 나의 운명運命의 가슴에서 춤을 춥니다. 새삼스럽게 스스러
워 마셔요

정천한해情天恨海

가을 하늘이 높다기로
정情 하늘을 따를쏘냐.
봄 바다가 깊다기로
한恨 바다만 못 하리라.

높고 높은 정 하늘이
싫은 것은 아니지만
손이 낮아서
오르지 못하고
깊고 깊은 한恨 바다가
병 될 것은 없지마는
다리가 짧아서
건너지 못한다.

손이 자라서 오를 수만 있으면
정 하늘은 높을수록 아름답고,
다리가 길어서 건널 수만 있다면
한 바다는 깊을수록 묘하니라.

만일 정 하늘이 무너지고 한 바다가 마른다면
차라리 정천情天에 떨어지고 한해恨海에 빠지리라.
아아, 정 하늘이 높은 줄만 알았더니

님의 이마보다는 낮다.
아아, 한 바다가 깊은 줄 알았더니
님의 무릎보다는 얕다.

손이야 낮든지 다리야 짧든지
정 하늘에 오르고 한 바다를 건너려면
님에게만 안기리라.

선사禪師의 설법說法

나는 선사의 설법을 들었습니다.

'너는 사랑의 쇠사슬에 묶여서 고통苦痛을 받지 말고, 사랑의 줄을 끊어라. 그러면 너의 마음이 즐거우리라' 고 선사는 큰 소리로 말하였습니다.

그 선사는 어지간히 어리석습니다.

사랑의 줄에 묶인 것이 아프기는 아프지만, 사랑의 줄을 끊으면 죽는 것보다도 더 아픈 줄을 모르는 말입니다.

사랑의 속박束縛은 단단히 얽어매는 것이 풀어주는 것입니다.

그러므로 대해탈大解脫은 속박束縛에서 얻는 것입니다.

님이여, 나를 얽은 님의 사랑의 줄이 약할까 봐서, 나의 님을 사랑하는 줄을 곱들였습니다.[1]

---

1)곱들이다: 비용·노력 따위를 갑절로 들이다.

그를 보내며

그는 간다. 그가 가고 싶어서 가는 것이 아니요, 내가 보내고 싶어서 보내는 것도 아니지만 그는 간다.

그의 붉은 입술, 흰 이, 가는 눈썹이 어여쁜 줄만 알았더니 구름 같은 뒷머리, 실버들 같은 허리, 구슬 같은 발꿈치보다도 아름답습니다.

걸음이 걸음보다 멀어지더니, 보이려다 말고, 말려다 보인다.

사람이 멀어질수록 마음이 가까워지고, 마음이 가까워질수록 사람은 멀어진다.

보이는 듯한 것이 그의 흔드는 수건인가 하였더니, 갈매기보다도 작은 조각구름이 난다.

금강산金剛山

만이천봉萬二千峰! 무양無恙하냐 금강산아.

너는 너의 님이 어디서 무엇을 하는지 아느냐.

너의 님은 너 때문에 가슴에서 타오르는 불꽃에 온갖 종교宗敎, 철학哲學, 명예名譽, 재산財産, 그 외에도 있으면 있는 대로 태워버리는 줄을 너는 모르리라.

너는 꽃에 붉은 것이 너냐.

너는 잎에 푸른 것이 너냐.

너는 단풍丹楓에 취醉한 것이 너냐.

너는 백설白雪에 깨인 것이 너냐.

나는 너의 침묵沈默을 잘 안다.

너는 철모르는 아이들에게 종작없는[1] 찬미讚美를 받으면서 시쁜[2] 웃음을 참고 고요히 있는 줄을 나는 잘 안다.

그러나 너는 천당天堂이나 지옥地獄이나 하나만 가지고 있으려무나.

꿈 없는 잠처럼 깨끗하고 단순單純하란 말이다.

나도 짧은 갈고리로 강江 건너의 꽃을 꺾는다고 큰말하는[3] 미친 사람은 아니다. 그래서 침착沈着하고 단순單純하려고 한다.

나는 너의 입김에 불려오는 조각구름에 키스한다.

만이천봉! 무양하냐 금강산아.
너는 너의 님이 어디서 무엇을 하는지 모르지.

---

1)종작없다: 말이나 태도를 종잡을 수 없다. 일정한 주견이 없다.
2)시쁘다: 마음에 차지 아니하여 시들하다. 대수롭지 않다.
3)큰말하다: 큰소리치다.

님의 얼굴

님의 얼굴을 '어여쁘다' 고 하는 말은 적당適當한 말이 아닙니다.

어여쁘다는 말은 인간人間 사람의 얼굴에 대한 말이요, 님은 인간의 것이라고 할 수가 없을 만치 어여쁜 까닭입니다.

자연自然은 어찌하여 그렇게 어여쁜 님을 인간으로 보냈는지 아무리 생각하여도 알 수가 없습니다.

알겠습니다. 사연의 가운데에는 님의 짝이 될 만한 무엇이 없는 까닭입니다.

님의 입술 같은 연蓮꽃이 어디 있어요, 님의 살빛 같은 백옥白玉이 어디 있어요.

봄 호수湖水에서 님의 눈결 같은 잔물결을 보았습니까. 아침볕에서 님의 미소微少 같은 방향芳香을 들었습니까.

천국天國의 음악音樂은 님의 노래의 반향反響입니다. 아름다운 별들은 님의 눈빛의 화현化現[1]입니다.

아아, 나는 님의 그림자여요.

님은 님의 그림자밖에는 비길 만한 것이 없습니다.

님의 얼굴을 어여쁘다고 하는 말은 적당한 말이 아닙니다.

---

1) 화현化現: 신불神佛이 그 모습을 바꾸어 세상에 나타나는 일을 이르는 말.

심은 버들

뜰 앞에 버들을 심어
님의 말을 매었더니
님은 가실 때에
버들을 꺾어 말채찍을 하였습니다.

버들마다 채찍이 되어서
님을 따르는 나의 말도 채칠까[1] 하였더니
남은 가지 천만사千萬絲는
해마다 해마다 보낸 한恨을 잡아 맵니다.

---

1) 채치다: 채찍질하다.

낙원樂園은 가시덤불에서

죽은 줄 알았던 매화나무 가지에 구슬 같은 꽃망울을 맺혀주는 쇠잔한 눈 위에 가만히 오는 봄기운은 아름답기도 합니다.

그러나 그 밖의 다른 하늘에서 오는 알 수 없는 향기는 모든 꽃의 죽음을 가지고 다니는 쇠잔한 눈이 주는 줄을 아십니까.

구름은 가늘고 시냇물은 얕고 가을 산은 비었는데 파리한 바위 사이에 실컷 붉은 단풍은 곱기도 합니다.

그러나 단풍은 노래도 부르고 울음도 웁니다. 그러한 '자연自然의 인생人生'은 가을바람의 꿈을 따라 사라지고 기억記憶에만 남아 있는 지난여름의 무르녹은 녹음綠陰이 주는 줄을 아십니까.

일경초一莖草[1]가 장육금신丈六金身이 되고 장육금신이 일경초가 됩니다.

천지天地는 한 보금자리요, 만유萬有는 같은 소조小鳥입니다.

나는 자연의 거울에 인생을 비춰보았습니다.

고통苦痛의 가시덤불 뒤에 환희歡喜의 낙원樂園을 건설建設하기 위하여 님을 떠난 나는, 아아 행복幸福입니다.

---

1)일경초—莖草: 한해살이 풀.

참말인가요

그것이 참말인가요, 님이여, 속임 없이 말씀하여 주셔요.

당신을 나에게서 빼앗아간 사람들이 당신을 보고 , '그대는 님이 없다'고 하였다지요.

그래서 당신은 남모르는 곳에서 울다가 남이 보면 울음을 웃음으로 변한다지요.

사람의 우는 것은 견딜 수가 없는 것인데, 울기조차 마음대로 못하고 웃음으로 변하는 것은 죽음의 맛보다도 더 쓴 것입니다.

그러면 나는 그것을 변명하지 않고는 견딜 수가 없습니다.

나의 생명生命의 꽃가지를 있는 대로 꺾어서, 화환花環을 만들어 당신의 목에 걸고 '이것이 님의 님이라' 고 소리쳐 말하겠습니다.

그것이 참말인가요, 님이여, 속임 없이 말씀하여 주셔요.

당신을 나에게서 빼앗아간 사람들이 당신을 보고, '그대의 님은 우리가 구하여 준다' 고 하였다지요.

그래서 당신은, '독신생활獨身生活을 하겠다' 고 하였다지요.

그러면 나는 그들에게 분풀이를 하지 않고는 견딜 수가 없습니다.

많지 않은 나의 피를 더운 눈물에 섞어서 피에 목마른 그들의 칼에 뿌리고, '이것이 님의 님이라' 고 울음 섞어서 말하겠습니다.

꽃이 먼저 알아

옛집을 떠나서 다른 시골에 봄을 만났습니다.
꿈은 이따금 봄바람을 따라서 아득한 옛터에 이릅니다.
지팡이는 푸르고 푸른 풀빛에 묻혀서 그림자와 서로 다릅니다.

길가에서 이름도 모르는 꽃을 보고서 행여 근심을 잊을까 하고 앉았습니다.
꽃송이에는 아침이슬이 아직 마르지 아니한가 하였더니 아아, 나의 눈물이 떨어진 줄이야 꽃이 먼저 알았습니다.

찬송讚頌

님이여, 당신은 백 번百番이나 단련鍛鍊한 금金결입니다.
뽕나무 뿌리가 산호珊瑚가 되도록 천국天國의 사랑을 받으옵소서.
님이여, 사랑이여 아침볕의 첫 걸음이여.

님이여, 당신은 의義가 무겁고 황금黃金이 가벼운 것을 잘 아십니다.
거지의 거친 밭에 복福의 씨를 뿌리옵소서.
님이여, 사랑이여, 옛 오동梧桐의 숨은 소리여.

님이여, 당신은 봄과 광명光明과 평화平和를 좋아하십니다.
약자弱者의 가슴에 눈물을 뿌리는 자비慈悲의 보살菩薩이 되옵소서.
님이여, 사랑이여, 얼음 바다에 봄바람이여.

논개論介의 애인愛人이 되어 그의 묘廟에

날과 밤으로 흐르고 흐르는 남강南江은 가지 않습니다.

바람과 비에 우두커니 서 있는 촉석루矗石樓는 살 같은 광음光陰을 따라서 달음질칩니다.

논개여, 나에게 울음과 웃음을 동시에 주는 사랑하는 논개여.

그대는 조선朝鮮의 무덤 가운데 피었던 좋은 꽃의 하나이다. 그래서 그 향기는 썩지 않는다.

나는 시인詩人으로 그대의 애인愛人이 되었노라.

그대는 어디 있느뇨. 죽지 않은 그대가 이 세상에는 없구나.

나는 황금黃金의 칼에 베어진 꽃과 같이 향기롭고 애처로운 그대의 당년當年을 회상回想한다.

술 향기에 목마친¹⁾ 고요한 노래는 옥獄에 묻힌 썩은 칼을 울렸다.

춤추는 소매를 안고 도는 무서운 찬바람은 귀신鬼神나라의 꽃 수풀을 거쳐서 떨어지는 해를 얼렸다.

가냘픈 그대의 마음은 비록 침착沈着하였지만, 떨리는 것보다도 더욱 무서웠다.

아름답고 무독無毒한 그대의 눈은 비록 웃었지만, 우는 것보다도 더욱 슬펐다.

붉은 듯하다가 푸르고 푸른 듯하다가 희어지며, 가늘게 떨리는 그대의 입술은 웃음의 조운朝雲이냐, 울음의 모우暮雨이냐, 새벽달의 비밀秘密이냐, 이슬 꽃의 상징象徵이냐.

빠비 같은 그대의 손에 꺾이지 못한 낙화대落花臺의 남은 꽃은 부끄럼에 취醉하여 얼굴이 붉었다.

옥玉 같은 그대의 발꿈치에 밟힌, 강江 언덕의 묵은 이끼는 교궁驕矜²⁾에 넘쳐서 푸른 사롱紗籠³⁾으로 자기의 제명題名을 가리었다.

아아, 나는 그대도 없는 빈 무덤 같은 집을 그대의 집이라고 부릅니다.

만일 이름뿐이나마 그대의 집도 없으면, 그대의 이름을 불러볼 기회機會가 없는 까닭입니다.

나는 꽃을 사랑합니다마는, 그대의 집에 피어 있는 꽃을 꺾을 수는 없습니다.

그대의 집에 피어 있는 꽃을 꺾으려면 나의 창자가 먼저 꺾어지는 까닭입니다.

나는 꽃을 사랑합니다마는, 그대의 집에 꽃을 심을 수는 없습니다.

그대의 집에 꽃을 심으려면, 나의 가슴에 가시가 먼저 심어지는 까닭입니다.

용서容恕하여요, 논개여, 금석金石 같은 굳은 언약을 저버린 것은 그대가 아니오, 나입니다.

용서하여요, 논개여, 쓸쓸하고 호젓한 잠자리에 외로이 누워서, 끼친⁴⁾ 한恨에 울고 있는 것은 내가 아니오, 그대입니다.

나의 가슴에 '사랑'의 글자를 황금으로 새겨서 그대의 사당祠堂에 기념비紀念碑를 세운들 그대에게 무슨 위로가 되오리까.

나의 노래에 '눈물'의 곡조曲調를 낙인烙印으로 찍어서 그대의 사당에

제종祭鐘을 올린대도 나에게 무슨 속죄贖罪가 되오리까.

　나는 다만 그대의 유언遺言대로 그대에게 다하지 못한 사랑을 영원永遠히 다른 여자女子에게 주지 아니할 뿐입니다. 그것은 그대의 얼굴과 같이 잊을 수가 없는 맹서盟誓입니다.

　용서하여요, 논개여, 그대가 용서하면, 나의 죄罪는 신神에게 참회懺悔를 아니한대도 사라지겠습니다.

　천추千秋에 죽지 않는 논개여.

　하루도 살 수 없는 논개여.

　그대를 사랑하는 나의 마음이 얼마나 즐거우며 얼마나 슬프겠는가.

　나의 웃음이 겨워서 눈물이 되고, 눈물이 겨워서 웃음이 됩니다.

　용서하여요, 사랑하는 오오 논개여.

---

1)목마치다: 목맺히다.

2)교긍驕矜: 교만하여 지나치게 자부심을 갖다.

3)사롱紗籠: 사등롱紗燈籠. 여러 가지 빛깔의 비단으로 거죽을 씌운 등롱.

4)끼치다: 영향, 해, 은혜 따위를 당하거나 입게 하다. 어떠한 일을 후세에 남기다. 여기에서는 두 번째의 뜻.

후회後悔

당신이 계실 때에 알뜰한 사랑을 못 하였습니다.

사랑보다 믿음이 많고 즐거움보다 조심이 더하였습니다.

게다가 나의 성격性格이 냉담冷淡하고 더구나 가난에 쫓겨서 병들어 누운 당신에게 도리어 소활疎闊¹⁾하였습니다.

그러므로 당신이 가신 뒤에 떠난 근심보다 뉘우치는 눈물이 많습니다.

---

1)소활疎闊: 서먹서먹하여 가깝지 않다. 성품이 어설프고 짜임이 없다. 여기에서는 첫 번째의 뜻.

사랑하는 까닭

내가 당신을 사랑하는 것은 까닭이 없는 것이 아닙니다.
다른 사람들은 나의 홍안紅顏만을 사랑하지만은 당신은 나의 백발白髮
도 사랑하는 까닭입니다.

내가 당신을 기루어하는 것은 까닭이 없는 것이 아닙니다.
다른 사람들은 나의 미소微笑만을 사랑하지만은 당신은 나의 눈물도 사
랑하는 까닭입니다.

내가 당신을 기다리는 것은 까닭이 없는 것이 아닙니다.
다른 사람들은 나의 건강健康만을 사랑하지마는 당신은 나의 죽음도 사
랑하는 까닭입니다.

당신의 편지

당신의 편지가 왔다기에 꽃밭 매던 호미를 놓고 떼어보았습니다.

그 편지는 글씨는 가늘고 글줄은 많으나 사연은 간단합니다.

만일 님이 쓰신 편지이면 글은 짧을지라도 사연은 길 터인데.

당신의 편지가 왔다기에 바느질 그릇을 치워놓고 떼어보았습니다.

그 편지는 나에게 잘 있느냐고만 묻고 언제 오신다는 말은 조금도 없었습니다.

만일 님이 쓰신 편지이면 나의 일은 묻지 않더라도 언제 오신다는 말을 먼저 썼을 터인데.

당신의 편지가 왔다기에 약을 달이다 말고 떼어보았습니다.

그 편지는 당신의 주소住所는 다른 나라의 군함軍艦입니다.

만일 님이 쓰신 편지이면 남의 군함에 있는 것이 사실事實이라 할지라도 편지에는 군함에서 떠났다고 하였을 터인데.

거짓 이별

당신과 나와 이별한 때가 언제인지 아십니까.

가령 우리가 좋을 대로 말하는 것과 같이, 거짓 이별이라 할지라도 나의 입술이 당신의 입술에 닿지 못하는 것이 사실事實입니다.

이 거짓 이별은 언제 우리에게서 떠날 것인가요.

한해 두해 가는 것이 얼마 아니 된다고 할 수가 없습니다.

시들어가는 두 볼의 도화桃花가 무정無情한 봄바람에 몇 번이나 스쳐서 낙화洛花가 될까요.

회색灰色이 되어가는 두 귀밑의 푸른 구름이, 쬐는 가을볕에 얼마나 바래서 백설白雪이 될까요.

머리는 희어가도 마음은 붉어갑니다.

피는 식어가도 눈물은 더워갑니다.

사랑의 언덕엔 사태가 나도 희망希望의 바다엔 물결이 뛰놀아요.

이른바 거짓 이별이 언제든지 우리에게서 떠날 줄만은 알아요.

그러나 한 손으로 이별을 가지고 가는 날日은 또 한 손으로 죽음을 가지고 와요.

꿈이라면

사랑의 속박束縛이 꿈이라면
출세出世[1]의 해탈解脫도 꿈입니다.
웃음과 눈물이 꿈이라면
무심無心의 광명光明도 꿈입니다.
일체만법一切萬法이 꿈이라면
사랑의 꿈에서 불멸不滅을 얻겠습니다

---

1)출세出世: 숨었던 사람이 세상에 나오다. 입신하여 훌륭하게 되다. 중생을 제도하기 위하여 사바세계로 나오다. 세상을 버리고 불도佛道에 들어가다. 여기에서는 네 번째의 뜻.

달을 보며

달은 밝고 당신이 하도 기루었습니다.

자던 옷을 고쳐 입고, 뜰에 나와 퍼지르고 앉아서, 달을 한참 보았습니다.

달은 차차차 당신의 얼굴이 되더니 넓은 이마, 둥근 코, 아름다운 수염이 역력히 보입니다.

간 해에는 당신이 달로 보이더니, 오늘 밤에는 달이 당신의 얼굴이 됩니다.

당신의 얼굴이 달이기에 나의 얼굴도 달이 되었습니다.

나의 얼굴은 그믐달이 된 줄을 당신이 아십니까.

아아, 당신의 얼굴이 달이기에 나의 얼굴도 달이 되었습니다.

인과율因果律

당신은 옛 맹서盟誓를 깨치고 가십시다.

당신의 맹서는 얼마나 참되었습니까. 그 맹서를 깨치고 가는 이별은 믿을 수가 없습니다.

참 맹서를 깨치고 가는 이별은 옛 맹서로 돌아올 줄을 압니다. 그것은 엄숙嚴肅한 인과율因果律입니다.

나는 당신과 떠날 때에 입 맞춘 입술이 마르기 전에 당신이 돌아와서 다시 입 맞추기를 기다립니다.

그러나 당신의 가시는 것은 옛 맹서를 깨치려는 고의故意가 아닌 줄을 나는 압니다.

비겨 당신이 지금의 이별을 영원永遠히 깨치지 않는다 하여도, 당신의 최후最後의 접촉接觸을 받은 나의 입술을 다른 남자男子의 입술에 댈 수는 없습니다.

잠꼬대

'사랑이라는 것은 다 무엇이냐, 진정한 사람에게는 눈물도 없고 웃음도 없는 것이다.

사랑의 뒤웅박을 발길로 차서 깨트려버리고, 눈물과 웃음을 티끌 속에 합장合葬하여라.

이지理智와 감정感情을 두드려 깨쳐서 가루로 만들어버려라.

그리고 허무虛無의 절정絶頂에 올라가서 어지럽게 춤추고 미치게 노래하여라.

그리고 애인愛人과 악마惡魔를 똑같이 술을 먹여라.

그리고 천치天癡가 되든지 미치광이가 되든지 산송장이 되든지 하여버려라.

그래 너는 죽어도 사랑이라는 것은 버릴 수가 없단 말이야.

그렇거든 사랑의 꽁무니에 도롱태[1]를 달아라.

그래서 네 멋대로 끌고 돌아다니다가, 쉬고 싶거든 쉬고, 자고 싶거든 자고, 살고 싶거든 살고, 죽고 싶거든 죽어라.

사랑의 발바닥에 말목[2]을 쳐놓고 붙들고 서서 엉엉 우는 것은 우스운 일이다.

이 세상에는 이마빡에다 '님' 이라고 새기고 다니는 사람은 하나도 없다.

연애戀愛는 절대자유絶對自由요, 정조貞操는 유동流動이요, 결혼식장結婚式場은 임간林間이다.'

나는 잠결에 큰 소리로 이렇게 부르짖었다.

아아 혹성惑星같이 빛나는 님의 미소微笑는 흑암黑闇의 광선光線에서

채 사라지지 아니하였습니다.

　잠의 나라에서 몸부림치던 사랑의 눈물은 어느덧 베개를 적셨습니다.

　용서容恕하여요, 님이여 아무리 잠이 지은 허물이라도, 님이 벌罰을 주신다면, 그 벌을 잠을 주기는 싫습니다.

---

1)도롱태: 사람이 밀거나 끌게 만든 간단한 나무수레.

2)말목: 말뚝.

계월향桂月香에게

계월향桂月香이여, 그대는 아리따웁고 무서운 최후最後의 미소微笑를 거두지 아니한 채로 대지大地의 침대寢臺에 잠들었습니다.

나는 그대의 다정多情을 슬퍼하고, 그대의 무정無情을 사랑합니다.

대동강大同江에 낚시질 하는 사람은 그대의 노래를 듣고 모란봉牡丹峯에 밤놀이 하는 사람은 그대의 얼굴을 봅니다.

아이들은 그대의 산 이름을 외우고, 시인詩人은 그대의 죽은 그림자를 노래합니다.

사람은 반드시 다하지 못한 한恨을 끼치고 가게 되는 것이다.

그대는 남은 한이 있는가 없는가, 있다면 그 한은 무엇인가.

그대가 하고 싶은 말을 하지 않습니다.

그대의 붉은 한은 현란絢爛한 저녁놀이 되어서 하늘 길을 가로막고 황량荒凉한 떨어지는 날을 돌이키고자 합니다.

그대의 푸른 근심은 드리고 드린 버들실이 되어서 꽃다운 무리를 뒤에 두고 운명運命의 길을 떠나는 저문 봄을 잡아매려 합니다.

나는 황금黃金의 소반에 아침볕을 바치고 매화梅花 가지에 새봄을 걸어서, 그대의 잠자는 곁에 가만히 놓아드리겠습니다.

자, 그러면 속速하면 하룻밤, 더디면 한겨울, 사랑하는 계월향桂月香이여.

만족滿足

세상에 만족이 있느냐, 인생人生에게 만족이 있느냐.
있다면 나에게도 있으리라.

세상에 만족이 있기는 있지마는, 사람의 앞에만 있다.
거리距離는 사람의 팔 길이와 같고, 속력速力은 사람의 걸음과 비례比
例가 된다.
만족은 잡으려야 잡을 수도 없고, 버리려야 버릴 수도 없다.

만족을 얻고 보면 얻은 것은 불만족不滿足이요, 만족은 의연依然히 앞
에 있다.
만족은 우자愚者나 성자聖者의 주관적主觀的 소유所有가 아니면 약자
弱者의 기대期待뿐이다.
만족은 언제든지 인생과 수적竪的 평행平行이다.
나는 차라리 발꿈치를 돌려서 만족의 묵은 자취를 밟을까 하노라.

아아, 나는 만족을 얻었노라.
아지랑이 같은 꿈과 금金실 같은 환상幻想이 님 계신 꽃동산에 둘릴 때에
아아, 나는 만족을 얻었노라.

눈물

　내가 본 사람 가운데는, 눈물을 진주眞珠라고 하는 사람처럼 미친 사람은 없습니다.

　그 사람은 피를 홍보석紅寶石이라고 하는 사람보다도, 더 미친 사람입니다.

　그것은 연애戀愛에 실패失敗하고 흑암黑闇의 기로岐路에서 헤매는 늙은 처녀處女가 아니면, 신경神經이 기형적畸形的으로 된 시인詩人의 말입니다.

　만일 눈물이 진주라면 나는 님이 신물信物로 주신 반지를 내놓고는 세상의 진주라는 진주는 다 티끌 속에 묻어버리겠습니다.

　나는 눈물로 장식裝飾한 옥패玉佩를 보지 못하였습니다.

　나는 평화平和의 잔치에 눈물의 술을 마시는 것을 보지 못하였습니다.

　내가 본 사람 가운데는, 눈물을 진주라고 하는 사람처럼 어리석은 사람은 없습니다.

　아니에요, 님의 주신 눈물은 진주眞珠눈물이에요.

　나는 나의 그림자가 나의 몸을 떠날 때까지, 님을 위하여 진주眞珠 눈물을 흘리겠습니다.

　아아, 나는 날마다 날마다 눈물의 선경仙境에서 한숨의 옥적玉笛을 듣습니다.

　나의 눈물은 백천百千 줄기라도, 방울방울이 창조創造입니다.

눈물의 구슬이여, 한숨의 봄바람이여, 사랑의 성전聖殿을 장엄莊嚴하는 무등등無等等의 보물寶物이여.

아아, 언제나 공간空間과 시간時間을 눈물로 채워서 사랑의 세계世界를 완성完成할까요.

반비례反比例

당신의 소리는 '침묵沈默' 인가요.

당신이 노래를 부르지 아니하는 때에, 당신의 노랫가락은 역력히 들립니다 그려.

당신의 소리는 침묵이에요.

당신의 얼굴은 '흑암黑闇' 인가요.

내가 눈을 감은 때에, 당신의 얼굴은 분명히 보입니다 그려.

당신의 얼굴은 흑암이에요.

당신의 그림자는 '광명光明' 인가요.

당신의 그림자는 달이 넘어간 뒤에, 어두운 창에 비칩니다그려.

당신의 그림자는 광명이에요.

어디라도

아침에 일어나서 세수하려고 대야에 물을 떠다놓으면, 당신은 대야 안의 가는 물결이 되어서, 나의 얼굴 그림자를 불쌍한 아기처럼 얼러줍니다.

근심을 잊을까 하고 뒷동산에 거닐 때에 당신은 꽃 사이를 스쳐오는 봄바람이 되어서, 시름없는 나의 마음에 꽃향기를 묻혀주고 갑니다.

당신을 기다리다 못하여 잠자리에 누웠더니 당신은 고요한 어둔 빛이 되어서 나의 잔부끄러움을 살뜰히도 덮어줍니다.

어디라도 눈에 보이는 데마다 당신이 계시기에, 눈을 감고 구름 위와 바다 밑을 찾아보았습니다.

당신은 미소微笑가 되어서 나의 마음에 숨었다가, 나의 감은 눈에 입 맞추고 '네가 나를 보느냐'고 조롱嘲弄합니다.

떠날 때의 님의 얼굴

꽃은 떨어지는 향기가 아름답습니다.
해는 지는 빛이 곱습니다.
노래는 목마친 가락이 묘합니다.
님은 떠날 때의 얼굴이 더욱 어여쁩니다.

떠나신 뒤에 나와 환상幻想의 눈에 비치는 님의 얼굴은 눈물이 없는 눈으로는 바로 볼 수가 없을 만치 어여쁠 것입니다.
님의 떠날 때의 어여쁜 얼굴을 나의 눈에 새기겠습니다.
님의 얼굴은 나를 울리기에는 너무도 야속한 듯하지마는, 님을 사랑하기 위하여는 나의 마음을 즐거웁게 할 수가 없습니다.
만일 그 어여쁜 얼굴이 영원永遠히 나의 눈을 떠난다면 그때의 슬픔은 우는 것보다도 아프겠습니다.

최초最初의 님

맨 첨에 만난 님과 님은 누구이며 어느 때인가요.

맨 첨에 이별한 님과 님은 누구이며 어느 때인가요.

맨 첨에 만난 님과 님이 맨 첨으로 이별하였습니까. 다른 님과 님이 맨 첨으로 이별하였습니까.

나는 맨 첨에 만난 님과 님이 맨 첨에 이별한 줄로 나는 압니다.

만나고 이별이 없는 것은 님이 아니라 나입니다.

이별하고 만나지 않는 것은 님이 아니라 길 가는 사람입니다.

우리는 님에 대하여 만날 때에 이별을 염려하고 이별할 때에 만남을 기약합니다.

그것은 맨 첨에 만난 님과 님이 다시 이별한 유전성遺傳性의 흔적痕跡입니다.

그러므로 만나지 않는 것도 님이 아니요, 이별이 없는 것도 님이 아닙니다.

님은 만날 때에 웃음을 주고 떠날 때에 눈물을 줍니다.

만날 때의 웃음보다 떠날 때의 눈물이 좋고 떠날 때의 눈물보다 다시 만나는 웃음이 좋습니다.

아아, 님이여, 우리의 다시 만나는 웃음은 어느 때에 있습니까.

두견새

두견새는 실컷 운다.
울다가 못 다 울면
피를 흘려 운다.

이별한 한恨이야 너뿐이랴마는
울려야 울지도 못하는 나는
두견새 못된 한을 또 다시 어찌하리.

야속한 두견새는
돌아갈 곳도 없는 나를 보고도
'불여귀 불여귀不如歸 不如歸'

나의 꿈

당신의 맑은 새벽에 나무 그늘 사이에서 산보할 때에, 나의 꿈은 작은 별이 되어서 당신의 머리 위에 지키고 있겠습니다.

당신이 여름날에 더위를 못 이기어 낮잠을 자거든, 나의 꿈은 맑은 바람이 되어서 당신의 주위周圍에 떠돌겠습니다.

당신이 고요한 가을밤에 그윽이 앉아서 글을 볼 때에, 나의 꿈은 귀뚜라미가 되어서 책상 밑에서 '귀뚤귀뚤' 울겠습니다.

타고르의 시詩 〈GARDENISTO〉¹⁾를 읽고

벗이여, 나의 벗이여, 애인愛人의 무덤 위에 피어 있는 꽃처럼 나를 울리는 벗이여.

작은 새의 자취도 없는 사막沙漠의 밤에 문득 만난 님처럼 나를 기쁘게 하는 님이여.

그대는 옛 무덤을 깨치고 하늘까지 사무치는 백골白骨의 향기香氣입니다.

그대는 화환花環을 만들려고 꽃을 줍다가 다른 거지에 걸려서 주운 꽃을 헤치고 부르는 절망絕望인 희망希望의 노래입니다.

벗이여, 깨어진 사랑에 우는 벗이여.

눈물이 능히 떨어진 꽃을 옛 가지에 도로 피게 할 수는 없습니다.

눈물을 떨어진 꽃에 뿌리지 말고 꽃나무 밑의 티끌에 뿌리셔요.

벗이여, 나의 벗이여.

죽음의 향기香氣가 아무리 좋다 하여도 백골白骨의 입술에 입 맞출 수는 없습니다.

그의 무덤을 황금黃金의 노래로 그물 치지 마셔요. 무덤 위에 피 묻은 깃대를 세우셔요.

그러나 죽은 대지大地가 시인詩人의 노래를 거쳐서 움직이는 것을 봄바람은 말합니다.

벗이여, 부끄럽습니다. 나는 그대의 노래를 들을 때에 어떻게 부끄럽고 떨리는지 모르겠습니다.

그것은 내가 님을 떠나서 홀로 그 노래를 듣는 까닭입니다.

---

1)GARDENISTO: 1924년 김억이 번역출간한 타고르 시집 《원정(園丁, The Gardener)》을 이름. 시집 출간 당시 에스페란토어에 조예가 깊던 김억은 '원정'이라는 제목 옆에 'GARDENISTO'라는 에스페란토어 명칭을 함께 적어놓았다.

우는 때

꽃 핀 아침, 달 밝은 저녁, 비 오는 밤. 그때가 가장 님 기룬 때라고 남들은 말합니다.

나도 같은 고요한 때로는 그때에 많이 울었습니다.

그러나 나는 여러 사람이 모여서 말하고 노는 때에 더 울게 됩니다.

님 있는 여러 사람들은 나를 위로하여 좋은 말을 합니다마는, 나는 그들의 위로하는 말을 조소로 듣습니다.

그때에는 울음을 삼켜서 눈물을 속으로 창자를 향하여 흘립니다.

수繡의 비밀秘密

나는 당신의 옷을 다 지어놓았습니다.
심의深衣도 짓고, 도포도 짓고, 자리옷도 지었습니다.
짓지 아니한 것은 작은 주머니에 수놓는 것뿐입니다.

그 주머니는 나의 손때가 많이 묻었습니다.
짓다가 놓아두고 짓다가 놓아두고 한 까닭입니다.
다른 사람들은 나의 바느질 솜씨가 없는 줄로 알지마는, 그러한 비밀秘密은 나밖에는 아는 사람이 없습니다.
나는 마음이 아프고 쓰린 때에 주머니에 수를 놓으려면, 나의 마음은 수놓은 금실을 따라서 바늘 구멍으로 들어가고, 주머니 속에서 맑은 노래가 나와서, 나의 마음이 됩니다.
그리고 아직 이 세상에는 그 주머니에 넣을 만한 무슨 보물이 아직 없습니다.
이 작은 주머니는 짓기 싫어서 짓지 못하는 것이 아니라, 짓고 싶어서 다 짓지 않는 것입니다.

사랑의 불

산천초목山川草木에 붙는 불은 수인씨燧人氏[1]가 내리셨습니다.

청춘靑春의 음악에 무도舞蹈하는 나의 가슴을 태우는 불은 가는 님이 내셨습니다.

촉석루矗石樓를 안고 돌며, 푸른 물결의 그윽한 품에 논개論价의 청춘靑春을 잠재우는 남강南江의 흐르는 물아.

모란봉牡丹峯의 키스를 받고 계월향桂月香의 무정無情을 저주咀呪하면서 능라도綾羅島를 감돌아 흐르는 실연자인 대동강大同江아.

그대들의 권위權威로도 애태우는 불은 끄지 못할 줄을 번연히 알지마는 입버릇으로 불러보았다.

만일 그대네가 쓰리고 아픈 슬픔으로 졸이다가, 폭발爆發되는 가슴 가운데의 불을 끌 수가 있다면, 그대들이 님 기루운 사람들을 위하여 노래를 부를 때에 이따금 이따금 목이 메어 소리를 이르지 못함은 무슨 까닭인가.

님들이 볼 수 없는 그대네의 가슴 속에도, 애태우는 불꽃이 거꾸로 타들어 가는 것을 나는 본다.

오오, 님의 정열情熱의 눈물과 나의 감격感激의 눈물이 마주 닿아서 합류合流가 되는 때에 그 눈물의 첫 방울로 나의 가슴의 불을 끄고, 그 다음 방울을 그대네의 가슴에 뿌려주리라.

---

1)수인씨燧人氏: 중국 고대 삼황제三皇帝의 한 사람. 불의 기술과 음식물의 조리법을 전해 주었다고 한다.

'사랑'을 사랑하여요

당신의 얼굴은 봄 하늘의 고요한 별이어요.

그러나 찢어진 구름 사이로 돋아오는 반달 같은 얼굴이 없는 것이 아닙니다.

만일 어여쁜 얼굴만을 사랑한다면 왜 나의 베갯모에 달을 수놓지 않고 별을 수놓아요.

당신의 마음은 티 없는 숫옥玉이어요. 그러나 곱기도 밝기도 굳기도 보석 같은 마음이 없는 것이 아닙니다.

만일 아름다운 마음만을 사랑한다면 왜 나의 반지를 보석으로 아니 하고 옥으로 만들어요.

당신의 시詩는 봄비에 새로 눈트는 금金결 같은 버들이어요.

그러나 기름 같은 검은 바다에 피어오르는 백합百合꽃 같은 시詩가 없는 것이 아닙니다.

만일 좋은 문장文章만을 사랑한다면 왜 내가 꽃을 노래하지 않고 버들을 찬미讚美하여요.

온 세상 사람이 나를 사랑하지 아니할 때에 당신만이 나를 사랑하였습니다.

나는 당신을 사랑하여요. 나는 당신의 '사랑'을 사랑하여요.

버리지 아니하면

나는 잠자리에 누워서 자다가 깨고 깨다가 잘 때에, 외로운 등잔불은 각근恪勤한 파수꾼把守軍처럼 온 밤을 지킵니다.

당신이 나를 버리지 아니하면 나는 일생一生의 등잔불이 되어서 당신의 백년百年을 지키겠습니다.

나는 책상 앞에 앉아서 여러 가지 글을 볼 때에 내가 요구要求만 하면, 글은 좋은 이야기도 하고, 맑은 노래도 부르고, 엄숙嚴肅한 교훈敎訓도 줍니다.

당신이 나를 버리지 아니하면, 나는 복종服從의 백과전서百科全書가 되어서, 당신의 요구를 수응酬應하겠습니다.

나는 거울을 대하여 당신의 키스를 기다리는 입술을 볼 때에, 속임 없는 거울은 내가 웃으면 거울도 웃고, 내가 찡그리면 거울도 찡그립니다.

당신이 나를 버리지 아니하면, 나는 마음의 거울이 되어서, 당신의 고락苦樂을 같이하겠습니다.

당신 가신 때

당신이 가실 때에 나는 다른 시골에 병들어 누워서 이별의 키스도 못하
였습니다.
그때는 가을바람이 첨으로 나서 단풍이 한 가지에 두서너 잎이 붉었습
니다.

나는 영원永遠의 시간時間에서 당신 가신 때를 끊어내겠습니다. 그러면
시간은 두 도막이 납니다.
시간의 한끝은 당신이 가지고 한끝은 내가 가졌다가 당신의 손과 나의
손과 마주잡을 때에 가만히 이어놓겠습니다.

그러면 붓대를 잡고 남의 불행不幸한 일만을 쓰려고 기다리는 사람들도
당신의 가신 때는 쓰지 못할 것입니다.
나는 영원의 시간에서 당신 가신 때를 끊어내겠습니다.

요술妖術

가을 홍수洪水가 작은 시내의 쌓인 낙엽落葉을 휩쓸어가듯이, 당신은 나의 환락歡樂의 마음을 빼앗아갔습니다. 나에게 남은 마음은 고통苦痛뿐입니다.

그러나 나는 당신을 원망할 수는 없습니다. 당신이 가기 전에는 나의 고통의 마음을 빼앗아간 까닭입니다.

만일 당신이 환락의 마음과 고통의 마음을 동시同時에 빼앗아간다 하면, 나에게는 아무 마음도 없겠습니다.

나는 하늘의 별이 되어서 구름의 면사面紗로 낯을 가리고 숨어 있겠습니다.

나는 바다의 진주眞珠가 되었다가 당신의 구두의 단추가 되겠습니다.

당신이 만일 별과 진주를 따서 게다가 마음을 넣어서, 다시 당신의 님을 만든다면, 그때에는 환락의 마음을 넣어주셔요.

부득이 고통의 마음도 넣어야 하겠거든, 당신의 고통을 빼어다가 넣어주셔요.

그리고 마음을 빼앗아가는 요술은 나에게는 가르쳐주지 마셔요.

그러면 지금의 이별이 사랑의 최후最後는 아닙니다.

당신의 마음

나는 당신의 눈썹이 검고 귀가 갸름한 것도 보았습니다.

그러나 당신의 마음을 보지 못하였습니다.

당신이 사과를 따서 나를 주려고, 크고 붉은 사과를 따로 쌀 때에, 당신의 마음이 그 사과 속으로 들어가는 것을 분명히 보았습니다.

나는 당신의 둥근 배와 잔나비 같은 허리와를 보았습니다.

그러나 당신의 마음을 보지 못하였습니다.

당신이 나의 사진과 어떤 여자의 사진을 같이 들고 볼 때에, 당신의 마음이 두 사진의 사이에서 초록빛이 되는 것을 분명히 보았습니다.

나는 당신의 발톱이 희고 발꿈치가 둥근 것도 보았습니다.

그러나 당신의 마음을 보지 못하였습니다.

당신이 떠나시려고, 나의 큰 보석 반지를 주머니에 넣으실 때에, 당신의 마음이 보석 반지 너머로 얼굴을 가리고 숨는 것을 분명히 보았습니다.

여름밤이 길어요

　당신이 가실 때에는 겨울밤이 짧더니, 당신이 가신 뒤에는 여름밤이 길어요.
　책력의 내용內容이 그릇되었나 하였더니, 개똥불이 흐르고 벌레가 웁니다.
　긴 밤은 어디서 오고, 어디로 가는 줄을 분명히 알았습니다.
　긴 밤은 근심 바다의 첫 물결에서 나와서, 슬픈 음악音樂이 되고 아득한 사막沙漠이 되더니, 필경 절망絕望의 성성城 너머로 가서, 악마惡魔의 웃음 속으로 들어갑니다.

　그러나 당신이 오시면, 나는 사랑의 칼을 가지고 긴 밤을 베어서, 일천一千 도막을 내겠습니다.
　당신이 가실 때는 겨울밤이 짧더니, 당신이 가신 뒤는 여름밤이 길어요.

명상冥想

아득한 명상의 작은 배는 가없이 출렁거리는 달빛의 물결에 표류漂流되어 멀고 먼 별나라를 넘고 또 넘어서 이름도 모르는 나라에 이르렀습니다.

이 나라에는 어린 아기의 미소微笑와 봄 아침과 바다 소리가 합습하여 사람이 되었습니다.

이 나라 사람은 옥새玉璽의 귀한 줄도 모르고 황금黃金을 밟고 다니고 미인美人의 청춘靑春을 사랑할 줄도 모릅니다.

이 나라 사람은 웃음을 좋아하고 푸른 하늘을 좋아합니다.

명상의 배를 이 나라의 궁전宮殿에 매었더니 이 나라 사람들은 나의 손을 잡고 같이 살자고 합니다.

그러나 나는 님이 오시면 그의 가슴에 천국天國을 꾸미려고 돌아왔습니다.

달빛의 물결은 흰 구슬을 머리에 이고 춤추는 어린 풀의 장단을 맞추어 우쭐거립니다.

칠석七夕

'차라리 님이 없이 스스로 님이 되고 살지언정, 하늘 위의 직녀성織女星은 되지 않겠어요, 네네.' 나는 언제인지 님의 눈을 쳐다보며, 조금 아양스런 소리로 이렇게 말하였습니다.

이 말은 견우牽牛의 님을 그리는 직녀織女가 1년에 한 번씩 만나는 칠석을 어찌 기다리나 하는 동정同情의 저주呪였습니다.

이 말에는 나는 모란꽃에 취한 나비처럼, 일생一生을 님의 키스에 바쁘게 지나겠다는 교만한 맹서盟誓가 숨어 있습니다.

아아, 알 수 없는 것은 운명運命이요, 지키기 어려운 것은 맹서입니다.

나의 머리가 당신의 팔 위에 도리질을 한 지가 칠석七夕을 열 번이나 지나고 또 몇 번을 지났습니다.

그러나 그들은 나를 용서하고 불쌍히 여길 뿐이요, 무슨 복수적復讐的 저주呪를 아니하였습니다.

그들은 밤마다 밤마다 은하수銀河水를 새에 두고, 마주 건너다보며 이야기하고 놉니다.

그들은 해죽해죽 웃는 은하수의 강안江岸에서 물을 한 줌씩 쥐어서 서로 던지고 다시 뉘우쳐 합니다.

그들은 물에다 발을 담그고 반비슥이[1] 누워서 서로 안 보는 체하고 무슨 노래를 부릅니다.

그들은 갈잎으로 배를 만들고, 그 배에다 무슨 글을 써서 물에 띄우고 입김으로 불어서 서로 보냅니다. 그리고 서로 글을 보고 이해理解하지 못하는 것처럼 잠자코 있습니다.

그들은 돌아갈 때에는 서로 보고 웃기만 하고 아무 말도 아니합니다.

지금은 칠월 칠석날 밤입니다.

그들은 난초蘭草실로 주름을 접은 연꽃의 윗옷을 입었습니다.

그들은 한 구슬에 일곱 빛 나는 계수桂樹나무 열매의 노리개를 찼습니다.

키스의 술에 취醉할 것을 상상想像하는 그들은 뺨은 먼저 기쁨을 못 이기는 자기自己의 열정熱情에 취하여 반이나 붉었습니다.

그들은 오작교烏鵲橋를 건너갈 때에 걸음을 멈추고 윗옷의 뒷자락을 섬사합니다.

그들은 오작교를 건너서 서로 포옹抱擁하는 동안에 눈물과 웃음이 순서順序를 잃더니 다시금 공경恭敬하는 얼굴을 보입니다.

아아, 알 수 없는 것은 운명運命이요, 지키기 어려운 것은 맹서입니다.

나는 그들의 사랑의 표현表現인 것을 보았습니다.

진정한 사랑은 표현할 수가 없습니다.

그들은 나의 사랑을 볼 수는 없습니다.

사랑의 신성神聖은 표현에 있지 않고 비밀秘密에 있습니다.

그들이 나를 하늘로 오라고 손짓을 한대도, 나는 가지 않겠습니다.

지금은 칠월 칠석날 밤입니다.

---

1)반비슥이: 비스듬히

생生의 예술藝術

모르는 결에 쉬어지는 한숨은 봄바람이 되어서, 야윈 얼굴을 비추는 거울에 이슬 꽃을 핍니다.

나의 주위周圍에는 화기和氣라고는 한숨의 봄바람밖에는 아무것도 없습니다.

하염없이 흐르는 눈물은 수정水晶이 되어서 깨끗한 슬픔의 성경聖境을 비춥니다.

나는 눈물의 수정이 아니면 이 세상에 보물寶物이라고는 하나도 없습니다.

한숨의 봄바람과 눈물의 수정은 떠난 님을 기루어하는 정情의 추수秋收입니다.

저리고 쓰린 슬픔은 힘이 되고 열熱이 되어서 어린 양羊 같은 작은 목숨을 살아 움직이게 합니다.

님이 주시는 한숨과 눈물은 아름다운 생의 예술입니다.

114

꽃싸움

당신은 두견화를 심으실 때에 '꽃이 피거든 꽃싸움하자'고 나에게 말하였습니다.

꽃은 피어서 시들어가는데 당신은 옛 맹서를 잊으시고 아니 오십니까.

나는 한 손에 붉은 꽃수염을 가지고 한 손에 흰 꽃수염을 가지고, 꽃싸움을 하여서 이기는 것은 당신이라 하고, 지는 것은 내가 됩니다.

그러나 정말로 당신을 만나서 꽃싸움을 하게 되면, 나는 붉은 꽃수염을 가지고 당신은 흰 꽃수염을 가지게 합니다.

그러면 당신은 나에게 번번이 지십니다.

그것은 내가 이기기를 좋아하는 것이 아니라, 당신이 나에게 지기를 기뻐하는 까닭입니다.

번번이 이긴 나는 당신에게 우승의 상을 달라고 조르겠습니다.

그러면 당신은 빙긋이 웃으며, 나의 뺨에 입 맞추겠습니다.

꽃은 피어서 시들어가는데 당신은 옛 맹세를 잊으시고 아니 오십니까.

오셔요

오셔요, 당신은 오실 때가 되었어요. 어서 오셔요.

당신은 당신의 오실 때가 언제인지 아십니까. 당신의 오실 때는 나의 기다리는 때입니다.

당신은 나의 꽃밭으로 오셔요. 나의 꽃밭에는 꽃들이 피어 있습니다.

만일 당신을 쫓아오는 사람이 있으면 당신은 꽃 속으로 들어가서 숨으십시오.

나는 나비가 되어서 당신 숨은 꽃 위에 가서 앉겠습니다.

그러면 쫓아오는 사람이 당신을 찾을 수는 없습니다.

오셔요, 당신은 오실 때가 되었습니다. 어서 오셔요.

당신은 나의 품으로 오셔요. 나의 품에는 보드라운 가슴이 있습니다.

만일 당신을 쫓아오는 사람이 있으면 당신은 머리를 숙여서 나의 가슴에 대십시오.

나의 가슴은 당신이 만질 때에는 물같이 보드랍지만 당신의 위험危險을 위하여는 황금黃金의 칼도 되고 강철鋼鐵의 방패도 됩니다.

나의 가슴은 말굽에 밟힌 낙화落花가 될지언정 당신의 머리가 나의 가슴에서 떨어질 수는 없습니다.

그러면 쫓아오는 사람이 당신에게 손을 댈 수는 없습니다.

오셔요, 당신은 오실 때가 되었습니다. 어서 오셔요.

당신은 나의 죽음 속으로 오셔요. 죽음은 당신을 위하여의 준비準備가

116

언제든지 되어 있습니다.

만일 당신을 쫓아오는 사람이 있으면 당신은 나의 죽음의 뒤에 서십시오.

죽음은 허무虛無와 만능萬能이 하나입니다.

죽음의 사랑은 무한無限인 동시에 무궁無窮입니다.

죽음의 앞에는 군함軍艦과 포대砲臺가 티끌이 됩니다.

죽음의 앞에는 강자强者와 약자弱者가 벗이 됩니다.

그러면 쫓아오는 사람이 당신을 잡을 수는 없습니다.

오셔요, 당신은 오실 때가 되었습니다. 어서 오셔요.

거문고 탈 때

달 아래에서 거문고를 타기는 근심을 잊을까 함이러니, 춤 곡조가 끝나기 전에 눈물이 앞을 가려서, 밤은 바다가 되고 거문고 줄은 무지개가 됩니다.

거문고 소리가 높았다가 가늘고 가늘다가 높을 때에, 당신은 거문고 줄에서 그네를 뜁니다.

마지막 소리가 바람을 따라서 느티나무 그늘로 사라질 때에, 당신은 나를 힘없이 보면서 아득한 눈을 감습니다.

아아 당신은 사라지는 거문고 소리를 따라서 아득한 눈을 감습니다.

쾌락快樂

님이여 당신은 나를 당신 계신 때처럼 잘 있는 줄로 아십니까.
그러면 당신은 나를 아신다고 할 수가 없습니다.

당신이 나를 두고 멀리 가신 뒤로는 나는 기쁨이라고는 달도 없는 가을
하늘에 외기러기의 발자취만치도 없습니다.

거울을 볼 때에 절로 오던 웃음도 오지 않습니다.
꽃나무를 심고 물 주고 북돋우던 일도 아니합니다.
고요한 달 그림자가 소리 없이 걸어와서 엷은 창에 소곤거리는 소리도
듣기 싫습니다.
가물고 더운 여름 하늘에 소낙비가 지나간 뒤에 산 모롱이의 작은 숲에
서 나는 서늘한 맛도 닫지 않습니다.
동무도 없고 노리개도 없습니다.

나는 당신 가신 뒤에 이 세상에서 얻기 어려운 쾌락이 있습니다.
그것은 다른 것이 아니라 이따금 실컷 우는 것입니다.

고대苦待

당신은 나로 하여금 날마다 날마다 당신을 기다리게 합니다.

해가 저물어 산 그림자가 촌집을 덮을 때에, 나는 기약期約 없는 기대期待를 가지고 마을 숲 밖에 가서 기다리고 있습니다.

소를 몰고 오는 아이들의 풀잎 피리는 제 소리에 목마칩니다.

먼 나무로 돌아가는 새들은 저녁 연기에 헤엄칩니다.

숲들은 바람과의 유희遊戲를 그치고 잠잠히 섰습니다. 그것은 나에게 동정同情하는 표상表象입니다.

시내를 따라 굽이친 모랫길이 어둠의 품에 안겨서 잠들 때에

나는 고요하고 아득한 하늘에 긴 한숨의 사라진 자취를 남기고 게으른 걸음으로 돌아옵니다.

당신은 나로 하여금 날마다 날마다 당신을 기다리게 합니다.

어둠의 입이 황혼黃昏의 엷은 빛을 삼킬 때에, 나는 시름없이 문밖에 서서 당신을 기다립니다.

다시 오는 별들은 고운 눈으로 반가운 표정表情을 빛내면서, 머리를 조아 다투어 인사합니다.

풀 사이의 벌레들은 이상한 노래로, 백주白晝의 모든 생명生命의 전쟁戰爭을 쉬게 하는 평화平和의 밤을 공양供養합니다.

네모진 작은 못의 연蓮잎 위에 발자취 소리를 내는 실없는 바람이 나를 조롱嘲弄할 때에 나는 아득한 생각이 날카로운 원망怨望으로 화化합니다.

당신은 나로 하여금 날마다 날마다 당신을 기다리게 합니다.

일정一定한 보조步調로 걸어가는 사정私情 없는 시간時間이 모든 희망希望을 채찍질하여 밤과 함께 몰아갈 때에 나는 쓸쓸한 잠자리에 누워서 당신을 기다립니다.

가슴 가운데의 저기압低氣壓은 인생人生의 해안海岸에 폭풍우暴風雨를 지어서, 삼천세계三千世界는 유실流失되었습니다.

벗을 잃고 견디지 못하는 가엾은 잔나비는 정情의 삼림森林에서 저의 숨에 질식窒息되었습니다.

우주宇宙와 인생人生의 근본문제根本問題를 해결解決하는 대철학大哲學은 눈물의 삼매三昧에 입정入定되었습니다.

나의 '기다림'은 나를 찾다가 못 찾고 저의 자신自身까지 잃어버렸습니다.

사랑의 끝판

네 네 가요, 지금 곧 가요.

에그, 등불을 켜려다가 초를 거꾸로 꽂았습니다그려. 저를 어쩌나, 저 사람들이 흉보겠네.

님이여, 나는 이렇게 바쁩니다. 님은 나를 게으르다고 꾸짖습니다. 에그 저것 좀 보아, '바쁜 것이 게으른 것이다' 하시네.

내가 님의 꾸지람을 듣기로 무엇이 싫습니까. 다만 님의 거문고 줄이 완급緩急을 잃을까 저어합니다.

님이여, 하늘도 없는 바다를 거쳐서 느릅나무 그늘을 지워버리는 것은 달빛이 아니라 새는 빛입니다.

횃를 탄 닭은 날개를 움직입니다.

마구에 매인 말은 굽을 칩니다.

네 네 가요, 이제 곧 가요.

독자讀者에게

독자讀者여, 나는 시인詩人으로 여러분의 앞에 보이는 것을 부끄러워합니다.

여러분이 나의 시詩를 읽을 때에, 나를 슬퍼하고 스스로 슬퍼할 줄을 압니다.

나는 나의 시詩를 독자의 자손子孫에게까지 읽히고 싶은 마음은 없습니다.

그때에는 나의 시를 읽는 것이 늦은 봄의 꽃 수풀에 앉아서 마른 국화菊花를 비벼서 코에 대는 것과 같을는지 모르겠습니다.

밤은 얼마나 되었는지 모르겠습니다.

설악산雪嶽山의 무거운 그림자는 엷어갑니다.

새벽 종을 기다리면서 붓을 던집니다.

〈을해乙丑 8월 29일 밤 끝〉

심우장尋牛莊* 산시散詩

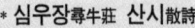

* 심우장尋牛莊 산시散詩

심우장尋牛莊은 1933년 한용운이 서울 성북구에 지은 집의 이름이다. 총독부를 마주보는 것을 피해
북향으로 지어졌으며, 1944년 한용운이 이곳에서 생애를 마치기도 했다.

산거山居

티끌 세상을 떠나면
모든 것을 잊는다 하기에
산을 깎아 집을 짓고
돌을 뚫어 새암을 팠다.
구름은 손인 양하여
스스로 왔다 스스로 가고
달은 파수꾼도 아니건만
밤을 새워 문을 지킨다.
새소리를 노래라 하고
솔바람을 거문고라 하는 것은
옛사람의 두고 쓰는 말이다.

님 기루어 잠 못 이루는
오고 가지 않는 근심은
오직 작은 베개가 알 뿐이다.

공산空山의 적막寂寞이여
어디서 한가한 근심을 가져오는가.
차라리 두견성杜鵑聲도 없이
고요히 근심을 가져오는
오오, 공산의 적막이여.

산골 물

산골 물아
어디서 나서 어디로 가는가.
무슨 일로 그리 쉬지 않고 가는가.
가면 다시 오려는가, 아니 오려는가.

물은 아무 말이 없이
수없이 얼크러진 등댕담이[1] 칡던줄[2] 속으로
작은 돌은 넘어가고
큰 돌은 돌아가면서
쫄쫄 꼴꼴 쐐 소리가
양안청산兩岸靑山에 반향反響한다.

그러면
산에서 나서 바다에 이르는 성공成功의 비결秘訣이
이렇다는 말인가.
물이야 무슨 마음이 있으랴마는
세간世間의 열패자劣敗者인 나는
이렇게 설법說法을 듣노라.

---

1)등댕담이: 댕댕이 덩굴.
2)칡던줄: 칡넝쿨

모순矛盾

좋은 달은 이울기 쉽고
아름다운 꽃엔 풍우風雨가 많다.
그것을 모순이라 하는가.

어진 이는 만월滿月을 경계警戒하고
시인詩人은 낙화落花를 찬미讚美하느니
그것은 모순의 모순이다.

모순이 모순이라면
모순의 모순은 비非모순이다.
모순이냐 비모순이냐
모순은 존재存在가 아니고 주관적主觀的이다.

모순의 속에서 비모순을 찾는 가련可憐한 인생
모순은 사람을 모순이라 하느니 아는가.

쥐鼠

나는 아무리 좋은 뜻으로 너를 말하여도
너는 작고 방정맞고 얄미운 쥐라고밖에 할 수가 없다.
너는 사람의 결혼의상結婚衣裳과 연회복宴會服을 낱낱이 쪼아놓았다.
너는 쌀궤와 팥멱서리¹⁾를 다 쪼고 물어내었다.
그 외에 모든 기구器具를 쪼아놓았다.
나는 쥐덫을 만들고 고양이를 길러서 너를 잡겠다.
이 작고 방정맞고 얄미운 쥐야.

그렇다, 나는 작고 방정맞고 얄미운 쥐다.
나는 너희가 만든 쥐덫과 너희가 기른 고양이에게 잡힐 줄을 안다.
만일 내가 너희 의장衣欌과 창고倉庫를 통거리째²⁾ 빼앗고
또 너희 집과 너희 나라를 빼앗으면,
너희는 허리를 굽혀서 절하고 나의 공덕功德을 찬미讚美할 것이다.
그리고 너희들의 역사歷史에 나의 이 뜻을 크게 쓸 것이다.
그러나 나는 그러한 큰 죄를 지을 만한 힘이 없다.
다만 너희들의 먹고 입고 쓰고 남는 것을 조금씩 얻어먹는다.
그래서 너희는 나를 작고 방정맞고 얄미운 쥐라고 하며,
쥐덫을 만들고 고양이를 길러서 나를 잡으려 한다.

그러나 쥐덫이 나의 덜미에 벼락을 치고 고양이의 발톱이 나의 옆구리
에 새암을 팔 때까지

나는 먹고 마시고 뛰고 놀겠다.
이 크고 점잖고 귀염성 있는 사람들아.

---

1)멱서리: 짚으로 날을 촘촘히 결어서 만든 그릇의 하나.
2)통거리째: 통째. 온통. 전부

천일淺日

지는 해는
성공成功한 영웅英雄의 말로末路같이 아름답기도 하고 슬프기도 하다.

창창蒼蒼한 남은 빛이
높은 산과 먼 물을 비쳐서 현란絢爛한 최후最後를 장엄莊嚴하더니,
홀연忽然히 엷은 구름의 붉은 소매로
두려운 얼굴을 슬쩍 가리며
결별訣別의 미소微笑를 띠운다.

큰 강의 급한 물결은 만가輓歌를 부르고
뭇 산의 비낀 그림자는 임종臨終의 역사歷史를 쓴다.

해촌海村의 석양夕陽

석양夕陽은 갈대 지붕을 비쳐서
작은 언덕 잔디밭에 반사反射되었다.
산山기슭의 길로 물 길러 가는 처녀處女는
한 손으로 부신 눈을 가리고 동동걸음을 친다.
반쯤 찡그린 그의 이마엔 저녁 늦은 근심이 가늘게 눈썹을 눌렀다.

낚싯대를 메고 돌아오는 어부漁父는
갯가에 선 노파老婆를 만나서
멀리 오는 돛대를 가리키면서
무슨 말인지 그칠 줄을 모른다.

서천西天에 지는 해는
바다의 고별음악告別音樂을 들으면서
짐짓 머뭇머뭇한다.

일출日出

어머니의 품과 같이
대지大地를 덮어서 단잠 재우던 어둠의 장막帳幕이
동東으로부터 서西로
서로부터 다시 알지 못하는 곳으로
점점 자취를 감춘다.
하늘에 비낀 연분홍의 구름은
그를 환영歡迎하는 선녀仙女의 치마는 아니다.
가늘게 춤추는 바다 물결은
고요한 가운데 음악音樂을 조절調節하면서
붉은 구름에 반영反映되었다.

물인지 하늘인지
자연自然의 예술藝術인지 인생人生의 꿈인지
도무지 알 수 없는 그 가운데로
솟아오르는 해님의 얼굴은
거룩도 하고 감사感謝도 하다.
그는 숭엄崇嚴, 신비神秘, 자애慈愛의 화현化現이다.

눈도 깜짝이지 않고 바라보는 나는
어느 찰나刹那에 해님의 품으로 들어가 버렸다.

어디서인지 우는 꾸꿍이¹⁾ 소리가
건너 산에 반향反響된다.

---

1)꾸꿍이: 뻐꾸기.

강江배

저녁 빛을 배불리 받고
거슬러 오는 작은 배는
온 강의 맑은 바람을
한 돛에 가득히 실었다.
구슬픈 노 젓는 소리는
봄 하늘에 사라지는데
강가의 술집에서
어떤 사람이 손짓을 한다.

낙화落花

떨어진 꽃이 힘없이 대지大地의 품에 안길 때
애처로운 남은 향기香氣가 어디로 가는 줄을 나는 안다.
가는 바람이 작은 풀과 속삭이는 곳으로 가는 줄을 안다.

떨어진 꽃이 굴러서 알지도 못하는 집의 울타리 사이로 들어갈 때에
쇠잔한 붉은 빛이 어디로 가는 줄을 나는 안다.
부끄러움 많고 새암 많고 미소微笑 많은 처녀處女의 입술로 들어가는
것을 안다.

떨어진 꽃이 날려서 작은 언덕을 넘어갈 때에,
가엾은 그림자가 어디로 가는 줄을 나는 안다.
봄을 빼앗아가는 악마惡魔의 발 밑으로 사라지는 줄을 안다.

일경초一莖草

나는 소나무 아래서 놀다가
지팡이로 한 줄기 풀을 분질렀다.
풀은 아무 반항反抗도 원망怨望도 없다.
나는 부러진 풀을 슬퍼한다.
부러진 풀은 영원永遠히 이어지지 못한다.

내가 지팡이로 분지르지 아니 하였으면
풀은 맑은 바람에 춤도 추고 노래도 하며
은銀 같은 이슬에 잠자고 키스도 하리라.

모진 바람과 찬 서리에 꺾이는 것이야 어찌하랴마는
나로 말미암아 꺾어진 풀을 슬퍼한다.

사람은 사람의 죽음을 슬퍼한다.
인인지사仁人志士 영웅호걸英雄豪傑의 죽음을 더욱 슬퍼한다.
나는 죽으면서도 아무 반항反抗도 원망怨望도 없는 한 줄기 풀을 슬퍼
한다.

시조

환가還家

갔다가 다시 온들
처음 마음이야 변하리까
가져올 것 다 못 가져와
다시 올 수 없지마는
님께서 주시는 사랑
하 기루어 다시 와요.

조춘早春

1

이른 봄 작은 언덕

쌓인 눈을 저어 마소

제 아무리 차다기로

돋는 움¹⁾을 어이 하리

봄옷을 새로 지어

가신 님께 보내고저

2

새 봄이 오단 말가

매화야 물어보자

눈바람에 막힌 길을

제 어이 오단 말가

매화는 말이 없고

봉오리만 맺더라

3

봄동산 눈이 녹아

꽃뿌리를 적시도다

찬바람에 못 견디는

어여쁜 꽃나무야

간 겨울 내리던 눈은
봄의 사도使徒이니라

---

1)움 : 풀이나 나무에 새로 돋아 나오는 싹.

선우禪友에게

천하天下의 선지식善知識[1]아
너의 가풍家風 고준高峻[2]하다.
바위 밑에 갈일갈喝―喝[3]과
구름 새의 통방通棒[4]이라.
묻노라, 고해중생苦海衆生
누가 제공齊空[5]하리요.

---

1) 선지식善知識: 불교에서 높은 중을 이르는 말.
2) 고준高峻: 높고 준엄하다.
3) 갈일갈喝―喝: 사견, 망상을 거듭 꾸짖다.
4) 통방通棒: 여기에서 棒은 '방'으로 읽어야 함. 선가에서 쓰이는 말로 몽둥이로 때려 도리를 깨우쳐 주는 방법.
5) 제공齊空: 공空의 세계를 건너감. 해탈.

선경禪境

까마귀 검다 말고
해오라기 희다 마라
검은들 모자라며
희다고 남을소냐
일없는 사람들은
옳다글타 하더라

춘화春畵

1
따슨 볕 등에 지고
유마경維摩經[1] 읽노라니
가벼웁게 나는 꽃이
글자를 가리운다
구태여 꽃 밑 글자를
읽어 무삼하리오

2
봄날이 고요키로
향을 피고 앉았더니
삽살개 꿈을 꾸고
거미는 줄을 친다
어디서 꾸꿍이 소리
산을 넘어 오더라

---

1)유마경維摩經 : 유마거사와 문수보살의 대승大乘의 깊은 뜻에 대한 문답을 기록한 불경.

춘조春朝

간 밤의 가는 비가
그다지도 무겁드냐
빗방울에 눌리운 채
눕고 못 일어나는 어린 풀아
아침 볕 가벼운 키스
네 받을 줄 왜 모르나

추야단秋夜短

가을밤 길다기에
감긴 회포 풀겠더니
첫 굽이도 못 찾아서
새벽빛이 새로워라
그럴 줄 알았다면
더 감지나 말 것을

코스모스

가벼운 갈바람에
나부끼는 코스모스
꽃잎이 날개이냐
날개가 꽃잎이냐
아마도 너의 혼魂은
호접胡蝶[1]인가 하노라

---

1)호접胡蝶: 나비.

어옹漁翁

1
푸른 산 맑은 물에
고기 낚는 저 늙은이
갈삿갓1) 숙여 쓰고
무슨 꿈을 꾸었든가
우습다 새소리에 놀라
낚싯대를 드는고녀

2
세상일 잊은 양하고
낚시 드리운 저 어옹아.
그대에게도 무슨 근심 있어
턱을 괴고 한숨 짓노.
창파滄波에 백발白髮이 비치기로
그를 슬퍼하노라.

---

1)갈삿갓: 갈대로 만든 삿갓.

남아男兒

사나이 되었으니
무슨 일을 하여볼까.
밭을 팔아 책을 살까
책을 덮고 칼을 갈까.
아마도 칼 차고 글 읽는 것이
대장부인가 하노라.

성공成功

백리百里를 갈 양이면
구십리九十里가 반半이라네
시작始作이 반이라는
우리들은 그르도다.
뉘라서 열나흘 달을
온달이라 하던가.

추화秋花

산山집의 일없는 사람
가을꽃을 어여삐 여겨
지는 햇볕 받으려고
울타리를 잘랐더니
서풍西風이 넘어 와서
꽃가지를 꺾더라.

직업부인職業婦人

첫새벽 굽은 길을
곧게 가는 저 마누라.
공장인심工場人心 어떻든고
후하든가 박하든가
말없이 손만 젓고
더욱 빨리 가더라.

표아漂娥[1]

맑은 물 흰 돌 위에
비단 빠는 저 아씨야.
그대 치마 무명이요
그대 수건 삼베로다.
묻노니 그 비단은
뉘를 위해 빠는가.

---

1)표아漂娥: 빨래하는 아가씨.

추야몽秋夜夢

1
가을밤 빗소리에
놀라 깨니 꿈이로다
오셨든 님 간 곳 없고
등잔불만 흐리구나
그 꿈을 또 꾸려한들
잠 못 이뤄 하노라

2
야속다 그 빗소리
공연히 꿈을 깨노
님의 손길 어데 가고
이불귀만 잡았는가
베게 위 눈물 흔적
씻어 무삼 하리오

3
꿈이거든 깨지 말자
백 번이나 별렀건만
꿈 깨자 님 보내니
허망할손 맹서로다
이후는 꿈은 깰지라도
잡은 손은 안 노리라

4
님의 발자취에
놀라 깨어 내다보니
달그림자 기운 뜰에
오동잎이 떨어졌다
바람아 어데가 못 불어서
님 없는 집에 불더냐

한강漢江에서

술 싣고 계집 싣고
돛 가득히 바람 싣고
물 거슬러 노질 하야
가고 갈 줄 알았더니
산 돌고 물 굽은 곳에서
다시 돌처[1] 오더라

---

1)돌치다: 돌아서다.

사랑

봄물보다 깊으리니
갈산秋山보다 높으니라
달보다 빛나리라
돌보다 굳으리라
사랑을 묻는 이 있거든
이대로만 말하리

우리 님

대실로 비단 짜고
솔잎으로 바늘 삼아
만고청청萬古靑靑 수를 놓아
옷을 지어 두었다가
어즈버 해가 차거든
우리 님께 드리리라

무제無題 십사十四수[1]

1

가며는 못 갈소냐
물과 뫼가 많기로
건너고 또 넘으면
못 갈 리 없느니라
사람이 제 아니 가고
길이 멀다 하더라

2

물이 깊다 해도
재면 밑이 있고
뫼가 높다 해도
헤아리면 위가 있다
그보다 높고도 깊은 것은
님뿐인가 하노라

3

개구리 우는 소리
비 오실 줄 알았건만
님께서 오실 줄 알고

새 옷 입고 나갔더니
님보다 비 먼저 오시니
그를 슬퍼하노라

4

청산靑山이 만고萬古라면
유수流水는 몇 날인고.
물을 쫓아 산에 드니
오간 사람 몇일런고.
청산靑山은 말이 없고
물만 흘러가더라

5

산山에 가 옥玉을 캘까
바다에 가 진주眞珠 캘까.
하늘에 가 별을 딸까.
잠에 들어 꿈을 꿀까.
두어라 님의 품에서
기룬 회포 풀리라.

6

저승길 멀다 한들
하나밖에 더 있는가
사람마다 끊어내면
하룻길도 못 되리니
가다가 길이 없거든
돌아올까 하노라

7

이순신李舜臣 사공 삼고
을지문덕乙支文德 마부 삼아
파사검破邪劍 높이 들고
남선북마南船北馬 하여볼까.
아마도 님 찾는 길은
그뿐인가 하노라.

8

산중에 해가 길고
시내 위에 꽃이 진다.
풀밭에 홀로 누워

만고흥망萬古興亡 잊었더니
어디서 두서너 소리
뻐꾹뻐꾹 하더라.

9
물이 흐르기로
두만강豆滿江이 마를 건가.
뫼가 솟았기로
백두산白頭山이 무너지랴.
그 사이 오가는 사람이야
일러 무삼하리요.

10
비낀 볕 소 등 위에
피리 부는 저 아해야
너의 소 일 없거든
나의 근심 실어주렴
싣기야 어렵지 않지만
부릴 곳이 없노라

11

이별離別로 죽은 사람

응당히 많으리라

그 무덤의 풀을 베어

그 풀로 칼 만들어

고적한 긴 그 밤을

도막도막 끊으리라

12

밤에 온 비바람이

얼마나 모지든고

많고 적은 꽃송이가

가엾이도 떨어졌다

어쩌다 비바람은

꽃 필 때에 많은고

13

시내의 물소리에

간 밤 비를 알리로다

먼 산의 꽃 소식이

어제와 다르리라

술 빚고 봄옷 지어

오시는 님을 맞을까

14

꽃이 봄이라면

바람도 봄이리라

꽃 피자 바람 부니

그럴듯도 하다마는

어쩌다 저 바람은

꽃을 지워 가는고

---

1)연작 시조가 아니라 '무제'로 표시된 시조를 한데 모았다.

무궁화無窮花 심고자

―옥중시獄中詩

달아 달아 밝은 달아
네 나라에 비춘 달아
쇠창을 넘어 와서
나의 마음 비춘 달아
계수桂樹나무 베어내고
무궁화를 심고자.

달아 달아 밝은 달아
님의 거울 비춘 달아
쇠창을 넘어 와서
나의 품에 안긴 달아
이지러짐 있을 때에
사랑으로 도우고자.

달아 달아 밝은 달아
가없이 비친 달아
쇠창을 넘어 와서
나의 넋을 쏘는 달아
구름재嶺를 넘어 가서
너의 빛을 따르고자.

동시

산 넘어 언니

저기 저기 저 산 넘어
우리 언니 사신단다
낮이면 나물 캐고
밤이면 길쌈하야
나물 팔고 베를 팔아
닷 냥 두 냥 모아다가
우리 동생 학교 갈 때
공책 사고 연필 사서
책가방에 넣어주신다

우리 동생 좋아라고
까치걸음1) 뛰어가서
선생님께 자랑하면
선생님이 예쁘다고
곱게 곱게 빗은 머리
쓰다듬어 주신다.

---

1)까치걸음: 두 발을 모아서 뛰는 종종걸음.

달님

1
저기 저 달 속에
방아 찧는 옥토끼야
무슨 방아 찧어내나
고무풍선 타고 가서
그 약 세 봉 얻어다가
한 봉일랑 아버님께
한 봉일랑 어머님께
또 한 봉은 내가 먹고
우리 부모 모시고서
천년 만년 살고지고

2
초승달님 어린 달님
우리 동생 시집가고
그믐달님 늙은 달님
우리 언니 시집가고
보름달님 젊은 달님
누가 누가 시집가나
언년이도 아니되고
갓난이도 못 간단다
보름달님 젊은 달님

누가 누가 시집가나
가위바위보 아아고터쇼

3
달님 달님 저 달님
밝은 달님 예뻐요
밝은 달님 저 달님
등잔보다 밝아요
물 떠놓은 대야에
저 달님이 빠지면
팔을 젓고 건져서
우리 오빠 책상에
걸어놓아 드려요

롱籠의 소조小鳥

어여쁜 작은 새야
너는 언니도 없구나
자꾸만 혼자 울고
밤엔 혼자 자는구나
예쁘고 불쌍하다
너는 언니도 없구나

어여쁜 작은 새야
자꾸 울지를 말아요
잠을 깨우지 말아요
언니도 없는 새야
너는 가엾기도 하다

잠자는 우리 아기
깨면 너에게 주리라
잘 때는 우리 아기
깨면 너의 언니란다
자꾸만 울지 마라
너는 언니가 있단다

174

한용운 시선

일경초一莖艸의 생명生命

강상江上 수봉數峰의 푸른 빛 너머로 백목단화白牧丹花 같은 한 조각구름이 오른다.

무엇보다도 민속敏速[1]한 나의 뇌腦가 무엇을 느끼려다가 미처 느끼지 못한 그 찰나刹那 구름은 벌써 솜뭉치같이 피어서 한편 하늘을 덮어온다.

선아仙娥[2]야, 그 솜뭉치 좀 빌려라. 가벼운 추위를 견디지 못하는 보드라운 싹을 싸주자.

선아는 침묵沈默이다. 그러나 넘칠 듯한 애교愛嬌 나를 향向하야 동정同情을 들이붓는 듯하다.

어느 겨를에 그리 청명晴明하든 창공蒼空, 수묵색水墨色의 장막帳幕을 편 듯하다.

베개 위에 오려는 낮 졸음을 쫓는 패연沛然한[3] 소리, 대한大旱[4]의 야野에 활수活水가 낫도다.

아아, 나의 감사感謝를 표표하는 친선親線 새삼스럽게 벌써 개인 강상江上의 수봉數蜂에 댄다.

제 아무리 악마惡魔라도 어찌 막으랴, 초토焦土[5]의 중中에서도 금석金石을 뚫을 듯한 진생명眞生命을 가졌든 그 풀의 발연勃然을.

사랑스럽다, 귀鬼의 부斧로도 마魔의 아牙로도 어쩌지 못할 일경초의 생명.

---

1)민속敏速: 행동이나 일처리가 빠르고 날쌤.
2)선아仙娥: 선녀. 달. 여기에서는 첫 번째의 뜻.
3)패연沛然하다:성대하다. 비나 폭포 따위가 쏟아지는 모양이 매우 세차다. 여기에서는 두 번째의 뜻.
4)대한大旱: 큰 가뭄.
5)초토焦土: 불에 타서 황폐해진 땅.

심心

심은 심이니라.

심만 심이 아니라 비심非心도 심이니, 심외心外에는 하물何物도 무하니라.

생生도 심이요, 사死도 심이니라.

무궁화無窮花도 심이요, 장미화薔薇花도 심이니라.

호한好漢도 심이요, 천장부賤丈夫도 심이니라.

신루蜃樓[1]도 심이요, 공화空華[2]도 심이니라.

물질계物質界도 심이요, 무형계無形界도 심이니라.

공간空間도 심이요, 시간時間도 심이니라.

심이 생하면 만유萬有가 기起하고, 심이 식息하면 일공一空도 무無하니라.

심은 무의 실재實在요, 유有의 진공眞空이니라.

심은 인人에게 누淚도 여與하고 소笑도 여與하느니라.

심의 허허에는 천당天堂의 동량棟梁[3]도 유하고, 지옥地獄의 기초基礎도 유有하니라.

심의 야野에는 성공成功의 송덕비頌德碑도 입立하고, 퇴패退敗의 기념품紀念品도 진열陳列하느리라.

심은 자연전쟁自然戰爭의 총사령관總司令官이며 강화사講和使니라.

금강산金剛山의 산봉山峰에는 어하漁鰕[4]의 화석化石이 유하고, 대서양大西洋의 해저海底에는 분화구噴火口가 유하니라.

178

심은 하시何時라도 하사하물何事何物에라도 심 자체自體뿐이니라.
심은 절대絕對며 자유自由며 만능萬能이니라.

---

1)신루蜃樓: 신기루.
2)공화空華: 번뇌로 생기는 온갖 망상. 사물의 실체가 없음을 비유하는 말.
3)동량棟梁: 대들보.
4)어하魚鰕: 물고기와 새우, 즉 어류를 통틀어 이르는 말.

가갸날에 대對하여
─관음굴觀音屈에서

아아, 가갸날.
참되고 어질고 아름다워요.
'축일祝日' '제일祭日'
'데─'[1] '시즌' 이 위에
가갸날이 났어요. 가갸날.
끝없는 바다에 쑥 솟아오르는 해처럼
힘 있고 빛나는 두렷한 가갸날.
'데─' 보다 읽기 좋고 '시즌' 보다 알기 쉬워요.
입으로 젖꼭지를 물고 손으로 다른 젖꼭지를 만지는 어여쁜 아기도 일
러줄 수 있어요.
'가갸' 로 말을 하고 글을 써서요.
혀끝에서 물결이 솟고 붓 아래에 꽃이 피어요.
그 속엔 우리의 향기로운 목숨이 살아 움직입니다.
그 속엔 낯익은 사람의 실마리가 풀리면서 감겨 있어요.
굳세게 생각하고 아름답게 노래하여요.
검이어, 우리는 서슴지 않고 소리쳐
'가갸날' 을 자랑하겠습니다.
검이여, 가갸날로 검의 가장 좋은 날로 삼아주셔요.
온 누리의 모든 사람으로 '가갸날' 을 노래하게 하여주셔요.
가갸날, 오오, 가갸날이여.

---

1)데─: day

180

성불成佛과 왕생往生

부처님이 되려거든
중생衆生을 여의지 마라.
극락極樂에 가려거든
지옥地獄을 피피避치 마라
성불과 왕생의 길은
중생과 지옥

성탄聖誕

부처님의 나심은
온 누리의 빛이요
뭇 삶의 목숨이라.

빛에 있어서 밖이 없고
목숨은 때時를 넘느니,
이곳과 저 땅에
밝고 어둠이 없고,
너와 나에
살고 죽음이 없어라.

거룩한 부처님
나신 날이 왔도다.
향을 태워 받들고
기旗를 들어 외치세.

꽃 머리와 풀 위에
부처님 계셔라.
공경하여 공양하니
산 높고 물 푸르더라.

비바람

밤에 온 비바람은
구슬 같은 꽃 수풀을
가엾이도 씻어놓았다.

꽃이 피는 대로 핀들
봄이 몇 날이나 되랴마는

비바람은 무슨 마음이냐
아름다운 꽃밭이 아니면
바람 불고 비 올 때가 없더냐.

반달과 소녀少女

옛 버들의 새 가지에
흔들려 비치는 부서진 빛은
구름 사이의 반달이었다.

뜰에서 놀던 어여쁜 소녀少女는
'저게 내 빗梳이여' 하고 소리쳤다.
발꿈치를 제겨[1] 디디고
고사리 같은 손을 힘있게 들어
반달을 따려고 강장강장 뛰었다.

따려다 따지 못하고
눈을 할낏 흘기며 손을 놀렸다.
무릇각시[2]의 머리를 쓰다듬으며
'자장자장' 하더라.

---

1)제겨디다: 있던 자리에서 빠져 달아나다. 발끝으로 다니다. 여기에서는 두 번째 뜻.
2)무릇각시: 각시인형의 하나.

산촌山村의 여름 저녁

산 그림자는 집과 집을 덮고
풀밭에는 이슬 기운이 난다.
질동이[1]를 이고 물 긷는 처녀處女는
걸음걸음 넘치는 물이 귀밑을 적신다.

올감자[2]를 캐어 지고 오는 사람은
서쪽 하늘을 자주 보면서 바쁜 걸음을 친다.
살찐 풀에 배부른 송아지는
게을리 누워서 일어나지 않는다.

등거리[3]만 입은 아이들은
서로 다투어 나무를 안아 들인다.

하나씩 둘씩 들어가는 까마귀는
어디로 가는지 알 수가 없다.

---

1)질동이: 질흙으로 만든 물동이.
2)올감자: 제철보다 이르게 난 감자.
3)등거리: 등만 덮을 만하게 걸쳐 입는 홑옷. 베나 무명으로 깃이 없고 소매가 짧거나 없다.

세모歲暮

산 밑 작은 집에
두어 나무의 매화가 있고
주인은 참선參禪하는 중이다.

그들을 둘러싼 첫 겹은
흰눈 찬바람 혹은 따스한 빛이다.

그 다음의 겹과 겹은
생활고生活苦, 전쟁戰爭, 주의主義, 혁명革命 등等
가장 힘 있게 진전進展되는 것은
강자强者와 채권자債權者의 권리행사權利行使다.

해는 저물었다.
모든 것을 자취로 남겨두고
올해는 저물었다.

산문

조선독립朝鮮獨立의 서書

1. 개론槪論

자유自由는 만물萬物의 생명生命이요 평화平和는 인생人生의 행복幸福이라, 고故로 자유自由가 무無한 인人은 사해死骸와 동同하고 평화平和가 무無한 자者는 최고통最苦痛의 자者라. 압박壓迫을 피被하는 자者의 주위周圍의 공기空氣는 분묘墳墓로 화化하고 쟁탈爭奪을 사사事事하는 자者의 경애境涯는 지옥地獄이 되느니 우주宇宙의 이상적理想的 최행복最幸福의 실재實在는 자유自由와 평화平和라. 고故로 자유自由를 득得하기 위爲하여는 생명生命을 홍모시鴻毛視하고 평화平和를 보보保保하기 위爲하여는 희생犧牲을 감이상甘飴甞하느니 차此는 인생人生의 권리權利인 동시同時에 또한 의무義務일지로다.

그러나 자유自由의 공례公例는 인人의 자유自由를 침侵치 아니함으로 계한界限을 삼느니 약탈적掠奪的 자유自由는 몰평화沒平和의 야만野蠻 자유自由가 되며 평화 平和의 정신精神은 평등平等에 재在하니 평등平等은 자유自由의 상적相敵을 위謂함이라. 고故로 위압적威壓的 평화平和는 굴욕屈辱이 될 뿐이니 진자유眞自由는 반드시 평화平和를 보보保保하고 진평화眞平和는 반드시 자유自由를 반반伴伴할지라.

자유自由여 평화平和여 전인류全人類의 요구要求일지로다. 그러나 인류人類의 지식智識은 점진적漸進的이므로 초매草昧로부터 문명文明에, 쟁탈爭奪로부터 평화平和에 지至함은 역사적歷史的 사실事實에 증명證明하기 족足하도다. 인류人類 진화進化의 범위範圍는 개인적個人的으로부터 가족家族, 가족적家族的으로부터 부락部落, 부락적部落的으로부터 국가國家, 국가적國家的으로부터 세계世界, 세계적世界的으로부터 우주주의宇宙主義에 지至하도록 순차順次로 진보進步함이니 부락주의部落主義 이상以上은 초매시대草昧時代의 낙사진락落謝塵에 속屬한지라 회수回首의 감회感懷를 자資하는 외外에 논술論述할 필요必要가 무無하도다.

행幸인지 불행不幸인지 십팔세기十八世紀 이후以後의 국가주의國家主義는 실實로 전세계全世界를 풍미風靡하여 등분騰奔의 절정絶頂에 제국주의帝國主義와 기실행其實行의 수단手段, 즉卽 군국주의軍國主義를 산출産出함에 지至하여 소위所謂 우승열패優勝劣敗, 약육강식弱肉强食의 학설學說은 최진불변最眞不變의 금과옥조金科玉條로 인식認識되어 살벌강탈殺伐强奪 국가國家 혹或 민족적民族的 전쟁戰爭은 자못 지식止息될 일日이 무無하여 혹기천년或幾千年의 역사국歷史國을 구허丘墟하며 기십백만幾十百萬의 생명生命을 희생犧牲하는 사事가 지구地球를 환環하여 무無한 처處가 무無하니 전세계全世界를 대표代表할 만한 군국주의軍國主義는 서양西洋에 독일獨逸이 유有하고 동양東洋에 일본日本이 유有하였도다.

그러나 소위所謂 강자强者 즉卽 침략국侵掠國은 군함軍艦과 철포鐵砲만 다多하면 자국自國의 야심학욕野心壑欲을 충充하기 위爲하여 불인도不人道 멸정의蔑正義의 쟁탈爭奪을 행行하면서도 그 이유理由를 설명說明함에는 세계世界 혹或 국부局部의 평화平和를 위爲한다든지 쟁탈爭奪의 목적물目的物 즉卽 피침략자被侵掠者의 행복幸福을 위爲한다든지 하는 등等 자기기인自欺欺人의 망언妄語을 농롱弄하여 엄연儼然히 정의正義의 천사국天使國으로 자거自居하느니 예例하면 일본日本이 폭력暴力으로 조선朝鮮을 합병合倂하고 이천만二千萬 민족民族을 노예대奴隷待하면서도 조선朝鮮을 합병合倂함은 동양평화東洋平和를 위爲함이며, 조선민족朝鮮民族의 안녕安寧 행복幸福을 위爲함이라 운운云云함이 시是라.

오호嗚呼라 약자弱者는 종고從古의 약자弱者가 무無하고 강자强者는 부진不盡의 강자强者가 무無하니 폭한曝寒의 대운大運이 기륜其輪을 전

轉하는 시時는 부수적復讐的 전쟁戰爭은 반드시 침략적侵掠的 전쟁戰爭의 종踵을 수隨하여 기起할지니 침략侵掠은 전쟁戰爭을 유도誘致하는 사事라 어찌 평화平和를 위爲하는 침략侵掠이 유有하며 또한 어찌 자국기천년自國幾千年의 역사歷史는 타국침략他國侵掠의 검劍에 단절斷絕되고 기백천만幾百千萬의 민족民族은 외인外人의 학대하虐待下에 노예奴隷가 되고 우마牛馬가 되면서 차此를 행복幸福으로 인認할 자者가 유有하리오.

하민족何民族을 막론莫論하고 문명정도文明程度의 차이差異는 유有할지나 혈성血性이 무無한 민족民族은 무無하니 혈성血性을 구具한 민족民族이 어찌 영구永久히 인人의 노예奴隷를 감작甘作하여 독립자존獨立自存을 도圖치 아니하리오. 고故로 군국주의軍國主義 즉卽 침략적주의侵掠的主義는 인류人類의 행복幸福을 희생犧牲하는 최마술最魔術일 뿐이니 어찌 시是와 여如한 군국주의軍國主義가 천양무궁天壤無窮의 운명運命을 보보保하리오. 이론理論보다 사실事實, 오호嗚呼라 '검劍'이 어찌 만능萬能이며 '력力'이 어찌 승리勝利리요. 정의正義가 유有하고 인도人道가 유有하도다.

침략우침략侵掠又侵掠 악극참극惡極慘極의 군국주의軍國主義는 독일獨逸로써 최종막最終幕을 인연演치 아니하였는가. 혈야육야血耶肉耶 귀곡신수鬼哭神愁의 구주歐洲 대전쟁大戰爭은 대략大略 일천만一千萬의 사상자死傷者를 출出하고 기다억幾多億의 금전金錢을 낭비浪費한 후後에 정의인도正義人道를 표방標榜하는 기치하旗幟下에서 강화조약講和條約을 성립成立하게 되었도다. 그러나 군국주의軍國主義의 종극終極도 실實로 색채色彩를 장엄莊嚴함에 유감遺憾이 무無하였도다.

전세계全世界를 유린蹂躪하려는 해욕海欲을 충充하기 위爲하여 고심초사苦心焦思 삼십년三十年의 준비準備로 기백만幾百萬의 건아健兒를 수백數百 마일의 전선戰線에 입立하고 철기비선鐵騎飛船을 편치鞭馳하여 좌충우돌左衝右突 동성서격東聲西擊 개전開戰 삼개월三個月 내內에 파리巴里를 함락陷落한다고 자기自期하던 카이제르의 성언聲言은 일시一時의 장절壯絶을 극극極極하였도다. 그러나 그것도 군국주의軍國主義的 결별訣別의 종곡終曲일 뿐이며, 이상理想과 성언聲言뿐 아니라 작전계획作戰計劃의 사실事實도 탁월卓越하여 휴전休戰을 개의開議하던 일日까지 연합국측聯合國側 병마兵馬의 종적足跡은 독일국경獨逸國境의 일보지一步地를 유월踰越치 못하였으니 항공기航空機는 공공空中에서 잠함정潛航艇은 해해海에서 자동포自動砲는 육륙陸에서 각각各各 기기其 묘묘妙를 극극極極하여 실전實戰의 작략作略에 현란絢爛한 색채色彩를 발발發發하였도다. 그러나 그것도 군국주의적軍國主義的 낙조落照의 반사反射일 뿐이다.

희억噫, 일억만一億萬 인민人民의 상上에 군림君臨하고 세계世界 일괄一括의 웅도雄圖를 자기自期하여 대세계對世界에 선전宣戰을 포고布告하고 백전백승百戰百勝의 개개概를 유유有有하여 신야인야神耶人耶의 간간間에서 종횡자재縱橫自在하던 독일황제獨逸皇帝가 일조一朝에 자기생명自己生命의 신神으로 인인認하는 '검劍'을 해해解하고 우량낙탁踽凉落拓, 천애윤락天涯淪落의 화란和蘭 하추退陬에 잔천殘喘을 근보僅保함은 하등何等의 돌변突變이냐? 차차此는 곧 카이제르의 실패失敗뿐 아니라 군국주의軍國主義의 실패失敗니 일세一世의 쾌사快事를 감감感感하는 동시同時에 기인其人을 위위爲하여는 일선一線의 동정同情을 금금禁치 못하리로다. 그러나 연합국측聯合國側도 독일獨逸의 군국주의軍國主義를 타파打破한다고 성언聲言하였으나 기기其 수단手段 방법方法의 실용實用은 역시亦是 군국주의軍國主義의 유물遺物인 군함軍艦 철포鐵砲 등등等의 살인구殺人具인즉 시시是는 만이蠻夷로 만이蠻夷를 공공攻함이니 하하何의 별별別이 유유有하리오. 독일獨逸의 실패失敗가 연합국聯合國의 전승戰勝이 아닌즉 수다數多한 강약국强弱國의 합치合致한 병력兵力으로 오년간五年間의 지구전持久戰에 독일獨逸을 제승制勝치 못함은 차차此는 또한 연합국측聯合國側 준국주의準軍國主義의 실패失敗가 아닌가.

그러면 연합국측聯合國側의 포포가 강강强함이 아니요, 독일獨逸의 검검劍이 단단短함이 아니거늘 전쟁戰爭의 종극終極을 고고告함은 하고何故뇨? 정의正義 인도人道의 승리勝利요 군국주의軍國主義의 실패失敗니라. 연然하면 정의正義 인도人道 즉卽 평화平和의 신신神은 연합국聯合國의 수수手를 차차借하여 독일獨逸의 군국주의軍國主義를 타파打破함인가. 왈曰 부부否라. 정의正義 인도人道 즉卽 평화平和의 신신神은 독일인민獨逸人民의 수수手를 가가假하여 세계世界의 군국주의軍國主義를 타파打破함이니 곧 전쟁중戰爭中의 독일혁명獨逸革命이 시是라.

　독일혁명獨逸革命은 사회당社會黨의 수수手에서 기기起하였은즉 기기其 유래由來가 구구하고 또한 노국혁명露國革命의 자극刺戟을 수수受한 바 유유有하나 통괄적統括的으로 말하면 전쟁戰爭의 고고苦를 감감感하여 군국주의軍國主義의 비비非를 통절痛切히 각오覺悟한 고고故로 담소용종談笑容從의 간간間에서 전쟁戰爭을 자파自破하고 노도경랑怒濤驚浪의 군국주의軍國主義를 발휘發揮하려던 검검劍을 도도倒하여 군국주의軍國主義의 자살自殺을 수수遂하고 공화혁명共和革命의 성공成功을 빅빅博하여 평화적平和的 신운명新運命을 개척開拓함인즉 연합국聯合國은 기극其隙을 승승乘하여 어부漁父의 이리를 득득得함이라.

　금번今番 전쟁戰爭의 종극終極에 대대對하여는 연합국聯合國의 승리勝利뿐 아니라 또한 독일獨逸의 승리勝利라 하리로다.

　하고何故오? 금반今般 전쟁戰爭에 독일獨逸이 고주일척孤注一擲의 최후最後 일전一戰을 결결決할지라도 승부勝負를 가가可히 지지知치 못하리로다. 가사假使 독일獨逸이 일시一時의 승리勝利를 득득得한다 할지라도 연합국聯合國의 복수전쟁復讐戰爭이 일기재기一起再起하여 독일獨逸의 멸망滅亡을 견견見치 아니하면 병병兵을 해해解할 일일日이 무무할지라. 고고故로 독일獨逸이 전패戰敗치 아니할 뿐만 아니라 전승戰勝이라고 할 만한 경우境遇에 재재在하여 단연斷然히 굴욕적屈辱的 휴전조약休戰條約을 승낙承諾하고 강화講和를 청청함은 곧 기기機를 견견見하여 승승勝을 제제制함이니 강화회의講和會議에 대대對하여도 가급가급可及의 굴욕적屈辱的 조약條約에는 무조건無條件으로 승낙承諾함을 추지推知하기 부난不難하도다(삼월三月 일일一日 이후以後의 외계소식外界消息은 부지不知). 그러면 현금주의現今主義로 견견見하면 독일獨逸의 실패失敗라 할지나 원시적遠視的으로 견견見하면 독일獨逸의 승리勝利라 하리로다.

희희噫라 광고曠古 미증유未曾有의 구주전쟁歐洲戰爭과 기괴奇怪 불사의 不思議의 독일獨逸의 혁명革命은 십구세기十九世紀 이전以前의 군국주의軍國主義 침략주의侵掠主義의 전별회찬별會가 되는 동시同時에 이십세기二十世紀 이후以後의 정의正義 · 인도적人道的 평화주의平和主義의 개막開幕이 되어 카이제르의 실패失敗가 군국주의적軍國主義的 각국各國의 두상頭上에 통봉痛棒을 하下하고 위일손威日遜의 강화기초講和基礎 조건條件이 각영토各領土의 고사古查에 춘풍春風을 전전傳하매 침략국侵掠國의 압박하壓迫下에서 신음呻吟하던 민족民族은 등공騰空의 기기氣와 결하決河의 세세勢로 독립자결獨立自決을 위위爲하여 분투奮鬪하게 되었으니 파란波蘭의 독립獨立이 시是며 체코의 독립獨立이 시是며 애란愛蘭의 독립선언獨立宣言이 시是며 인도印度의 독립운동獨立運動이 시是며 비율빈比律賓의 독립경영獨立經營이 시是며 조선朝鮮의 독립선언獨立宣言이 시是라(삼월三月 일일一日까지의 상황狀況). 각민족各民族의 독립獨立 자결自決은 자존성自存性의 본능本能이며 세계世界의 대세大勢며 신명神明의 찬동贊同이며 전인류全人類의 미래未來 행운幸運의 원천源泉이라. 수수誰가 차차此를 제제制하며 수수誰가 차차此를 방방防하리오.

2. 조선朝鮮 독립선언獨立宣言의 동기動機

일본日本이 조선朝鮮을 합병合併한 후후後로 자존성自存性이 부부富한 조선인朝鮮人의 사위四圍에 접촉接觸되는 사실事實은 일一도 상기想起케 아니하는 사사事가 무無하였도다. 그러나 최근最近의 동기動機로 언급하면 약삼종略三種에 분분하리라.

1. 조선민족朝鮮民族의 실력實力

일본日本이 조선朝鮮의 민의民意를 무시無視하고 암약闇弱한 주권자主權者를 기능欺凌하며 각개소배幾個小輩의 당국자當局者를 우롱愚弄하야 합병合併의 폭거暴擧를 강행强行한 후후後로부터 조선민족朝鮮民族은 차수羞를 포포抱하고 치치恥를 인인忍하는 동시同時에 또한 염념念을 발발發하고 지지志를 려려勵하야 정신精神을 쇄신刷新하고 기운氣運을 함양涵養하며 작비昨非를 개개改하고 신선新善을 도도圖하며 일본日本의 기염忌厭을 불구不拘하고 외국外國에 유학遊學한 자자者도 실실實로 수만數萬에 달달達한즉 상상上에 독립정부獨立政府가 유유有하야 각방면各方面으로 장려獎勵 원조援助하면 만사萬事의 문명文明에 유감遺憾이 없이 일일日을 계계計하야 진보進步할지라.

국가國家는 반드시 물질상物質上의 문명文明이 일일——이 완비完備한 후후後에 비로소 독립獨立함이 아니라 독립獨立할 만한 자존自存의 기운氣運과 정신상精神上의 준비準備만 유유有하면 족족足하니 문명文明의 형식形式을 물질상物質上에 발휘發揮함은 인인刃을 영영迎하야 죽죽竹을 파파破함과 여如할지니 하하何의 난사難事가 유유有하리오.

일본日本人은 매매每每 조선朝鮮의 물질문명物質文明이 부족不足함으로 화병話柄을 작작作하나 조선인朝鮮人을 우매愚昧케 하고 야비野鄙케 하고자 하는 학정虐政과 열등교육劣等敎育을 폐폐廢치 아니하면 문명文明의 실현實現은 일일日이 무無할지니 차차此가 어찌 조선인朝鮮人의 소질素質이 부족不足함이리오. 조선인朝鮮人은 당당堂堂한 독립국민獨立國民의 역사歷史와 유전성遺傳性이 유유有할 뿐 아니라 현세문명現世文明에 병치幷치馳할 만한 실력實力이 유유有하니라.

2. 세계대세世界大勢의 변천變遷

이십세기二十世紀 초두初頭로부터 전인류全人類의 사상계思想界는 초초향신稍稍向新의 색채色彩를 대帶하야 전쟁戰爭의 참화慘禍를 염염厭하고 평화平和의 행복幸福을 낙락樂하야 각국各國 군비軍備의 제한制限 혹或 전폐全廢의 설설說도 유유有하며 만국연합萬國聯合의 최고재판소最高裁判所를 설설하고 절대絶大의 재판권裁判權을 부부付하야 국제적國際的 문제問題를 재결裁決하야 전쟁戰爭을 미연未然에 방방防하자는 설설說도 유유有하고 기외其外 세계적世界的 연방설聯邦說과 세계적世界的 공화설共和說 등等은 실실로 금조선성禽噪蟬聲과 여如히 다多하니, 시是는 다 세계적世界的 평화平和를 촉진促進하는 선성先聲이다. 소위所謂 제국주의帝國主義的 정치가政治家의 안안眼으로 견견見하면 일소一笑에 부부付할지나 사실事實의 실현實現은 시時의 문제問題뿐이요, 최근最近의 세계사상사世界思想界에 통절痛切한 실물實物 교훈敎訓을 하하한 것은 곧 구주전쟁歐洲戰爭과 노국혁명露國革命과 독일혁명獨逸革命이 시是라. 세계대세世界大勢에 대對하야는 상술上述한 바가 유유有한즉 중복重複을 피피하나 일언一言으로 폐폐하면 현재現在로부터 미래未來의 대세大勢는 침략주의侵掠主義의 멸망滅亡, 자존적自存的 평화주의平和主義의 승리勝利가 됨이라.

3. 민족자결조건民族自決條件

미국대통령美國大統領 위일손 씨氏는 대독강화對獨講和 기초조건基礎條件 즉卽 십사개十四個 조건條件을 제출提出하는 중中에 국제연맹國際聯盟 민족자결民族自決의 조건條件이 유유有한대 미美 · 영英 · 불佛 · 일日과 기타其他 각국各國이 내용內容으로는 이미 국제연맹國際聯盟에 찬동贊同하였은즉 국제연맹國際聯盟의 본령本領, 즉卽 평화平和의 근본根本 해결解決인 민족자결民族自決에 대對하여는 물론勿論 찬동贊同할지니 각국各國이 찬동贊同의 의의意義를 표표表한 이상以上에는 국제연맹國際聯

盟과 민족자결民族自決은 위일손 일인一人의 사언私言이 아니라 세계世界의 공언公言이며 희망希望의 조건條件이 아니라 기성旣成의 조건條件이며 차且 연합국측聯合國側에서 파란波蘭의 독립獨立을 찬성贊成하고 체코의 독립獨立을 위爲하여는 거액巨額의 군비軍備와 소다少多의 희생犧牲을 불고不顧하고 영하零下 삼십도三十度 내외內外의 한열寒烈을 배배排하여 병마兵馬를 서백리아西伯利亞에 출出함에는 미美·일日의 행동行動이 최最히 현저顯著하였은즉 차此는 민족자결民族自決을 사실상事實上으로 원조援助함이라 민족자결주의民族自決主義 완성完成의 표상表象이니 어찌 가하可賀할 바가 아니리오.

3. 조선독립선언朝鮮獨立宣言의 이유理由

오호嗚呼라 국國을 실실失한 지 십개十個 성상星霜을 경經하고 독립獨立을 선언宣言한 민족民族이 독립선언獨立宣言의 이유理由를 설명說明함에 지至하여는 실實로 침통沈痛과 자괴自愧를 금禁치 못하리로다.

독립獨立의 이유理由는 차此를 사종四種에 분分하리라.

1. 민족자존성民族自存性

주수走獸는 비금飛禽과 동군同群치 못하고 비금飛禽은 곤충昆蟲과 동군同群치 못하며 동일同一한 주수走獸로되 기린麒麟과 고리孤狸는 기거其居가 이異하고 동일同一한 비금飛禽이로되 홍곡鴻鵠과 연작燕雀은 기지其志가 형별迥別하고 동일同一한 곤충昆蟲이로되 용사龍蛇와 구인蚯蚓은 소호所好가 각존各存하며 동종물同種物의 중中에도 봉의蜂蟻는 자군自群이 아니면 절대絕對로 배척排斥하여 일처一處에 동거同居치 아니하나니 차此는 유정물有情物의 자존성自存性에서 출出함이니 시是는 반드시 이해득실利害得失을 교계較計하여 타他의 침략侵掠을 배척排斥할 뿐만 아니라 타군他群이 자군自群에 대對하야 복리福利를 가加한다 하여도 또한 차此를 배척排斥하나니 차此는 배타성排他性이 주체主體가 되어 그러한 것이 아니라 자군自群 자애自愛하여 자존自存을 영영營營하는 고故로 자존自存의 반면反面에는 자연自然이 배타排他가 유유有有하니 차此의 배타排他라 함은 자존自存의 범위내範圍內에 입입入入하는 타他의 간섭干涉을 방어防禦함이요, 자존自存의 범위範圍를 초과超過하야 타他를 배척排斥함은 아니니 자존自存의 범위範圍를 초월超越하야 타他를 배배排排함은 배타排他가 아니요, 침략侵掠인 고故라.

인류人類도 시是와 여如하야 민족자존성民族自存性이 유유有有한 고故로 유색종有色種 무색종無色種의 간간間間에 각각各各 자존성自存性이 유유有有하고 동종同種의 중中에도 각각各各 민족民族의 자존성自存性이 유유有有하여 도저到底히 동화同化되지 못하니 예예例例하면 지나支那 전폭全幅은 일국一國을 형성形成하였으나 민족적民族的 경쟁競爭은 실실實實로 극렬劇烈하도다. 최근最近의 사실事實로만 언지言之라도 청조淸朝의 멸망滅亡은 정치적政治的 혁명革命의 피상皮相이 유유有有하나 실실實實은 한만양족漢滿兩族의 쟁탈爭奪이며 서장족西藏族이나 몽고족蒙古族이나 각각各各 자존自存을 몽상夢想하야 기회機會만 유유有有하면 요단鬧端을 야기惹起하며 기외其外 영국英國의 애란愛蘭 인도印度에 대對한 동화정책同化政策이나 노국露國의 파란波蘭에 대한 동화정책同化政策이나 기타其他 각국各國의 영토領土에 대對한 동화정책同化政策은 일一도 수포水泡에 귀귀歸치 아니함이 무無하도다.

연연然한즉 자족自族이 타족他族의 간섭干涉을 수수受치 아니하려 함은 인류人類 통유通有의 본성本性이니 차此에 대對하여는 타물他物이 차此를 방알防遏치 못할 뿐 아니라 자족自族이 스스로 자족自族의 자존성自存性을 억제抑制코저 하여도 불가능不可能이라. 차성此性은 항상恒常 탄력성彈力性을 유유有有하여 팽창膨脹의 한도限度 즉卽 독립자존獨立自存의 완선完善에 지至치 아니하면 지지止치 아니하나니 조선朝鮮의 독립獨立을 가가可

히 침侵치 못하리로다.

2. 조국사상祖國思想

월조越鳥는 남지南枝를 사思하고 호마胡馬는 북풍北風을 사嘶하나니 차此는 기본其本을 망忘치 아니함이라. 동물動物도 유연猶然하거든 황황況 만물萬物의 영장靈長인 인人이 어찌 기본其本을 망忘하리오.

기본其本을 망忘치 못함은 인위人爲가 아니요 천성天性은 동시同時에 또한 만유萬有의 미덕美德이라. 고故로 인류人類는 기본其本을 망忘치 아니할 뿐 아니라 망忘코저 하여도 득得지 못하나니 반만년半萬年의 역사 국歷史國이 다만 군함軍艦과 철포鐵砲의 수數가 소소少함으로써 타인他人 의 유린蹂躪을 피被하여 역사歷史가 단절斷絶됨에 지至하니 수誰가 차此 를 인忍하며 수誰가 차此를 망忘하리오. 국國을 실실失한 후後 왕왕수운처 우往往愁雲悽雨의 중中에 역대歷代 조선祖先의 호읍號泣을 견견見하고 앙 야청신앙夜清晨의 간間에 우주宇宙 신명神明의 가책呵責을 문문聞하니 차 此를 가可히 인忍하면 하何를 가可히 인忍치 못하리오. 조선朝鮮의 독립 獨立을 가可히 침侵치 못하리로다.

3. 자유주의自由主義 · 자존주의自存主義와 형별迥別

인생人生의 목적目的을 철학적哲學的으로 해석解釋하려면 각설各說이 분분紛紛하야 일정一定한 정의定義를 하下하기 난難하나 인생생활人生生 활活의 목적目的은 진자유眞自由에 재在하니 자유自由가 무無한 생활生活 이 하何의 취미趣味가 유유有하며 하何의 쾌락快樂이 유유有하리오. 자유自由 를 득得하기 위爲하여는 하何의 대가代價도 불석不惜하나니 곧 생명生命 을 도도賭하여도 사辭치 아니할지라.

일본日本이 조선朝鮮을 합병合倂한 후後로 압박우압박壓迫又壓迫 일정 일동一靜一動 일어일묵一語一默에 압박壓迫을 가가加하야 자유自由의 생기생기氣는 일호一毫도 무無한즉 혈성血性이 무無한 정력물惰力物이 아닌 바에 어찌 차此를 인수忍受하리오. 일인一人이 자유自由를 실失하여도 천양天壤의 화기和氣를 손손할지니 어찌 이천만인二千萬人의 자유自由를 말살抹殺함이 시是와 여如히 심甚하리오. 조선朝鮮의 독립獨立을 가可히 침侵치 못하리로다.

4. 대세계對世界의 의무義務

민족자결民族自決은 세계평화世界平和의 근본根本 해결解決이라 민족자결주의民族自決主義가 성립成立되지 못하면 여하如何히 국제연맹國際聯盟을 체결締結하야 평화平和를 보장保障할지라도 구경究竟에는 수포水泡에 귀歸할지라. 하고何故오? 민족자결民族自決이 성립成立되지 못하면 하시何時라도 병연화결兵連禍結하여 전쟁戰爭이 연면連綿할지니 조선민족朝鮮民族이 어찌 세계世界의 책임責任을 면免하리오. 고故로 조선민족朝鮮民族의 독립獨立 자결自決은 세계평화世界平和를 위爲함이요, 차且 동양평화東洋平和에 대對하여는 실실實로 중요重要한 관건關鍵이 되나니 일본日本이 조선朝鮮을 합병合併함은 조선朝鮮 자체自體에 대對한 이익利益 즉即 조선민족朝鮮民族을 방축放逐하고 일본민족日本民族을 이식移植코자 할 뿐 아니라 만몽滿蒙에 지指를 염染하고 일보一步를 진進하여 지나支那 대륙大陸을 몽상夢想함이니 일본日本의 야심野心은 노인개견路人皆見이라. 지나支那를 경영經營함에는 조선朝鮮을 사捨하고 타他의 도途를 가假할 처處가 무無한 고故로 침략정책상侵掠政策上 조선朝鮮을 유일唯一한 생명生命으로 인인認함이니 조선朝鮮의 독립獨立은 곧 동양평화東洋平和가 될지라. 조선朝鮮의 독립獨立을 가可히 침侵치 못하리로다.

4. 조선朝鮮 총독정책總督政策에 대對하야

일본日本이 조선朝鮮을 합병合倂한 후後 조선朝鮮에 대對한 시정방침

施政方針은 무력압박武力壓迫 4자四字로 대표代表하기 족足하도다. 고故로 전후총독前後總督, 즉卽 데라우치寺內 하세가와長谷川으로 언급하면 정치적政治的 학식學識이 무無한 일개一個 군인軍人이라 조선朝鮮 총독정치總督政治는 일괄一括하여 언급하면 헌병정치憲兵政治니 환언換言하면 군력정치軍力政治요 철포정치鐵砲政治라 군인軍人의 특징特徵을 발휘發揮하여 군력정치軍力政治를 행行함에는 자못 유감遺憾이 무無하였도다. 고故로 조선인朝鮮人은 헌병憲兵 모자帽子의 영影만 견견見하여도 독사毒蛇나 맹호猛虎를 견견見함과 여如히 기피忌避하고 하사何事에든지 총독정치總督政治에 접촉接觸할 시時마다 자연自然히 오천년五千年 역사歷史의 조국祖國을 회상懷想하며 이천만二千萬 민족民族의 자유自由를 묵소默訴하면서 인인人의 견견見치 못하는 처處에서 누淚에 혈血을 반半이나 화和하야 유流하나니 차此는 곧 합병후合倂後 십년간十年間의 조선朝鮮 이천만二千萬 민족民族의 생활生活이라.

　오호嗚呼라 일본인日本人이 진실로 인심人心이 유유有하면 차此를 행行하고도 기몽其夢이 안安할까. 차且 종교宗敎와 교육敎育은 인류人類 전생활全生活에 대對하여 특별特別히 중요重要한 사事라, 하국何國이라도 종교宗敎의 자유自由를 허許치 아니하는 국國은 무無하거늘 조선朝鮮에는 소위所謂 종교령宗敎令을 발포發布하여 신앙信仰의 자유自由를 구속拘束하고 교육敎育으로 언급하면 정신적精神的 교육敎育이 무無함은 물론勿論 과학科學의 교과서敎科書도 광의적廣義的 일어책日語冊에 불과不過하며 기외其外 만사萬事에 대對한 학정虐政은 매거枚擧키 불황不遑할 뿐 아니라 매거枚擧할 필요必要도 무無하도다. 연然하나 조선인朝鮮人은 시是와 여如한 학정하虐政下에서 노예奴隷되고 우마牛馬 되면서 십년간十年間에 소호小毫의 반동反動도 기起치 않고 안수安受 부종俯從하였으니 차此는 사위四圍의 압력중壓力中에 재在하야 반동反動의 불능不能도 물론勿論이나 조선인朝鮮人은 실實로 총독정치總督政治를 중요시重要視하여 반동反動을 기起코자 하는 사상思想도 무無하였도다. 하고何故뇨. 총독정치總督政治 이상以上의 합병合倂의 근본문제根本問題가 유有하니 환언換言하면 하시何時라도 합병合倂을 파破하고 독립자존獨立自存을 보보하리라 함이 이천만二千萬 민족民族의 뇌리腦裏에 상주常住 불멸不滅하는 정신精神인 고故로 총독정치總督政治는 여하如何히 악극惡極하여도 차此에는 보복報服의 원독怨毒을 가加할 리理가 무無하고 여하如何히 완선完善한 정치政治를 행行할지라도 또한 감사感謝의 의意를 표表할 리理가 무無하여 총독정치總督政治는 곧 지엽枝葉의 문제問題로 인認하는 고故니라.

5. 조선독립朝鮮獨立의 자신自信

금번今番의 조선독립朝鮮獨立은 국가國家를 창설創設함이 아니요, 고유固有의 독립국獨立國이 일시一時의 치욕恥辱을 경經하고 복구復舊하는 독립獨立인즉 국가國家의 요소要素 즉卽 토지土地·인민人民·정치政治와 조선朝鮮 자체自體 독립에 대對하야는 만사萬事가 구비具備하여 작작유여綽綽有餘하니 췌언贅言할 필요必要가 무無하고 각국各國의 승인承認에 대對하여는 원래元來로 조선朝鮮 대對 각국各國의 국제적國際的 교제交際는 친선親善을 보보하여 호감정好感情을 유지維持할 뿐 아니라 가지加之 〈개론槪論〉에 진술陳述한 바와 여如히 정의正義 평화平和 민족자결民族自決의 신시대新時代인즉 조선독립朝鮮獨立을 낙종樂從할 뿐 아니라 원조援助할지니 다만 문제問題는 일본日本의 승인承認 여부與否에 재在하도다. 연然이나 일본日本도 승인承認을 지의持疑치 아니할 줄로 사思하노라.

대개大盖 인류人類의 사상思想은 시대時代를 수隨하여 변천變遷되나니 사상변천思想變遷을 수隨하여 사실事實의 변천變遷이 유有함은 물론勿論이라. 인人은 실리實利만 위爲하는 자者 아니요, 또한 명예名譽를 존중尊

重하나니 침략주의侵掠主義, 즉 공리주의功利主義 시대時代에 재在하야는 타국他國을 침략侵掠함이 물론勿論 실리實利를 위寫함이니 평화平和 즉即 도덕주의道德主義 시대時代에 재在하야는 민족자결民族自決을 찬동贊同하여 소약국小弱國을 원조援助함이 국광國光을 발휘發揮하는 명예名譽가 되는 동시同時에 또한 천혜신복天惠神福의 실리實利를 득득得할지라.

만일萬一 일본日本이 의연依然히 침략주의侵掠主義를 계속繼續하여 조선독립朝鮮獨立을 부인否認하면 시是는 동양東洋 우又는 세계적世界的 평화平和를 교란攪亂함이니 공恐컨대 미美·일日, 혹或 지·일전쟁支日戰爭을 위시爲始하여 세계적世界的 연합전쟁聯合戰爭을 재연再演할는지도 지知치 못할지니 연연然하면 일본日本에 가담加擔할 자者는 혹或 영국英國일는지(영·일동맹英·日同盟 관계關係뿐 아니라 영령英領 문제問題로)? 차此도 의문疑問이라 연연然하면 어찌 실패失敗를 면免하리오. 제이第二의 독일獨逸을 연연演함에 불과不過할지니 일본日本의 검劍을 독일獨逸에 비比하면 숙장숙단孰長孰短이리오. 일본인日本人도 자단自短을 수긍首肯하리라. 연연然하면 현금現今의 대세大勢에 역행逆行치 못할 것은 명료明瞭치 아니한가? 차且 일본日本의 몽상夢想하는 조선민족朝鮮民族을 방축放逐하고 일본민족日本民族을 이식移植하라는 식민정책殖民政策도 절대불가능絶對不可能이요. 대지對支 경영經營도 지나支那 자체自體의 반동反動뿐 아니라 각국各國에서도 긍정肯定할 리理가 절무絶無한즉 식민정책殖民政策으로든지 조선朝鮮을 대지對支 경영상經營上 가도假道로 이용利用하려는 정책政策이 모두 수포水泡에 속屬할지니 하하何를 인因하야 승인承認을 불긍不肯하리요.

일본日本이 광달廣達한 금도襟度로 조선독립朝鮮獨立을 수선승인首先承認하고 일본인日本人의 구두선口頭禪을 작작作하는 지·일친선支·日親善을 진정眞正히 발휘發揮하면 동양평화東洋平和의 맹주국盟主國은 일본日本을 사사捨하고 하하何에 재在하리오. 그러하면 이십세기二十世紀 초두初頭에 세계적世界的으로 백천년百千年 미래未來의 평화적平和的 행복幸福을 위위爲하여 복음福音을 전전傳하는 천사국天使國은 서반구西半球에 미국美國이 유有하고 동반구東半球에 일본日本이 유有할지니 하등何等의 영예榮譽이리오. 동양인東洋人의 안색顔色을 증휘增輝함이 과연果然 하여何如하리오.

차且 일본日本이 조선독립朝鮮獨立을 수선승인首先承認하면 조선인朝鮮人은 일본日本에 대對하야 합병合倂의 구원舊怨을 망忘하고 심감深感의 의의意를 표표表할뿐 아니라 조선朝鮮의 문명文明이 일본日本에 급及치 못함은 사실事實인즉 독립獨立한 후후後에 문명文明을 수입輸入하려면 일본日本을 사사捨하고 하하何에 취취取하리오. 하고何故뇨? 서양문명西洋文明을 직수입直輸入함도 절대불능絕對不能의 사사事는 아니나 도로道路가 요원遼遠하여 내왕來往이 불편不便할 뿐 아니라 언어문자상言語文字上이나 경제상經濟上 곤란困難한 사사事가 다多하고 일본日本으로 언言하면 부산해협釜山海峽이 불과不過 십여시간十餘時間의 항정航程이요, 조선인朝鮮人의 일어日語 일문日文을 해해解하는 자者가 다多한즉 문명文明을 일본日本으로부터 수입輸入하기는 사반공배事半功倍가 될지니 연연然하면 선일鮮日의 친선親善은 실實로 교칠膠漆과 여如할지라 동양평화東洋平和에 대對하야 하등何等의 청복淸福이리오. 일본인日本人은 결결決코 세계世界 대세大勢에 반反하야 자손自損을 초초招하는 침략주의侵掠主義를 계속繼續하는 우거愚擧에 출出치 아니하고 동양평화東洋平和의 우이牛耳를 집집執하기 위위爲하야 조선독립朝鮮獨立을 수선부인首先否認하리라 하노라.

가령假令 금번今番에 일본日本이 조선독립朝鮮獨立을 부인否認하고 현상유지現狀維持가 된다 하여도 인심人心은 수水와 여如하여 유방유결愈防愈決하나니 조선朝鮮의 독립獨立은 산상山上을 이離한 원석圓石과 여如하여 목적지目的地에 지至치 아니하면 기其 세세勢가 지止치 아니할지니 조선독립朝鮮獨立은 시時의 문제問題뿐이라. 가사假使 조선독립朝鮮獨立이 십년十年 후後에 재在한다 하면 기간其間의 일본日本의 대조선對朝鮮의 소득所得은 기하幾何나 될고. 물질상物質上 이익利益 즉卽 재리財利로 언言하면 수지상收支上 잉이剩利를 생生하여 일본日本 국고國庫에 보용補用함은 용이容易한 업業이 아닌즉 연然하면 일본인日本人의 재조선관리在朝鮮官吏 급及 기타其他 월급생활月給生活하는 자者의 봉급俸給뿐일지니 노력努力과 자본資本을 상상相償하면 순이익純利益은 실實로 근소僅少할지오. 기간其間 일본인日本人의 식민殖民은 귀국歸國치 아니하면 국적國籍을 이移하야 조선민朝鮮民으로 화化하는 외外에 타도他道가 무無할지니 연然하면 십년간十年間의 박소薄少한 재리財利를 빈貪하야 세계적世界的 평화平和의 기운氣運을 상傷하고 이천만二千萬 민족民族의 고통苦痛을 가加함이 어찌 국가國家의 불행不幸이 아니리오.

오호嗚呼라 일본인日本人은 기억記憶할지라 청일전쟁淸日戰爭 후後의 마관조약馬關條約과 노일전쟁露日戰爭 후後의 포스머스 조약주條約中에 조선독립朝鮮獨立의 보장保障을 주장主張함은 하등何等의 의협義俠이며 기其 양조약兩條約의 묵흔墨痕이 미건未乾하여 곧 절節을 변變하고 조操를 개改하야 궤계詭計와 폭력暴力으로 조선朝鮮의 독립獨立을 유린蹂躪함은 하등何等의 배신背信인가. 왕사往事는 기의己矣나 내자來者를 가간可諫이라, 평화平和의 일념一念이 족足히 천지天地의 정상楨祥을 양양釀하나니 일본日本은 면지勉之어다.

조선독립의 서

1. 개론

자유는 만물의 생명이요, 평화는 인생의 행복이다. 그러므로 자유가 없는 사람은 시체와 같고 평화를 잃은 자는 가장 큰 고통을 겪는 사람이다. 압박을 받는 사람의 주위는 무덤과 같아지며, 쟁탈을 일삼는 자의 주변은 지옥이 되느니, 이상적인 행복은 자유와 평화에 있다. 자유를 얻기 위해서는 자신의 생명을 터럭처럼 여기고 평화를 지키기 위해서는 달게 희생할 줄 알아야 한다. 이것은 사람의 권리인 동시에 의무이다.

자유는 다른 사람의 자유를 침범하지 않아야 하니, 침략적 자유는 평화를 파괴하는 야만적 자유이다. 평화의 정신은 평등에 기초하므로 평등은 자유의 걸맞은 짝이다. 따라서 위압적인 평화는 굴욕이 될 뿐이니 참된 자유는 반드시 평화를 보전하고, 참된 평화는 반드시 자유를 동반한다.

자유와 평화는 전 인류의 요구이다. 인류의 지식은 점진적으로 발전하고 있다. 원시에서 문명으로, 쟁탈에서 평화로 이르는 것은 역사적 사실로도 증명하기에 충분하도다. 인류 진화의 범위 또한 개인에서 가족으로, 가족에서 부락으로, 부락에서 국가로, 국가에서 세계로, 세계에서 우주로 순차적으로 진보한다. 부락주의 이전은 원시시대의 티끌에 불과하니 고개를 돌려 감회를 느끼는 외에 재차 논술할 필요가 없다.

다행인지 불행인지 18세기 이후의 국가주의가 실로 전 세계를 풍미하고 있다. 그 절정에서 제국주의와 그 실행수단인 군국주의가 산출됨에 이르러 소위 우승열패·약육강식이 변치 않는 금과옥조로 인식되어 국가 간, 또는 민족 간 전쟁은 그치는 날이 없어, 몇천 년의 역사를 가진 나라가 언덕과 빈 구릉이 되고, 수십백만의 생명이 희생당하는 일이 지구를 돌아볼 때 없는 곳이 없으니, 그 대표적인 군국주의 국가로 서양에는 독일이 있고, 동양에는 일본이 있다.

그러나 소위 강대국, 즉 침략국은 군함과 총포만 많으면 자국의 야욕을 채우기 위하여 도의를 무시하고 정의를 업신여기는 쟁탈을 행하면서도, 그 이유를 설명할 때는 세계, 또는 어떤 지역의 평화를 위한다든지 쟁탈의 목적물, 즉 피침략자의 행복을 위한다는 등 기만적인 망언으로 사람들을 희롱하며 정의의 천사국으로 자처한다. 예를 들면, 일본이 폭력으로 조선을 합병하고 2천만 민중을 노예로 대하면서도, 조선을 합병하는 것은 동양 평화를 위함이며, 조선 민족의 안녕과 행복을 위하는 것이라고 운운하는 것이 그것이다.

오호라. 본래 약자인 자는 없으며, 강자 또한 영원한 강자가 없다. 운명의 바퀴가 돌면, 침략전쟁의 뒤를 좇아 복수전쟁이 일어나니, 침략은 전쟁을 유도하는 일이다. 어찌 평화를 위하는 침략이 있으며, 또한 어찌 자국의 수천 년 역사가 다른 나라의 침략의 칼날에 의해 끊기고 몇백 몇천만의 민족이 외국인의 학대하에 노예가 되고, 우마가 되는 것을 행복으로 여길 자가 있겠는가.

어느 민족을 막론하고, 문명 정도의 차이는 있을지언정, 의협심과 혈기가 없는 민족은 없다. 의협심과 혈기가 있는 민족으로서 어찌 영구히 남의 노예가 됨을 달게 받아들여 독립자존을 도모하지 않겠는가. 그러므로 군국주의, 즉 침략주의는 인류의 행복을 희생하는 흉악한 마술일 뿐이다. 어찌 이 같은 군국주의가 하늘과 땅처럼 영원히 끝이 없겠는가. 이는 이론이 아니라 사실이다. 오호라. 칼이 어찌 만능이며, 힘을 어찌 승리라 하리오. 정의가 있고 도의가 있도다.

침략, 또 침략하는 군국주의는 독일로 끝맺지 않았는가. 피와 살점으로 천지가 뒤덮이고 귀신이 울고 신 또한 슬퍼할 만한 구주 전쟁은 대략 1천만 명의 사상자를 내고 몇 억의 금전을 낭비한 뒤 정의와 인도의 기치 아래 강화조약을 맺게 되었다. 군국주의 종극은 실로 그 색채가 장엄하였도다.

전세계를 유린하려는 욕심을 채우기 위해 고심초사하며 30년간 준비해 수백만 명의 건장한 청년들을 수백 리 떨어진 전선에 세워두고 장갑차와 비행기와 군함을 배치하여 좌충우돌 동과 서를 치며 전쟁을 시작한 지 3개월 만에 파리를 함락하겠던 카이제르의 장담은 한때 장엄하게 들리기도 하였으나, 그것은 군국주의적 결별을 뜻하는 노래에 지나지 않는다. 이상과 호언장담뿐이 아니라 작전계획은 사실 탁월하여 휴전회담을 하는 날까지 연합국 측의 군대는 독일 국경을 한 발자국도 넘지 못하였다. 비행기는 하늘에서, 잠수함은 바다에서, 대포는 육지에서, 각각 그 위력을 발휘하여 실전에 임하매 찬란한 빛을 발하였도다. 그러나 그것도 군국주의적 낙조의 반사에 불과할 뿐이다.

아, 1억만 인민 위에 군림하고, 세계를 한손에 넣을 것을 다짐하며 세계를 향해 선전 포고하고 백전백승의 기세를 올리며 신과 인간의 사이에서 자신의 마음대로 종횡무진하던 독일 황제가 하루아침에 생명이나 신처럼 여기던 칼을 버리고 처량하게도 네덜란드의 하늘가를 떠도는 신세로 목숨만을 지탱하게 된 것은 이 무슨 돌변이냐. 이는 곧 카이제르의 실패일 뿐 아니라 군국주의의 실패이니 통쾌한 일인 동시에 그 개인을 생각하면 한 가닥 동정을 금치 못하리로다. 연합국도 독일의 군국주의를 타파한다고 큰소리를 쳤으나, 그 수단과 방법은 역시 군국주의의 유물인 군함과 총포 등의 살인도구였으니, 이는 오랑캐로 오랑캐를 치는 것이니, 과연 다른 점이 있겠는가. 독일의 실패가 연합국의 승리는 아닌즉, 많은 강대국과 약소국이 협력하여 5년간 지구전을 벌였으나 독일을 제압하지 못했으니, 이는 연합국의 실패가 아닌가.

연합국의 대포가 강한 것이 아니고, 독일의 칼이 약한 것도 아니거늘 어찌하여 전쟁이 끝나게 되었는가. 정의와 인도의 승리요, 군국주의의 실패 때문이다. 그렇다면 정의와 인도, 즉 평화의 신이 연합국과 손을 빌려 독일의 군국주의를 타파하였다는 말인가. 그렇지 않다. 정의와 인도 즉, 평화의 신이 독일 국민과 손을 잡고 세계의 군국주의를 타파한 것이니, 전쟁 중에 일어난 독일혁명이 그것이다.

독일혁명은 사회당에 의해 일어난 것인 만큼, 그 유래가 오래되고 또한 러시아 혁명의 자극을 받았으나, 총괄적으로 말하면 전쟁의 고통을 느끼고 군국주의의 그릇됨을 통절히 깨달은고로 사람들이 전쟁을 스스로 타파하고, 성난 파도와 격한 물결과 같은 군국주의를 발휘하려던 칼을 부러뜨려 공화 혁명의 성공을 얻고 평화의 새 운명을 연 것이다. 연합국은 이 틈을 타 어부지리를 얻은 데 불과하다.

이번 전쟁의 결말에 대하여는 연합국뿐만 아니라 독일의 승리라고도 할 수 있다. 어째서 그러한가? 만약 이번 전쟁에서 독일이 홀로 최후의 일전을 벌일 결심을 하였더라도 그 결과를 가히 예측할 수 없었을 것이다. 독일이 한때 승리를 거둔다 할지라도 연합국의 복수전쟁이 일어나 독일이 망하지 않는 한 군대를 해산하지 않았을 것이다. 그러므로 독일은 패전한 것이 아니고 승리했다고도 할 수 있다. 이런 상황에서 굴욕적인 휴전조약을 승낙하고 강화를 청한 것은 기회를 봐 승리를 차지한 것으로, 이번 강화회의에서도 어느 정도의 굴욕적 조약에는 무조건 승인할 것으로 쉽게 예상할 수 있다(3월 1일 이후의 소식은 알 수 없다). 따라서 현재의 상황을 보면 독일의 실패한 것이지만, 긴 안목으로 보면 독일의 승리라 할 수 있다.

아, 지금까지 한번도 없었던 구라파 전쟁과, 기괴하고 불가사의한 독일혁명은 19세기 이전의 군국주의, 침략주의와의 이별인 동시에 20세기 이후의 정의·인도적 평화주의의 개막인 셈이다. 카이제르의 실패는 군국주의 국가의 머리를 방망이로 내려치는 것과 같으며, 윌슨의 강화 기초조건은 각 나라의 메마른 땅에 봄바람을 전하매, 침략자의 압박하에 신음하던 민족은 하늘에 오를 듯한 기운과 홍수로 강물이 둑을 터뜨리는 듯한 기세로 독립 자결을 위해 분투하게 되었으니, 폴란드의 독립선언이 그것이요, 체코의 독립이 그것이며, 아일랜드의 독립선언이 그것이며, 인도의 독립운동이 그것이며, 필리핀의 독립경영이 그것이며, 조선의 독립선언이 그것이다 (3월 1일까지의 상황). 각 민족의 독립자결은 자존성의 본능이요, 세계의 대세이며, 신명이 찬동하는 바이며, 전 인류 행복의 원천이다. 누가 이를 억제하고 누가 이것을 막을 것인가.

2. 조선 독립선언의 동기

일본이 조선을 합병한 후 자존성이 강한 조선인은 사방에서 접촉하는 일 중 하나도 이를 상기시키지 않는 것이 없었도다. 그러나 최근의 동기만 말하자면 약 세 가지로 나눌 수 있다.

1) 조선민족의 실력

일본은 조선의 민의를 무시하고 어리석은 주권자를 속이고 몇몇 아부하는 당국자들을 희롱하여 합병이란 폭거를 강행한 후 조선민족은 부끄러움을 가슴에 품고, 수치를 참는 동시에, 분노를 발산하고 뜻을 길러 정신을 쇄신하고, 기운을 함양하는 한편 어제의 잘못을 고쳐 새로운 길을 도모하며, 일본의 방해에도 불구하고 유학을 떠난 사람이 수만에 달한즉, 독립정부가 있어 각 방면으로 장려·원조한다면 모든 문명이 유감없이 나날이 진보하였을 것이다.

국가는 반드시 물질문명이 하나같이 완비되어야만 독립되는 것이 아니라 독립할 만한 자존의 기운과 정신적 준비만 되면 충분한 것으로서, 문명의 형식을 물질에서만 찾는 것은 칼을 들어 대나무를 쪼개는 것과 같으니 무엇이 어려우랴.

일본인은 매번 조선의 물질문명이 부족한 것을 빌미로 삼으나 조선인을 우매하게 하는 학정과 열등 교육을 폐지하지 않으면 문명이 실현되는 날은 없을 것이니, 이것이 어찌 조선인의 소질이 부족한 때문이겠는가. 조선인은 당당한 독립국민의 역사와 전통이 있을 뿐만 아니라, 현대문명을 누릴 만한 실력이 있다.

2) 세계 대세의 변천

20세기 초두부터 전 인류의 사상은 하나하나 새로움을 좇는 빛을 띠기 시작했다. 전쟁의 참화를 꺼리고, 평화로운 행복을 바라며, 각국이 군비를 제한하거나 없애자는 설도 있으며, 여러 나라가 연합하여 최고재판소를 두고 절대적인 재판권을 주어 국제 문제를 해결하여 전쟁을 미연에 방지하자는 설도 나오고 있다. 그 밖에 세계 연방설과 세계 공화국설 등 새 떼가 지저귀고 매미가 우는 것처럼 실로 여러 가지 안이 나오니, 이는 모두 세계 평화를 촉진하자는 소리이다. 소위 제국주의적 정치가의 눈으로 본다면 이것은 일소에 부칠 일이나, 이의 실현은 시간 문제다. 최근 세계 사상사에 통절한 교훈을 준 구라파 전쟁과 러시아 혁명과 독일 혁명이 바고 그 예이다. 세계 대세는 상술한 바가 있어 다시 언급하는 것을 필하고 한마디로 하면, 미래의 대세는 침략주의의 멸망, 자존적 평화주의의 승리이다.

3) 민족자결 조건

윌슨 미국 대통령이 독일에 강화 기초조건으로 14개 조건을 제시하였는데, 여기에는 국제연맹의 민족자결이 끼어 있다. 미국 · 영국 · 프랑스 · 일본 등 여러 나라가 국제연맹의 뜻에 동의하였은즉, 국제연맹의 본령, 다시 말해 평화의 본바탕인 민족자결에 대해서도 물론 찬성할 것이다. 각국이 찬성의 뜻을 표한 이상 국제연맹과 민족자결은 윌슨 개인의 사견이 아니라 세계의 공언이며, 희망의 조건이 아니라 기성의 조건이다. 또한 연합국이 폴란드의 독립에 찬성하고, 체코의 독립을 위해 거액의 군비와 적지 않은 희생을 치러가며 영하 30도의 추위에도 시베리아에 군대를 보낸 것은 민족자결을 사실상 원조한 사례이다. 이는 모두 민족 자결주의 완성을 뜻하니 어찌 기뻐하지 않겠는가.

3. 조선독립선언의 이유

아, 나라를 잃은 지 10년이 지났다. 독립을 선언한 민족이 독립선언의 이유를 설명하려니 실로 침통함과 부끄러움을 금치 못하겠다.

독립의 이유는 네 가지로 나눌 수 있다.

1) 민족 자존성

들짐승은 날짐승과 어울리지 못하고 날짐승은 곤충과 무리를 이루지 못하며, 같은 들짐승이라도 기린과 여우나 삵은 그 사는 곳이 다르고, 같은 날짐승이라도 기러기와 제비, 참새는 그 뜻을 달리하며, 곤충 가운데도 용과 뱀은 지렁이와 그 좋아하는 바를 달리한다. 또한 같은 종류 중에도 벌과 개미는 자기 무리가 아니면 배척하여 한 곳에 살지 않으니 이는 유정물의 자존성에서 비롯된 것으로, 이해득실을 계산하여 남의 침입을 배척할 뿐 아니라 다른 무리가 자기 무리에 이익을 주더라도 배척하나니, 이것은 배타성 때문이 아니라 같은 무리는 스스로를 사랑하고 자존을 누리려는 까닭인 고로, 자존의 배후에는 자연히 배타가 있기 마련이니, 이 배타라 함은 자존의 범위 안에 들어오려는 남의 간섭을 막는 것이요, 이를 넘어서 남을 배척하는 것은 배타가 아니요 침략이다.

인류도 이와 같아 민족 자존성이 있다. 유색 인종과 무색 인종이 각각 자존성이 있고, 같은 종족 중에서도 각 민족의 자존성이 있어 서로 동화하지 못한다. 예를 들어, 중국 대륙은 한 나라를 형성하였으나 민족적 경쟁이 실로 격렬하였도다. 최근의 일만 봐도 청나라의 멸망은 정치적 혁명에서 비롯된 것 같으나 실은 한족과 만주족의 대립으로 인한 것이며, 티베트족이나 몽골족도 각각 자존을 꿈꾸며 기회만 있으면 분쟁을 일으키고 있다. 그 밖에 아일랜드나 인도에 대한 영국의 동화정책, 러시아의 폴란드에 대한 동화정책, 그리고 기타 각국의 동화정책은 어느 하나 수포로 돌아가지 않은 것이 없다.

다른 민족의 간섭을 받지 않으려는 것은 인류의 본성으로, 이는 막을 수 없을 뿐만 아니라 스스로 억제할 수도 없는 것이다. 자존성은 탄력성을 가져 팽창의 한도, 즉 독립자존의 길에 이르지 않으면 멈추지 않으니 조선의 독립을 감히 침해하지 못할 것이다.

2) 조국사상

월나라의 새는 남녘의 나뭇가지를 생각하고 만주의 말은 북풍을 그리워하니, 이는 그 본바탕을 잊지 않기 때문이다. 동물도 이러하거든 하물며 만물의 영장인 사람이 어찌 그 근본을 잊을 수 있겠는가.

근본을 잊지 못함은 인위적인 것이 아니라 천성이며 또한 만물의 미덕이다. 그러므로 인류는 그 근본을 잊지 못할 뿐 아니라 잊고자 해도 잊을 수가 없는 것이다. 반만년의 역사를 가진 나라가, 오직 군함과 총포의 수가 적은 이유 하나 때문에 타인의 유린을 받아 역사가 단절됨에 이르렀으니 누가 이를 참으며 누가 이를 잊겠는가. 나라를 잃은 뒤 왕왕 쏟아지는 수심 어린 빗발에서도 조상의 통곡을 보고, 고요한 새벽에는 천지신명의 질책을 들으니, 이를 참는다면 무엇을 참지 못하겠는가. 조선의 독립을 감히 침해하지 못하리로다.

3) 자유주의·자존주의의 큰 차이

인생의 목적을 철학적으로 해석하려면 여러 가지 설이 분분하여, 일정한 정의를 내리기 어려우나 인생의 목적은 참된 자유에 있는 것으로, 자유가 없는 생활에 무슨 취미가 있겠으며 무슨 쾌락이 있겠는가. 자유를 얻기 위해서는 어떤 대가도 아까워할 것이 없으니 곧 생명을 바쳐도 좋을 것이다.

일본은 조선을 합병한 후 압박에 압박을 더하여, 움직임 하나, 말 한 마디에까지 압박을 가하여 자유의 생기가 터럭만큼도 없게 되었다. 무생물이 아닌 이상 어찌 이것을 참고 견디겠는가. 한 사람이 자유를 빼앗겨도 하늘과 땅의 화해로운 기운이 상처를 입는 법인데 2천만 명의 자유를 말살하면 어떠하겠는가. 조선의 독립을 감히 침해하지 못하리로다.

4) 세계에 대한 의무

민족자결은 세계 평화의 근본적인 해결책이다. 민족 자결주의가 성립되지 못하면 국제연맹을 조직하여 평화를 보장한다 할지라도 결국 수포로 돌아가고 말 것이다. 어째서 그러한가. 민족자결이 성립되지 않으면 어느 때라도 싸움이 잇달아 일어나 전쟁이 계속될 것이기 때문이다. 그 책임을 조선 민족이 어찌 면할 수 있겠는가. 고로 조선 민족의 독립자결은 세계의 평화를 위한 것이요, 동양 평화의 중요한 관권이니, 일본이 조선을 합병한 것은 조선의 이익을 위한 것이 아니라 조선 민족을 몰아내고 일본 민족을 이식키 위한 것이며, 나아가 만주와 몽골을 탐내고 한 걸음 더 나아가 중국 대륙까지 꿈꾸는 것이니, 일본의 야심은 누구도 다 아는 사실이다. 중국을 도모하려면 조선을 빼놓고는 달리 방도가 없는고로, 침략정책상 조선을 유일한 생명선으로 삼은 것이니, 조선의 독립은 곧 동양의 평화가 되는 것이다. 조선의 독립을 감히 침해하지 못하리로다.

4. 조선 총독정책에 대하여

일본이 조선을 합병한 후 조선에 대한 일본의 시정방침은 무력압박 4자로 충분히 요약할 수 있다. 전후의 총독, 즉 데라우치와 하세가와로 말하면 정치적 학식이 없는 한낱 군인에 불과해, 조선의 총독정치는 한마디로 헌병정치이니, 바꿔말하면 군력정치요 총포정치로, 군인의 특징을 발휘하여 군력정치를 행하였다. 이런 까닭에 조선인은 헌병의 모자 그림자만 봐도 독사나 호랑이를 본 것처럼 피하였으며, 총독정치에 접할 때마다 자연히 5천 년 역사의 조국을 떠올리고 2천만 민족의 자유를 바라면서 남의 눈을 피해 피눈물을 흘렸다. 합방 후 10년간 2천만 조선 민족의 생활상이 그러했다.

아아, 일본인이 인간의 마음을 가졌다면 이 같은 일을 했하고도 꿈에서나마 편할 것인가. 또한 종교·교육은 인류 생활에 있어서 특별히 중요한 것이다. 어느 나라도 종교의 자유를 인정하지 않는 나라가 없거늘 조선에 대해 소위 종교령을 반포하여 신앙의 자유를 구속하였다. 교육을 봐도 정신교육이 없음은 물론 과학 교과서도 광의적으로는 일본어 책에 불과하다. 그 밖의 모든 일에 대한 학정은 이루 헤아릴 수도 없다. 조선인은 이 같은 학정하에 노예나 소와 말 같은 취급을 받으면서도 10년 동안 조그마한 반발도 하지 않고 그저 순종할 따름이었다. 이는 주위의 압력으로 반항이 불가능했기 때문이기도 하나, 그보다는 총독정치를 중요시하여 반발하려는 생각이 없었기 때문이다. 왜냐하면, 총독정치 이상으로 합병이란 근본적인 문제가 있었기 때문이다. 다시 말해, 언제라도 합병을 깨뜨리고 독립자존을 보전하려는 것이 2천만 민족의 뇌리에 박힌 불멸의 생각이었다. 그러므로 총독정치가 아무리 혹독하더라도 그에 반박할 여지가 없고, 완벽한 정치를 행하더라도 감사의 뜻을 표할 리가 없어 총독정치를 지엽적 문제로 여긴 까닭이다.

5. 조선 독립의 자신

조선 독립은 국가를 창설하는 것이 아니라, 한때 치욕을 겪었던 독립국이 옛 상태를 되찾는 독립이다. 그러므로 독립의 요소, 즉 토지 · 국민 · 정치와 조선 자체에 대해서는 모든 것이 갖춰져 있다. 각국의 승인에 대해서는, 원래 조선의 국제적 교류는 친선을 유지하여 서로 좋은 감정을 가지고 있었을 뿐 아니라, 〈개론〉에 진술한 바와 같이 지금은 정의 · 평화 · 민족자결의 시대인즉 조선 독립을 바라고 원조할 것이니, 다만 문제는 일본의 승인 여부에 있다. 그러나 일본도 승인을 꺼리지 않을 것으로 생각한다.

대개 인류의 사상은 시대에 따라 바뀌니 사상의 변천에 따라 사실의 변천이 있음은 물론이다. 또한 사람은, 실리만을 위하는 것이 아니라 명예도 존중하니, 침략주의, 즉 공리주의 시대에 있어서는 다른 나라를 침략하는 것이 실리를 얻는 길이었지만, 평화, 즉 도덕주의 시대에는 민족자결에 찬동하고 약소국을 원조하는 것이 나라를 밝히는 명예가 되는 동시에 하늘의 혜택을 얻는 길이다.

만일 일본이 의연히 침략주의를 계속 유지하여 조선의 독립을 부인하면, 이는 동양 또는 세계 평화를 교란하는 일로서, 아마도 미 · 일, 혹은 중 · 일 전쟁을 위시하여 세계 전쟁을 재연하게 될는지도 모르니, 그렇게 되면 일본에 가담할 자는 영국(영 · 일 동맹 관계뿐 아니라 영국영토의 문제로) 정도일지 의문이니 어찌 실패를 면하리오. 제2의 독일이 될 것이 분명하니, 일본의 검이 나은 것은 무엇이며, 부족한 것은 무엇인가. 일본도 자신의 부족함을 스스로 인정하고 있다. 그러므로 현재의 대세를 역행치 못할 것은 명료하지 않은가. 또한 일본이 조선 민족을 몰아내고 일본 민족을 조선에 이주케 하려는 몽상적인 식민정책도 절대 불가능한 일이요, 중국을 넘보는 것도 중국의 반항뿐 아니라 각국에서도 긍정할 까닭이 전혀 없으니, 식민정책으로나, 조선을 중국 침략의 징검다리로 이용하려는 정책은 모두 수포로 돌아갈 것이다. 그러므로 일본이 어찌 조선 독립의 승인을 거절하리오.

일본이 넓은 마음으로 조선의 독립을 먼저 승인하고 일본인이 구두선처럼 주장하는 중 · 일 친선을 진정으로 발휘한다면 동양 평화의 맹주국을 일본을 버리고 어느 나라에서 찾겠는가. 그리하면 20세기 초반에 세계적으로 앞으로 천여 년 간의 평화스런 행복을 위하여 복음을 전하는 천사국으로서 서반구에는 미국이, 동반구에는 일본에 있으니 어찌 영예가 아니겠는가. 동양을 빛냄에 어찌 이만한 일이 있으리오.

또한 일본이 조선의 독립을 솔선해서 승인하면 조선인은 일본에 대하여 가진 합병으로 인한 오랜 원망을 잊고 깊은 감사를 표할 뿐만 아니라 조선의 문명이 일본에 미치지 못함은 사실인즉 독립한 후에 문명을 수입하려면 일본은 제외하고 어찌 취하겠는가. 어째서 그러한고? 서양 문명을 직접 들여오는 것이 절대 불가능한 일은 아니지만 길이 멀고 내왕이 불편할 뿐 아니라 언어·문자나 경제적 이유로 곤란한 일이 많기 때문이다. 일본은 부산해협을 통하면 불과 10여 시간의 뱃길이요, 조선인 가운데 일본말을 깨우친 사람이 많으므로 일본으로부터 서구문명을 들여오는 것은 들이는 노력은 적고 얻는 바는 크니, 이로써 조선과 일본의 친선이 실로 아교와 옻칠같이 돈독해질 터이니, 동양의 평화를 위해 얼마나 복된 일인가. 일본인은 결코 대세에 반하여 스스로에게 손해가 되는 침략주의를 유지하는 어리석음을 범하지 않고 동양 평화에 앞장서기 위해 조선의 독립을 앞서 승인하리라 믿는다.

가령 일본이 조선의 독립을 부인하고 이러한 현상이 유지된다 하더라도, 사람의 마음은 물과 같아 막을수록 흘러내리기 마련이니, 조선의 독립은 산꼭대기에서 떨어진 둥근 돌과 같이 목적지에 닿지 않으면 그 기세가 그치지 않을 것이니 조선 독립은 시간 문제일 따름이다. 조선의 독립이 10년 후에 이뤄진다면, 그동안 일본이 얻을 이익이 얼마나 될 것인가. 물질상의 이익 즉 재리財利로 따져 일본 국고를 채우는 것은 쉬운 일이 아닌즉 조선에 근무하는 일본인 관리와 기타 월급 생활하는 자의 봉급을 얻을 뿐일 테니, 조선에 들이는 자본과 노력을 계산하면 순이익은 실로 적을 것이다. 또한, 이주한 일본인들이 귀국하지 않으면 국적을 옮겨 조선에 귀화하는 것 외에 다른 방도가 없으니, 10년간 얻을 적은 이익에 세계적 평화의 기운을 상하게 하는 것과 2천만 민족의 고통을 더하면 어찌 국가의 불행이 아니겠는가.

아, 일본인은 기억해야 한다. 청일전쟁 후의 마관조약과 노일전쟁 후의 포스머츠 조약 중 조선의 독립을 보장한 것은 무슨 의협이며, 그 두 조약의 먹물이 마르기도 전에 말을 바꾸어 남을 속이는 꾀와 폭력으로 조선의 독립을 유린함은 또 그 무슨 배신인가. 지난 일은 그렇다 쳐도 미래를 위해 간한다. 평화의 일념이 천지를 상서롭게 하니 일본은 노력해야 한다.

신앙信仰에 대對하여

1

　종교적宗敎的 의식意識은 대개 신앙심信仰心을 이른다. 신앙의 형태는 대략 세 종류로 나눌 수 있다. 첫째 미신迷信, 둘째 지적知的 신앙信仰, 셋째 정적情的 신앙信仰이다. 사람의 의식작용과 지각·통각의 활용이 충분치 못하고 극히 소박한 상태에는 귀로 듣는 대로 눈으로 보는 대로 기타 오관五官에 접촉하는 대로 그대로 받아들여, 하등의 의심을 하지 아니하고 사실로 믿으니, 이를 심리학상으로 말하면 유아 시대에 잘 나타나는 사실로, 유아는 부모의 말을 무심히 믿는다. 미성未成의 유아와 미개未開의 우인愚人은 실재와 비실재를 묻지 않고 오관의 자극에 의하여 직각적直覺的으로 포착 인식하여 온통 실재로 믿으니, 이러한 종류의 신조는 정신 작용 중에 가장 단순 소박한 것이다. 이것을 원시적 신앙이라고도 한다.

　그러나 사람이 사람에 따라 지각·통각이 개발되어 의식 작용이 진전되면, 지식과 경험을 쌓아 적당한 판단력과 비판력이 생기게 되어 증전曾前보다 마음이 동요되고 의혹을 일으키게 되니, 이러한 경우에는 모든 사람의 말을 쉽게 믿지 아니하고, 다만 자기의 지식과 경험에 따라 시인하게 되면 이를 믿고, 그렇지 아니하면 덮어놓고 따르지 아니한다. 그러나 우리의 지식과 경험은 일정불변一定不變하는 것이 아니요, 시간을 따라서 전전변화輾轉變化하는 것이니, 어제에 믿던 것을 오늘에 믿지 않는 수가 있고, 그의 반대로 어제에 의심하던 것을 오늘에 믿는 수가 있는 것이다.

　인력설引力說이 과학계에서 금과옥조金科玉條로 여겨졌으나 금일에는 아인슈타인의 상대성원리相對性原理가 일세一世를 풍미하고, 애덤 스미스의 경제학설이 전 세계에 퍼져 있었으나, 최근에는 마르크스의 사회주의가 프로계급에 있어서는 종교 이상의 신앙을 받고 있지 아니한가. 또 수백 년 간 물질불변物質不變의 법칙이 일반인의 믿어온 바인데, 금일에 이르러 라디움 등이 차제감멸次第減滅됨을 알게 되었으니 이는 사람의 정신작용이 진전될수록 진실과 비진실을 깨달아 이론적 근거가 확실한 실질의 존재가 아니면 안됨을 보여주는 것이다. 이는 타인의 말을 무조건으로 믿는 것이나 원시적 신앙과 확연히 비교되는 것으로, 이를 지적 신앙이라 한다.

지각 · 통각이 진전되어 감정感情 · 의지意志가 되고, 감정 · 의지가 정련精練되어 감정의 위에 믿음이 생긴다. 물론 우리들의 의식 작용에서 지知와 정情을 판연히 분리하기는 거의 불가능하나, 감수적感受的뿐 아니라 욕구적慾求的으로서의 신념은 정적情的 방면의 작용으로, 오관 감각에 의하여 믿는 것보다도 실재성에 대하여 더욱 강감强感되는 것이다. 지식에 대한 믿음은 판단에 의하여 생기는 것이나 정적 신념은 믿지 아니하면 아니 되겠다는 감정에서 비롯되는 것이다.

2

이를 심리학상으로 논하면 충동과 욕구의 혼화混和로부터 나오는 믿음이다. 충동은 구생俱生[1]의 욕망으로 동식물이 공히 갖고 있는 일종의 심리작용이나, 욕구라는 것은 고등동물, 특히 사람에 있는 심리작용이다. 환언換言하면 정적 신념이라는 것은 본능적 작용과 심리적 욕망이 상혼相混하여 나타나는 바이다. 이 정신의 작용이 강해져서 감정 · 의지가 되고 이것이 다시 정조情操 혹 정서情緒가 된다. 관념이 명료해져서 실재관념이

---

1)구생俱生: 구생기俱生起. 태어날 때부터 갖고 있는 선천적인 번뇌를 뜻하는 불교용어.

생기는 것이니, 소위 종교상의 신앙이 곧 그것이다. 충동 및 욕구의 근본적 동향은, 첫째 생명보존生命保存, 둘째 생명지속生命持續, 셋째 생명향상生命向上, 넷째 생명연장生命延長 4가지가 있다.

생명보존 및 생명지속의 작용은 충동으로부터 생기는 것이라 일반동물에게 있는 것이나, 생명향상 및 생명연장은 욕구로부터 나오는 것이라 인류 이외의 동물에게는 찾아볼 수 없다. 생명향상은 이상理想에 향하려는 노력이요, 생명연장은 자기의 확신을 시간적·공간적으로 연장하려는 것이다. 자신의 생명을 보존할 뿐 아니라 이를 영구히 지속하고 이의 향상과 연장을 욕구하게 되는 고로 종교의 필요성이 생기는 것이니, 종교심이라는 것은 이 밖에 나지 않는 것이다. 고로 감정적 신앙의 위에는 종교적 의식이 나는 것이다. 이런 까닭에 소위 신의 존재에 관한 문제가 생기게 된다. 인간 이상의 신神 또는 불佛을 시인하여 이를 이상으로 하여 갈앙예배渴仰禮拜하는 것은 모든 고급 종교에 있어 대개 동일하니, 불교佛敎에서는 부처佛陀를, 기독교基督敎에서는 신神을, 회회교回回敎[1]에서는 알라를 숭배한다.

전술한 바 믿음의 형식을 종교에 대비하여 보면, 먼저 선철先哲 조종祖宗의 언어를 믿고, 다음에는 감정적으로 종교를 믿게 된다. 불교로 말하면, 다수의 제자가 석존釋尊의 설법을 듣고 이를 믿어, 먼저 석존 중심의 소승교小乘敎가 생기고, 사람들의 지식이 진보되고 지력적知力的 신앙이 생겨 대승불교大乘佛敎가 성립되니, 소승교와 대승교의 차이는 불교 자체에 있는 것이 아니요, 신앙의 진전에 따라서 생기는 것이다. 소승교를 믿던 심리가 점점 진전되어 불교의 진실미眞實味를 발견하는 감정적 신앙이 되면, 소승교의 신앙이 변하여 대승교의 신앙이 되는 것이다.

---

1) 회회교回回敎: 이슬람교.

3

이를 학문상으로 설명할 수 있는가 하는 문제에 대하여 말하여 본다면, 학문과 종교에 대하여 서양학자들 사이에서도 갖가지 논의가 있다. 서양인의 이른바 종교라는 것은 물론 야소교耶蘇敎[1]다. 그러므로 불교와는 다르다. 서양인의 입장에서 말하면 불교는 무신론이라 할 수 있다. 야소교에서 이르는 신神이 불교에는 없는 까닭이다. 부처의 존재를 믿는 것과 학문에는 어떤 차이가 있는지에 대하여 말하면, 종교의 믿음과 학문의 믿음에는 하등의 차이가 없으니, 종교의 본질과 학문은 결코 모순 충돌되지 않는다. 뿐만 아니라 차라리 학문이 심각할수록 종교적 의식은 명확해진다. 이는 오늘날까지의 역사를 살펴보아도 명백히 알 수 있는 사실이다. 학문의 진보를 따라서 종교적 신앙은 더욱 발전한다. 세인 중에서는 종교라는 것은 어리석은 사람들이 믿는 것이니, 학문이 있는 자는 윤리도덕을 실행하면 족하다며 객관적으로 종교를 비판하는 자도 있다. 또 혹자는 신앙하므로 불佛은 존재한다고 말한다. 이들에 따르면 부처는 신앙자의 상상想像에 떠 있는 환영에 불과하다. 이러한 문제는 많은 사람의 믿음이 시작되는 시기에 고민하는 문제이다. 그러나 여래如來의 존재는 역사적 또는 신앙적으로만 논의할 수 있는 것이요, 천박한 관념적 비판으로 긍정 혹은 부정할 바 아니며, 상식적 학문으로도 판단하기 곤란한 것이다. 다만 학문이 지고최오至高最奧에 이른다면 여래의 존재를 믿게 될 것이다. 그러나 종교로선 학문의 여하如何가 그리 중대 문제가 아니요, 부처의 존재를 믿는 것이 가장 중대한 일이다.

4

불교에서는 자기의 면목面目을 알라고 하였다. 그러나 이러한 설법을

---

1)야소교耶蘇敎: 예수교.

듣고 철저히 자기를 돌아보는 사람은 극히 드물다. 육체를 자기로 아는 사람도 있고, 정신을 자기로 아는 사람도 있고, 육체와 정신의 합일을 자기로 아는 사람도 있다. 그러나 그것은 다 자기가 아니다. 성운설星雲說에 의하면 인간의 조선祖先, 우주宇宙와 개벽開闢은 혼돈한 운상체雲狀體가 공간에 있어서 회전하는 중에 점차 변화 농후하여 화액상火液上의 세계가 되었을 때에 탄화합물이 생기고 거기에서 단백질이 나타나고, 단백질이 유기체를 생성하여 모네에렌이라는 단세포가 나오고, 이것이 다종다양多種多樣으로 분화 발전하여 우주의 생물을 만들었다. 최초의 인류와 동식광물 등의 자연물은 다 탄화합물로 생성된 것이다. 그리하여 그 화액상火液上의 것이 냉각 응고하여 이 세계가 되었다. 이것이 우주 발달에 관한 지금까지의 학설이다. 그 발달 방법은 일정하여 적응과 유전遺傳의 2종류가 있다. 적응은 유기물이 외계에 상응相應하도록 적당히 발달하는 것이요, 유전이라는 것은 그 적응한 개체를 유전하는 것이니, 이 우주 발달의 법칙에 따라 삼라만상森羅萬象이 발달한 것이다. 우주의 생성물은 다 조화가 있는 것이다.

신체身體를 하나의 세계라고 하면, 신체의 발달에 따라 모발조아毛髮爪牙 등도 아울러 발달하니, 이 사이에는 일종의 조화가 있어서 결코 상잔상해相殘相害치 않는다. 광의적으로 말하면, 인체의 발달은 외적으로 우주 만유와 조화되고 내적으로 동일불성에 조화되니, 육체만이 자기가 아닌 동시에 정신만이 자기가 아니오, 따라서 육체와 정신의 합일도 자기가 아닌 것이다.

생사의 측면에서 보면 우리는 생기고 죽는다고 한다. 죽음이라는 것은 인신人身의 전체가 사해死骸로 되는 때를 이름이니, 시시각각時時刻刻으로 생사生死하는 세포에 이르러서는 생이라고도 아니하는 동시에 사라고도 아니한다. 예를 들면, 하나의 세포가 둘로 분열하면 친세포親細胞는 죽으나 자세포子細胞는 둘로 된다. 이로써 보면 인체는 시시각각 생멸하는 것이요, 또 단세포는 불사하는 것이니, 인체가 사해로 변하더라도 단세포는 위치를 바꾸어 생활할 뿐이니 생사라는 것은 형태를 변할 뿐이다. 요컨대 우리가 생존하였다 할지라도 복세포複細胞는 각각刻刻으론 사멸하는 것이요, 인체가 사멸하였다 할지라도 단세포單細胞는 다른 복세포를 생성하여 영구불멸한다. 신체를 구성한 세포가 모여 전체를 만들고 그것이 분리되어 사체死體를 만든다고 하면 생과 사는 구경究竟 동일한 것이니 일원론적의 견지로 봐도 그러하고 상식적으로 봐도 그러하다. 생사라는 것은 동일현상의 양단兩端일 뿐이다. 자기라는 것은 과연 어떠한 것인가.

5

우리의 정신 작용은 주관적인 것을 버리고 객관적으로 믿을 수 있는 것이다. 사물을 보는 것은 시각視覺이요, 시력은 망막網膜에 의하여 생긴다. 망막이 없는 이상 사물은 없는 것과 같다. 그 밖의 청각·촉각 등은 오관五官을 제하고 외계에 있을 수 없는 것이다. 감득感得하는 것을 객관적으로 믿을 수 있는 이상, 관념의 것을 감각과 같은 것으로 활용할 수 있으니, 이것이 감정 신앙이 생기는 까닭이다. 이러한 경우에 우리의 주관을 하나의 실재성으로 감득할 수 있을 것이다.

여래如來의 존재 여부를 판별코자 하는 것은 신앙상의 하등 가치를 갖지 못한다. 다만 여래의 실재를 믿을 뿐이다. 다시 말하면 부처의 구체적 존재를 찾기 위하여 무용의 사량복탁思量卜度을 비費함은 번뇌를 증가시킬 뿐이다. 여래의 실재 여부에 의혹을 두지 말고 기쁜 마음으로 대자대비大慈大悲를 감득하는 것이 신앙생활이다.

6

어떠한 신앙이든지 정신의 방향을 전환하는 것은 유명한 톨스토이의 말로 누구든지 아는 것이지만, 신앙은 확실히 정신계에 일대 전환을 초래하는 것이다. 그것은 신앙생활을 하는 사람은 누구든지 느끼는 일이다. 신앙생활을 하는 사람도 세간을 초월하여 번뇌를 망각한 사람은 아니다. 그들도 또한 외계의 사상이 오관을 통하여 내부에 침입하였다가 행위를 통하여 외부에 표현되느니, 신앙이라는 것은 오관과 행위를 통하여 출입하는 만반번뇌를 녹려濾濾 미화하는 것이다. 갖가지 세균과 유기물을 섞인 물이 수도의 여과지를 통하여 청정하여지는 것과 같은 것이다. 이와 같이 신앙은 능히 갖가지 번뇌를 걸러 훌륭한 안심安心을 얻게 해준다. 같은 불교의 신자도 신앙의 정도가 여러 가지가 있으나 학문의 묘경에 들어간 사람일수록 종교의 의식이 명확해지니, 학문을 닦으면 닦을수록 자기의 우愚와 약弱을 알게 되는 고로 비로소 부처의 위대함를 알게 되어 그 대자대비의 품에 안기게 되느니라.

갖가지 이론이 있으나 여래의 실재를 믿으면 족하다. 부처의 대자대비 아래에 생활하고 있는 것을 믿으면 족하다. 종교는 충동과 욕구로 믿지 않을 수 없는 것이다. 부처의 대자대비 아래에 생활하고 있는 것을 아는 것이 곧 불심이요, 종교다. 자각이 곧 신앙이요, 신앙이 자각이다. 우리의 생활은 여래광명의 안에서 섭양攝養하는 생활이다. 여래의 광명光明에 대하여 감사하고 자기의 미약迷弱에 대하여 참회할 뿐이다.

이 감사와 참회는 이른바 참이요, 선이며, 미다. 신앙생활은 자기 부정이 아니요, 실로 자기의 확대이며 연장이다. 여래는 거룩하고 신앙은 위대한 것이다.

나는 왜 중僧이 되었나

1. 출가出家의 동기動機

나는 왜 중僧이 되었나? 내가 태어난 이 나라와 사회가 나를 중이 되게 하였던가, 혹은 인간세계의 생사병고生死病苦 같은 모든 괴로움이 나를 승방僧房에 몰아넣고 영생永生과 탈속脫俗을 속삭이게 하였던가. 대체 나는 왜 중이 되었나. 중이 되어 무엇을 하였는가. 또 무엇을 얻었는가. 그래서 인생과 사회와 시대에 대하여 어떠한 도움을 주어 왔나. 승려가 된 지 30년에 이르러 출가의 동기와 그동안의 파란波瀾과 현재의 심경心境을 생각하여 볼 때에 한 줄기 감회가 가슴을 덮는다.

나의 고향은 충남 홍주洪州다. 지금은 세대가 변하여 고을 이름조차 홍성洪城으로 변하였다. 나는 어린 소년의 몸으로 선친先親에게서 나의 일생의 운명을 결정할 만한 중요한 교훈敎訓을 받았으니, 그것은 국가와 사회를 위하여 자신의 몸을 바치는 옛 의인義人들의 행적이었다. 선친은 매양 그러한 종류의 서책을 보시다가도 무슨 감회가 있었는지 조석朝夕으로 나를 불러다 세우고 옛사람의 전기傳記를 일러주셨다. 어린 마음에도 역사에 빛나는 그분들의 기개氣槪와 사상을 숭배하는 마음이 생겨 어떻게 하면 나도 그렇게 훌륭한 사람이 되어보나 하는 것을 늘 생각하여 왔다.

그러다가 갑진년甲辰年의 전해, 대세大勢의 초석礎石이 기울기 시작하여서 서울에서 무슨 조약條約이 체결되어 뜻있는 사람들이 구름같이 경성京城에 모여든다는 말이 들리었다. 그때에 어찌 신문新聞이나 우편郵便이 있어서 알았으랴마는 국가의 대동맥大動脈이 움직여 소문은 바람을 타고 아침저녁으로 팔도八道에 흩어졌다. 내 고향 홍주에서도 정사政事에 분주한 여러 선진자先進者들은 이곳저곳에 모여 수군거리는 것이 심상한 기세가 아니었다. 좌우간 이 모양으로 산속에 파묻힐 때가 아니라는 생각에 하루는 담뱃대 하나만 들고 그야말로 폐포파립弊袍破笠의 차림으로 표연飄然히 집을 나와 서울이 있다는 서남 방면西南方面을 향하여 걸어가기 시작하였으니, 부모에게 알린 바도 아니요, 노자路資도 한푼 지닌 것이 없는 몸이매 서울로 갈 수 있을지 심히 당황한 걸음이었으나 그때는 어쩐지 태연하였다. 좌우간 길 떠난 터라 해가 질 때까지 남들이 가르쳐주는 서울 길을 향하여 걸음을 재촉하였다.

그러나 날이 기울고 오장五臟의 주림이 심해지자 어떤 술막집에 들어 팔베개 하고 하룻밤 자려니, 그제야 무모한 이 걸음에 대한 여러 가지 두려움이 일어났다. 맨손과 맨주먹으로 어떻게 나라 일을 돕나. 또한 한학漢學의 소양素養 외에 아무 교육이 없는 내가 어떻게 뜻한 바를 이루나. 그날 밤이 깊도록 전전반측輾轉反側하며 수십 번 생각하는 가운데 문득 아홉 살 때의 일이 유연油然히 떠오른다. 그것은 9세 때 《서상기西廂記》의 통곡痛哭 1장을 보다가 이 인생이 덧없어 회의懷疑하던 일이라. 영영일야營營日夜하다가 죽으면 인생에 무엇이 남나. 명예名譽냐, 부귀富貴냐. 그것이 모두 아쉬운 것으로, 생명生命이 끊어짐과 동시에 모두 다가 일체 공空이 되지 않느냐. 무색無色하고 무형無形한 것이 아니냐. 무엇 때문에 내가 글을 읽고, 무엇 때문에 의식衣食을 입자고 이 애를 쓰는가 하는 생각으로 5~6일 밥을 아니 먹고 고노苦勞하던 일이 있었다.

인생은 고적한 처지에 놓이면 역시 그에 따라 고적한 사상思想을 가지기 쉬운 것이라. 이에 나는 나의 전정前程을 위하여 실력을 양성하겠다는 것과, 또 인생 그것에 대한 무엇을 좀 해결하여 보겠다는 불같은 마음으로, 서울로 갔던 길을 구부려 사찰寺刹을 찾아 보은 속리사報恩 俗離寺로 갔다가 더 깊은 심산유곡深山幽谷의 큰 절을 찾아가려고 강원도 오대산江原道 五臺山의 백담사百潭寺까지 가서 그곳 탁발승托鉢僧이 되어 불도佛道를 닦기 시작하였다. 물욕物慾, 색욕色慾에 움직일 청춘의 몸이 도포道

袍 자락을 감고 고깔 쓰고 염불念佛을 외게 되매 완전히 현세現世를 초탈超脫한 행위인 듯이 보였으나 나 자신이 생각하기에도 그렇게 철저한 도승道僧은 아니었다.

수년간 승방僧房에 갇혀 있던 몸은 그곳에서도 마음의 안정을 얻을 길이 없어 《영환지략瀛環志略》이라고 하는 책을 통하여 조선 외에 넓은 천지天地의 존재를 알고 그곳에 가서나 뜻을 펴볼까 하여 엄嚴모라는 사람과 같이 원산서 배를 타고 시베리아를 지향하고 블라디보스토크로 갔던 것이다. 그러나 어찌 알았으리요. 나의 동행同行인 엄모가 뱀이나 전갈 같은 밀정으로 나를 해치려는 자임을. 그래서 실로 살을 에어내는 듯한 여러 가지 고난을 겪고 구사일생九死一生으로 다시 귀국하였다.

그러자 각처에는 의병義兵이 일어나서 시세時勢 크게 어지럽게 되어 나는 간성杆城에서 쫓기어 안변安邊 석왕사釋王寺의 깊은 암자를 찾아가서 참선 생활參禪 生活을 하였다.

2. 일본행日本行과 불교계佛敎界 파란波瀾

그러다가 반도半島 안에 국척跼蹐하여 있는 것이 어쩐지 사내답지 않은 것 같아 일본으로 갔다. 그때는 조선의 새 문명이 일본을 통하여 많이 들어오던 때이니까 비단 불교문화佛敎文化뿐 아니라, 새 시대 기운氣運이 융흥隆興한다는 일본의 모습을 보고 싶었던 것이다. 그리하여 바칸馬關에 내리어 도쿄東京에 가서 조동종曹洞宗의 통치기관인 종무원宗務院을 찾아 그곳 홍진설삼弘眞雪三이라는 일본의 고승과 계합契合이 되었다. 그분의 호의로 학비學費 한푼 없이 조동종대학曹洞宗大學에 입학하여 일본어도 배우고 불교도 배웠다. 그러던 중 조선에서는 최인崔麟·고원훈高元勳·채기두蔡基斗 제씨諸氏가 유학생으로 도쿄로 건너왔다.

그러다가 나는 귀국하여 동래東萊 범어사梵魚寺에 가 있다가 다시 지리산智異山으로 가서 박한영朴漢永·전금파全錦坡 두 사람과 결의형제結義

兄弟까지 하였다. 그럴 때에 서울 동대문의 원흥사元興寺에서 전 조선 불도全朝鮮佛徒들이 모여 불교대회를 연다는 소식이 들려 부랴부랴 상경하였는데, 그때는 이회광李晦光 씨가 대표가 되어 승려해방僧侶解放과 학교건설學校建設 등에 대해 토의하고 있었는데 그것은 대단히 좋으나 얼마 지나지 않아 합병이 되자 이회광 일파는 무슨 뜻으로 그리하였는지 일본의 조동종曹洞宗과 계약을 맺되 조선의 사찰 관리권과 포교권과 재산권을 모두 양도하는 실로 놀라운 일을 벌였다. 이 주책없는 계약을 하자고 한 것이 그때 이회광 일파의 원종圓宗이므로 우리는 그를 막기 위하여 임제종臨濟宗이란 종宗을 창립하여 반대운동을 일으켰는데, 이 운동이 다행히 주효하여 이회광의 계약은 취소되고 조선의 불교는 살아 남게 되었다.

그 뒤 합병이 되어 몸에 닥치는 간섭이 심하여 한때 통도사通度寺에 내려가서 《불교대전佛敎大典》을 초출抄出하였고, 또 《유심惟心》이라는 잡지를 경영하다가 기미己未의 33인 운동으로 옥사獄舍에 갇히는 몸이 되었던 것이다.

그러면 나는 승려僧侶로 지낸 30년에 무엇을 얻었나? 서울 안국동安國洞의 법당 곁에 부처님을 모시고 일석日夕 생각하니 결국 영생永生 하나를 얻은 것을 느낀다. 어느 날 육체는 사라져 우주의 적멸寂滅과 함께 그 자취를 감추리라. 그러나 나의 마음은 끝없이 둥글고 편한 것을 느낀다. 그렇더라도 남자로 세상에 태어나 중으로 그 생애를 마치고 말 것인가. 우리 앞에는 정치적인 무대는 없는가. 그것이 없기에 나는 중이 된 것이 아닐까. 만일 우리도…… (6행 생략) …… 마지막으로 이 심경을 누가 알아주랴. 오직 지자 부지자 부지知者 不知者 不知를 곡할 뿐이노라.

선禪과 인생人生

1. 선禪의 의의

선禪이라면 불교에만 한하여 있는 줄로 아는 것이 보통이다. 물론 불교에서 선禪을 숭상하는 것이 사실이다. 그러나 선禪을 일종의 종교적 행사로만 아는 것은 오해다. 선禪은 종교적 신앙도 아니오, 학술적 연구도 아니며, 고원한 명상도 아니요, 침적沈寂한 회심灰心도 아니다. 다만 누구든지 아니하면 아니 될 것이요, 따라서 누구든지 할 수 있는 지극히 평범하고, 필요한 일이다. 선은 전인격의 범주가 되는 동시에 최고의 취미요, 지상의 예술이다. 선은 마음을 닦는 즉 정신 수양의 대명사다. 그러면 마음은 무슨 필요로 닦으며 어떠한 방식으로 닦느냐는 것이 순서의 문제일 것이다.

2. 선禪의 심요心要

마음을 닦는 필요는 이러하다.

유심론唯心論과 유물론唯物論의 근본 문제는 말하지 말고, 즉 성인成人에 있어서는 육체와 행위가 모두 마음의 명령에 복종하는 것은 사실이다. 그러면 육체의 동작과 행위의 동향動向이 그 책임에 있어서 육체와 행위그 자체보다 그 육체와 행위를 사주使嗾한 마음이 모든 책임을 지게 되는것이다.

공원의 꽃을 꺾는 아동이 있다면, 그 꽃을 꺾는 직접 책임이 아동의 손에 있는 것 같지만, 실로 그 책임은 아동의 마음에 있는 것이다. 길가에 앉아 있는 불구의 걸인에게 돈 한푼을 주는 것은 그 사람의 육체의 작용이아니라 그 사람의 자선심의 발동이다. 유명한 공산당 선언은 마르크스, 엥

겔스의 손에서 나온 것이 아니라 마르크스, 엥겔스의 머리에서 나온 것이다. 유물론자의 금과옥조로 아는 유물사관은 부하린의 펜에서 나온 것이 아니라, 부하린의 마음에서 나온 것이다. 불란서를 위하여 적장의 간담을 서늘케 했던 것은 묘소渺小한 잔다르크의 미모가 아니라 용감한 잔다르크의 정신이었다. 남강의 언덕 촉석루 아래의 작은 묘廟에서 저문 날의 향 연기香煙氣와 함께 제사를 받는 것은 기생으로 뭇 사람을 맞던 논개의 화용월태花容月態가 아니라, 나라를 사랑하기 위하여 일명만고—暝萬古, 옥쇄화비玉碎花飛의 순국을 한 논개의 의절이다. 죄에 있어서 범행자보다 교사자의 죄가 더 크다, 공功에 있어서 초연탄우硝烟彈雨 중에서 악전고투하던 만골고萬骨枯의 무명영웅보다 운주유악運籌帷幄, 좌영우진左營右陣을 호령하던 성공한 장수의 공이 더 거룩한 것이다. 그러므로 사람의 모든 책임은 마음에 있는 것이다. 따라서 사람의 모든 권리도 마음에 있는 것이다. 악한 사람이 악한 사람 되는 것도 마음에 있는 것이요, 착한 사람의 착한 사람 되는 것도 마음에 있는 것이요, 매국노도 마음에 있는 것이요, 애국지사도 마음에 있는 것이다. 그리고 보면 마음은 인생의 만사를 총령지도總領指導하는 심왕心王이 아닌가. 물을 맑게 하기 위하여 근원을 다스리고 나무를 무성케 하기 위하여 뿌리를 북돋는 것과 같이 사람의 행사를 정돈整頓하기 위하여 먼저 마음을 닦는 것이 아니 할 수 없는 필요한 일이니, 이에 이르러 선의 필요는 명료하게 된다. 그러면 선은 불교인에게만 필요한 것이 아니요, 사자士者, 농자農者, 공자工者, 상자商者, 그 밖의 어떠한 사람에게도 필요한 것이다.

3. 선禪의 방식方式

정신 수양, 즉 선의 필요가 이상과 같다면, 그 선의 방식 즉 마음을 닦는 형태는 과연, 어떠한 것인가, 위에서 말한 바와 같이 종교적 신앙도 아니오, 학술적 연구도 아니요, 고원한 명상도 아니요, 침적沈積한 회심灰心도 아니라면 과연 그 선의 형태는 어떠한 것인가. 마음을 닦는 형태를 말하기 전에 먼저 마음 자체를 말하는 것이 순서일 것이다.

물론 마음은 물질이 아니다. 유有도 아닌 동시에 또한 무無도 아니다. 그러므로 마음에 대하여 형태를 말한다는 것은 타당한 말이 아니다. 그러나 언어 문자에 나타내려면 형식을 빌어서 하지 아니할 수 없다. 마음은 대개 허령虛靈하여서 조금도 유가 없지마는 실로 만법을 구비하여서 하나도 갖추지 아니한 것이 없다. 허령한 고로 용납지 못하는 것이 없고, 갖추지 아니한 것이 없는 고로 하나도 치우쳐 있는 것이 없다. 본연의 법성法性으로 보면 담연湛然 공적空寂하여 명상名相과 형색이 없으나, 수류隨流의 중생성衆生性으로 보면 일체 만법이 구비하여 진망선악眞妄善惡의 제법이 생멸부단生滅不斷하는 것이다.

옛사람이 마음을 말할 때에 마음을 거울과 물에 비하였으니, 실로 비유를 잘한 것이다. 거울은 맑고 비어서 아무런 의식이 없지마는 능히 만상萬象을 비추느니, 그러나 티끌이 끼어서 그 밝은 것을 가리면 비치는 힘을 잃고 마는 것이다. 그렇다고 거울의 밝은 것이 근본적으로 없어지는 것이 아니라, 다만 티끌에 가리어졌을 뿐인즉, 그 때를 벗기면 그 밝은 것이 도로 나타나서 전과 같이 호래호현胡來胡現 한래한현漢來漢現하게 되게 되는 것이다. 물도 또한 그러하여 물의 성性은 본래 맑고 고요한 것이지만은 진토塵土가 섞이면 흐려지고 바람을 만나면 움직이는 것이다. 그러나 진토가 섞인다고 물의 성까지 흐려지는 것은 아니요, 바람을 만난다고 물의 성까지 움직이는 것은 아니다. 진토가 가라앉으면 맑아지고 바람만 자면 고요하여지는 것이다. 마음도 그러하여 본성은 허령담적虛靈湛寂하지만 망념妄念이 일어나면 굴러서 화택火宅과 지옥을 건설하게 되는 것이다. 그 망념을 쉬고 본성을 나타내는 것이 이른바 마음을 닦는 것이다.

마음을 물에 비하면, 마음을 닦는 것도 물을 맑게 하는데 비하면 좋을 것이다. 흐린 물을 맑게 하자면 그 물의 자체를 안정하게 하여서, 진토로

하여금 스스로 가라앉고 물로 하여금 스스로 맑아지게 하는 외에 다른 도리가 없을 것이다. 그 물을 맑게 하기 위하여 진토를 건져내려고 물의 내부를 움직이면 진토는 건져내어지지 않고 물은 점점 더 흐려지는 까닭이다. 그러면 흐린 물을 맑게 하는 데는 무슨 방법이나 기술을 요구하느니보다 차라리 아무 방법도 기술도 없이 물의 본성 그대로를 안정시키는 것이 곧 방법이 아닌 방법이 되고 기술이 아닌 기술이 될 것이다.

그러면 마음을 닦는 방법, 즉 선도 그러하다. 선에 있어서는 화두話頭를 드는 이외에는 무슨 방법이든지 방법을 쓰는 것은 금물이다. 망념妄念을 제하기 위하여 망념을 물리치고자 하는 마음을 일으키면 망념을 물리치고자 하는 그 생각이 도리어 망념이 되어서 망념을 제하지 못할 뿐 아니라 망념을 더하게 되는 것이요, 선을 잘하리라는 생각이라든지 쉽게 깨달으리라는 생각이라든지 무릇 어떠한 좋은 생각이라도 일으키기만 하면 곧 망상에 떨어지고 마는 것이다. 그러므로 선에 있어서는 나쁜 생각만을 망상이라고 하는 것이 아니라 좋은 생각도 망상이다.

불착불구不着佛求, 불착법구不着法求, 불착승구不着僧求, 불법승佛法僧, 즉 삼보三寶같이 좋은 것이 없지마는 삼보에도 착着하지 말라고 하였거늘 하물며 다른 생각이리요, 마음을 닦는 것은 마음의 본체, 즉 허령 담적 그대로를 보유하는 것이다. 그러나 아무 모착처摹捉處가 없이 심心의 본체를 보유한다는 것은 너무 막연한 일이어서 하근중생下根衆生으로 하여금 현애상懸崖想을 내게 하기 쉬운 고로 부득이 화두의 방편을 설說하여 일종의 방법을 삼게 되었으니, 화두 즉 무無, 시심마是甚麼, 만법귀일萬法歸一, 일귀하처一歸何處 등 소위 1천 7백 공안公案이라는 것이 일종의 의정疑情을 일으키게 하는 방편에 지나지 못하는 것이다. 화두에 의하여 의정을 일으키고 의정에 의하여 망념을 제하고, 망념의 제거에 의하여 심식心識이 통일되고, 심식의 통일에 의하여 심체가 자명하느니, 선의 유일한 방법은 화두뿐이다.

그러나 화두라는 것인 선학자禪學者의 의정을 일으키기 위하여 고의로 강설强設한 것이 아니라, 노파심절老婆心切한 제불 제조의 직시명답直示明答한 법어法語이다. 그러나 그러한 법어를 언하言下에 오득悟得지 못하는 하근학자下根學者들이 그것을 의정에 붙여서 다소의 세월을 비費한 후에 혹 오득도 하고 혹은 영원히 오득지 못하는 수도 있다. 후래後來의 학자들은 그러한 공안公案을 인용하여 화두를 삼게 되었으니, 화두라는 것은 학자로 하여금 의정을 시키기 위하여 일부러 만든 것이 아니라 조금도 의정할 것 없이 직절명시直節明示한 법어를 하근중생이 스스로 알지 못하여 의정을 하게 되는 것이다. 그것이 이른바 화두가 되었으니, 화두라는 것은 선의 목적이 아니라 선의 방편이다. 화두를 들어 의정하는 상태는 어떠한가. 그것은 지적 작용으로 연구하는 것도 아니요, 다만 무의식으로 침묵하는 것도 아니다.

　　지적 작용으로 연구를 하면 도거掉擧의 허물을 범하고 무의식으로 침묵하는 것은 혼침昏沈의 허물에 떨어지는 것이다. 그러므로 선의 상태를 성성적적惺惺寂寂이라 하느니, 성성은 혼침昏沈의 허물을 퇴치하는 것이요, 적적은 도거의 허물을 방알防遏하는 것이다. 그리하여 정채精彩를 맹착猛着하여 화두에 대한 의정을 활발발지活潑潑地에 냉적冷寂하게 하는 것이니, 의정하는 상태를 가리켜 여대화취상사如大火聚相似, 여의천장검섬진불립如依天長劍纖塵不立 등의 말로 형용하였다. 그러고 보면 선禪이라는 것은 마음을 써서 연구하는 것도 아니요, 마음을 쉬어서 연구하는 것도 아니요, 마음을 쉬어서 무기공無記空에 떨어지는 것도 아니다. 다만 화두에 의정만을 활착맹기活着猛起할 뿐이다.

　　마음을 닦는 것, 즉 정신 수양에 대해서는 불교의 선만 있을 뿐 아니라, 유교에도 있고 예수교에도 있으니, 유교에는 맹가孟軻의 구방심求放心과 송유宋儒의 존양存養이 그것이요, 예수교에는 예수의 요르단 하변河邊에서 40일간 침획명상沈劃冥想한 것이 그것일 것이다. 다만 그 내용의 방식이 다소 다를 뿐이다.

4. 선禪 구방심求放心

구방심求放心은 방심을 구한다는 말이니, 곧 방심 즉 산심散心을 거둔다는 뜻이다. 맹가孟軻는 성선설性善說을 주장하였으니, 인성人性은 본래로 착한 것이지만 인욕人欲에 가리어져서 악한 일을 행하게 되느니, 인욕을 막으면 본성의 천리天理가 스스로 밝아질지라, 고로 인욕이 싹틀 때에 막고 천리를 본연에 둔다, 즉 알인욕어장맹 존천리어미연遏人欲於將萌 存天理於未然의 필요를 역설하게 되었다. 알인욕존천리遏人欲存天理를 실행하려면 방심을 구하지 아니하면 아니 된다는 것이니, 방심은 즉 방종산일放縱散逸한 마음을 가리킨 것이다. 방심은 물욕에 교폐交蔽되어서 본성을 지키지 못하고 경경境을 따르고 욕欲을 좇아서 방종불기放縱不羈한 심원의마心猿意馬인고로 그러한 방심을 구하여서 비로소 본성의 천리를 발휘할 수 있다는 것이다. 구방심은 곧 마음을 닦는 것이요, 곧 정신 수양이 되는 것이다.

그러나 맹가는 구방심의 필요를 말하였으나 구방심의 방법을 말하지 아니하였다. 그러면 후학은 과연 무엇을 의빙依憑하여 구방심을 실행할 것인가. 일언으로 구방심을 말하기는 쉽지만 사실로 구방심을 실행하기는 용이한 일이 아니다. 구방심에 대한 구체적 방법이 없는 것이 유감이 아니라고 할 수가 없다. 그것이 마음을 닦는 실행에 있어서 선에 미치지 못하는 큰 원인이다. 그뿐 아니라 구방심이라는 의의는 방산放散한 마음을 환수還收한다는 뜻이니, 여하한 방법으로든지 이미 방산할 수 없는 것이다. 방산한 마음은 허령虛靈한 마음의 체體에서 이발已發한 용용이다. 그러면 담적湛寂한 마음의 체를 지켜서 다시 방산되지 않게 하는 것은 가하나, 이발已發의 용이 된 방심을 도로 구할 수는 없는 것이다. 수심의 도에 있어서 맹가의 구방심은 선에 미치치 못할 뿐 아니라, 송유宋儒의 존양

232

存養에도 불급하는 것이다.

5. 선禪과 존양存養

존양성찰存養省察은 심성心性의 體用에 있어서 선후의 연쇄 관계를 가지게 되느니, 존양은 심성을 미발未發의 전에 함양하는 것이요, 성찰은 장래의 제際에 성찰의 공을 가하여 하여금 방일放逸, 오류誤謬의 폐가 없게 하는 것이니, 여기에서 말하고자 하는 것은 존양에 대한 것이다. 존양은 구방심에 비하여 구체적이요 합리적이어서, 수양의 도로는 일층 진보된 학설이다. 위에 말한 것과 같이 구방심은 이발已發의 방심을 추구한다는 의미이니, 학설에 있어서 조솔미비粗率未備할 뿐만 아니라 방심을 여하히 구한다는 실행의 방식을 말하지 아니하여서 후세 학자로 하여금 더위잡을 끝이 없게 되었다. 그러나 존양이라는 것은 이발已發의 심을 추구 회수한다는 것이 아니요, 심의 체를 미발의 전에 존양하여 장래를 예비하는 것인즉, 그 논리에 있어서 구방심보다 합리성을 발견할 수 있는 것이다. 그러나 그것은 존양의 방식에 있어서 하등 구체적 이론이 없다. 그러면 도연徒然한 영정침묵寧靜沈默으로 존양의 공을 거둘 것인가, 혹은 침묵명상沈默冥想으로 존양의 목적을 달할 것인가. 막연한 표준만을 세워 놓고 그 표준점에 도달하는 도정을 지시하지 아니하면, 그 학설이 체계 있는 존재로서 타인에게 실익을 줄 수가 없는 것이다.

그러므로 존양은 구방심보다 진보된 것이나 논리와 방법이 완비한 선禪에는 미치지 못하는 것이다.

6. 선기禪機

영산회상靈山會上에서 부처님이 백만억 대중을 모으시고 법을 설하실 새 돌연히 일지화一枝花를 들어서 대중에게 보였다. 대중은 다 망연茫然하여 그 뜻을 알지 못하였으되 오직 가섭迦葉 1인이 미소하였다. 이것은 만겁萬劫의 지기知己요 일세의 쾌사다. 선기禪機에 있어서 가장 평화스럽고 가장 숭고한 일이다. 선기라는 것은 어떠한 형식으로 나타나든지 그 자체의 묘미에 있어서 우열이 있는 것은 아니다. 다만 그 움직이는 경애境涯에 대항 보는 자의 주관적으로 그 기봉機鋒이 이둔완급利鈍緩急을 평정評定하게 되는 것이다.

문수보살文殊菩薩은 검劍을 잡고 불佛을 핍핍逼하였다. 형식에 있어서 그것은 확실히 불계佛戒 중의 오역죄를 범한 것이다. 그러나 검광劍光, 불광佛光이 비일비이非一非二한 데 이르러, 문수의 악검핍불握劍逼佛은 오역五逆의 죄를 범한 것이 아니라 불세출의 선기禪機로 화하였다. 그러나 문수의 악인 핍불은 완전히 오역죄를 범하지 아니한 것이 아니다. 다만 문수는 일찍이 안중에 불을 보지 못하고 수중에 검을 보지 못하였고 심중에는 불을 핍하는 의식이 없었다. 다시 말하면 문수는 검劍을 잡고 불을 핍하였으나, 밖으로 그 상이 없었고 안으로 그 마음이 없었으므로 오역죄에 성립될 요소가 없었다.

임제臨濟의 할喝과 덕산德山의 봉棒은 선기에 있어서 특별한 명물名物이다. 임제의 법문法門은 언제든지 할喝뿐이요, 덕산의 법문은 언제든지 봉棒뿐이다.

임제는 어느 학자의 어느 질문에 대하여서도 할을 썼고 덕산은 어느 학자의 무슨 문법聞法에 대하여서든지 방을 썼다. 그리하여 임제의 할은 할마다 법에 당치 아니함이 없고, 덕산의 봉은 봉마다 법에 어김이 없다 한다. 그러나 임제의 할은 할마다 치할痴喝이요, 덕산의 방은 방마다 맹봉盲棒이었다. 왜 그러냐 하면 임제의 할은 할을 쓰는 마음이 없었고, 덕산의 봉은 봉을 쓰는 상相이 없었다. 바꾸어 말하자면 임제의 할은 한마디의 무심한 소리에 지나지 못하고, 덕산의 방은 한 가지의 무정한 고목에 지나지 못하였다. 사량복탁思量卜度의 지해知解가 없는 무심한 할인 고로 어느 법에 통하지 아니함이 없고, 친소애증親疏愛憎의 착상이 없는 이상離相

의 봉인고로 맞지 아니하는 법이 없었다. 그러므로 할은 진정한 치할이라야 되고 봉은 완전한 맹봉이라야 되는 것이다. 만일 그렇지 아니하여 할과 방의 지해知解와 착상着相이 있으면 그것이 이른바 영리한 치할이요, 총명한 맹방이다. 그러한 봉할은 선기禪機에 있어서 10만 8천 길이다.

중국의 황산곡黃山谷은 당시의 선학으로 유명한 회당선사晦堂禪師를 찾아보고 법을 물었다. 회당선사는 곤困하면 잠자고 목마르면 차 마시는 등의 심상尋常한 말로 대답하였다. 황산곡은 회당선사에게 법을 물을 때 물론 기이한 말을 들을 줄로 기대하였다가 심상한 말로 대답함을 듣고는 마침내 의심을 내어서, 자기와 교분이 두텁지 못하여서 법의 묘리를 다 말하지 않는 줄로 알아서 법을 묻기를 더욱 심각하게 하였다. 그런데 법을 물을 때마다 회당선사는 "내가 네게 숨김이 없다"는 말로 대답할 뿐이다. 회당선사는 실로 숨김이 없는 까닭이었다. 그러나 황산곡의 의심은 언제든지 풀리지 아니하였다. 그 후 늦은 봄 어느 날이었다. 회당선사는 황산곡과 동반하여 길을 걷다가 목서화木犀花가 만개하여 그 향기가 사람을 엄습함을 알았다. 회당선사가 황산곡에게 묻되 "네가 목서향木犀香을 듣느냐?" 황산곡이 대답하되 "듣느니라." 회당선사가 말하되, "내가 네게 숨김이 없다" 하니 황산곡이 언하言下에 깨달았다. 그것은 과연 어떠한 지경이냐.

7. 견성見性

견성見性이라는 것은 자성自性을 본다는 뜻이니, 선을 닦아서 화두話頭의 의정疑情을 파하면 일체 공안이 일시 돈파頓破하여 요요了了히 불성을 보게 되는 것이다. 그러나 혹은 자성自性은 체가 없어서 형색이 없거니 어찌 시각으로 능히 볼 바이리요. 성을 본다는 것은 성을 깨닫는다는 말이라 하고, 혹은 성은 능히 눈으로 볼 바가 아닌즉 마음으로 보는 것이라고 하여 견성에 대한 해설은 자못 불일不一하다. 그러나 불성은 눈을 능히 볼 수 있느니 성은 형색이 있는 까닭이다. 왜 그러냐 하면 언어도단言語道斷 · 심행처멸心行處滅한 법성法性만이 불성이 아니요, 산산山山 · 수수水水 · 화화花花 · 초초草草 어느 것 하나 불성이 아닌 것이 없는 까닭이다. 그러면 산산 · 수수 · 화화 · 초초는 누구든지 볼 수 있는 것인즉, 일체 중생이 다 견성한 것이어서 하필 참선의 오悟를 기다려 비로소 견성한다 하리오 하는 질문이 있을 것이다. 그러나 일체 중생이 다 견성한 것이다. 그러나 미迷한 자는 스스로 견성한 줄 알지 못하느니 산산, 수수, 화화, 초초가 다 불성인 줄 모르고 가령 관념적으로 안다 하더라도 어찌하여서 산산, 수수, 화화, 초초가 다 불성인 줄을 모르는 까닭이다.

그뿐 아니라 허령담적虛靈湛寂하여 무형 무색한 법성도 마음으로만 볼 수 있을 뿐 아니라 능히 눈으로 볼 수 있느니, 오悟한 자는 육근六根을 호용互用할 수 있는 까닭이다. 그러므로 의근意根으로 볼 수 있는 것은 안근眼根으로 볼 수 있을 뿐 아니라, 이근耳根으로도 볼 수 있고 비근鼻根으로도 볼 수 있는 것이다. 오悟한 자에게는 눈 · 귀 · 코 · 혀 · 몸 · 뜻眼耳鼻舌身意의 육근만 호용互用될 뿐만 아니라 색 · 성 · 향 · 미 · 촉 · 법色聲香味觸法의 육진六塵도 호용互用되는 것이며 색즉시공色卽是空 공즉시색空卽是色이므로 진공묘유眞空妙有가 비일비재非一非再한 것이다. 그러므로 견성이라는 것은 마음으로 볼 수 있고, 육근으로도 볼 수 있고, 또한 육진으로도 볼 수 있는 것이다.

영운조사靈雲祖師는 도화桃花를 보고 견성하였으니 그것은 누구라도 아는 일이지만, 영운이 도화를 보고 견성할 때에 그 도화가 영운을 보고 견성한 줄은 천고에 아는 사람이 없으니 그것은 일대한사一大恨事다.

8.선禪의 활용活用
불교도의 선학자들은 흔히 산간 암혈巖穴에서 참선을 행하는고로, 세인은 이를 오해하여 선이라는 것은 암혈송하巖穴松下에서만 행하는 염세적

고선사선枯禪死禪으로 오인하는 일이 없지 않다. 선학이라는 것은 물론 인人에 있는 것이나 초학자로서는 경境을 가리지 아니할 수가 없는 것이다. 다시 말하면 선학이라는 것은 어떠한 처소에서든지 자기의 주공做工 여하에 있는 것이지마는, 복잡한 성색을 피하는 적정寂靜한 처소가 좋은 것이다. 그러므로 선학자는 고래로 대개는 산간 암혈에서 정진하게 되었으나, 선학을 종료한 후에는 반드시 출세하여 입니입수入泥入水 중생을 제도하는 것이요, 뿐만 아니라 수학할 때에도 반드시 산간 암혈이 아니면 아니 되는 것은 아니다. 참선이라는 것은 글을 배우면서도 할 수 있는 것이요, 농사를 하면서도 할 수 있는 것이요, 그 밖에 모든 업을 하면서도 할 수 있는 것이다. 한 걸음 나아가서 병마공총兵馬倥傯, 초연탄우硝烟彈雨의 중에서도 참선을 할 수 있는 것이다. 할 수 있을 뿐만 아니라 그러한 때일수록 참선이 필요한 것이다.

선이라는 것은 고적枯寂을 묵수墨守하는 사선死禪이 아니요, 기봉機鋒을 활용하여 임운등등任運騰騰하는 활선活禪이다. 선은 능히 위구危懼를 제하고, 선은 능히 애상哀傷을 구驅하고, 선은 능히 생사를 초超하는 것이다. 이것이 얼마나 큰 수양이냐.

송宋의 정이천程伊川이라면 누구라도 아는 유명한 학자요, 현인이었다. 하루는 정이천이 몇 명의 동반同伴과 같이 배를 타고 강을 건너가게 되었는데, 현순백결玄鶉百結의 납의衲衣를 입은 걸승乞僧 한 사람이 동선同船을 하게 되었다. 그 배가 중류에 이르자 홀연히 풍파가 대작大作하여 배가 능히 진퇴를 못하고 방향이 없이 표류하여 거의 복선覆船 지경이 된지라, 동선한 사람들이 다 경겁황망驚怯慌忙하여 거의 의식을 잃고 포복전도匍匐顚倒하며 사공까지도 당황실조唐惶失措하는지라. 정이천은 물론 상당한 수양이 있는지라 타인과 같이 경겁망조驚怯罔措하지는 아니하나 다소의 공포를 느껴서 궤슬단좌跪膝端坐의 의범儀範을 지키지 못하였다. 그런데 동승한 걸승은 그러한 풍랑으로 복선의 위경危境에 이름에도 불구하고 돈연 무관심의 태도로 발랑鉢囊에 의지하여 가수假睡하고 있는지라, 아무라도 그의 초인적 행동을 볼 때에 이상한 느낌을 가지지 아니할 수가 없었다. 하물며 모든 것이 비범한 정이천으로서는 그 행동을 범연히 간과치 아니하여 내심으로 많은 억측을 하여서 그는 지인至人이 아니면 천치天痴라고 추상推想하였다. 그리하다가 다행히 그 배가 피안彼岸에 도달하여 각각 그 길에 취就할 때에 정이천은 그 걸승을 향하여, 불의의 풍랑으로 전도 위구에 제회際會하여 거의 무감각이라고 할 만큼 태연자약泰然自若하여 가수假睡에 취就하던 이유를 물었다. 그 걸승은 미소하면서 말하되, '아무 이상한 것이 없으니 나는 배를 타고 올 때에 처음부터 강물을 보지 못하고 또한 배를 보지 못하였노라. 강물과 배를 보지 못하였거니 어찌 풍랑을 보았으리요. 강물과 배와 풍랑을 보지 못하였으므로 나의 생사를 잊었노라. 생사를 잊었거니 무슨 위구의 관심이 있으리오. 태연자약하여 가수의 취함이 또한 마땅치 아니하리오' 하였다. 정이천은 그 말을 듣고 스스로 반성한 바 있었다 한다. 적정寂靜한 중에서 기봉機鋒을 쉬려淬礪하고, 황망한 중에서 적정을 얻는 것이 진실로 참된 활용이다. 선은 고목枯木사회死灰의 회심멸지灰心滅志가 아니오, 임운등등任運騰騰의 만기종횡萬幾縱橫이다. 이러한 선이 외인으로부터 고선사선枯禪死禪의 오해를 받을 뿐 아니라, 선학자 자체도 왕왕 선의 활용을 오인하여, 산간 암혈에서 고절苦節을 사수死守하고 활용도생의 본지本志를 망각하는 것은 선학을 위하여 유감천만의 일이다.

9. 결론結論

인생관을 보아서, 인격적으로 보아서 사람은 피동되지 않는 것을 참사람이라고 할 수밖에 없다. 색을 따라서 시각이 착잡하고 성聲을 따라서 청각이 교란하며, 희로애락喜怒哀樂을 따라서 정의 상궤常軌를 잃고 안전安全과 위구危懼를 따라서 심의 중추를 옮긴다면, 다시 말하면 외적 환경을 따라 내적 의식을 좌우한다면, 그러한 사람은 완전한 인격이 될 수 없는 것이다.

홍색紅色을 볼 때엔 청색靑色을 보던 인식으로 착각을 일으키지 않는 것이 진정한 시각이요, 궁성宮聲을 들을 때에 각성角聲을 듣던 감각으로 착각을 일으키지 않는 것이 진정한 청각이 될 것이며, 사물의 환경이 여하히 변동되든지 진아眞我의 자체는 상도를 잃지 않는 것이 진정한 사람이 될 것이다. 풍우가 여회如晦하되 계명鷄鳴은 이미 아니며, 대침大浸이 계천稽天하되 지주支柱는 불이不移하느니, 심야의 숙수熟睡 중에 돌연히 자객의 상인霜刃을 만나매 태연히 목을 늘이어 칼을 받아서, 자객으로 하여금 경복자퇴敬服自退케 한 송宋의 한기韓琦가 광세曠世의 명재상名宰相이 되었고, 복잡한 난관의 정치 문제가 있을 때마다 공원에 산보하며 지어池魚의 유영遊泳을 정관靜觀하던 독일의 비스마르크가 위대한 정치가가 되었느니, 이것은 다 선적 심경이다.

그 사람들이 물론 화두話頭를 들고 참선한 것은 아니지만, 그들의 선천적 혹은 후천적 수양이 자연히 선적 활용에 부합된 것이다. 제불제조의 살활자재殺活自在, 종금수의縱擒隨意, 억양반복抑揚反覆, 여탈종횡與奪縱橫, 모든 기봉機鋒이 선의 활용이다.

선禪과 자아自我

1.선禪의 개념概念

선禪은 범어梵語의 Dhyana, 파리어巴利語의 Jhana를 음역音譯한 것으로 선나禪那 혹은 타연나駄衍那니 선은 그의 약칭이다. 선나를 의역意譯하면 사유思惟, 정려精慮, 정정正定의 뜻이다. 그러나 인도 사상사思想史상에 선에 대한 의의는 자못 복잡하여 단순하지 아니하니 유가파瑜伽派에서는 이를 선적 수행의 팔위八位 중 제칠위七位에 속하여 수행 계단의 일위一位라 하고, 소승불교小乘佛敎는 특히 사선四禪을 별립하여 선적 수행법 중의 특정한 일행법一行法으로 하고 대승大乘에서는 모든 선적 수행법을 선나바라밀禪那波羅蜜 중에 포함시켰다.

그러나 이는 해석의 차이뿐이요, 심경을 일처一處에 집주集注하여 정려 명상하는 것은 일반이다. 그리하여 선적 수행의 결과로 삼매三昧에 들어가게 되는 때에는 하등의 계급적 차별이 없게 되는 것이다. 선나禪那와 삼매는 동일한 의미를 가진 것이나 선나는 선적 수행의 전적 명칭이요, 삼매는 선적 수행의 가경佳境에 든 단면을 가리킨 것이다. 팔정도八正道 중에 정정正定이 이를 총괄하고 육바라밀六波羅蜜 중에 선정禪定이 이를 대표한 것은 불교의 행법行法 중에 선나가 얼마나 중요한 지위를 점령했는가를 알 수 있는 것이다.

그러면 어찌하여 선은 그러한 중요한 의의를 가지는가가 문제일 것이다. 선은 일체의 망념妄念을 단제斷除하고 심성의 본체를 구현하여 외래의 사물을 조납照納하는 것이니 즉, 호래호현胡來胡現, 한래한현漢來漢現의 본래 면목을 관조하는 것이다. 일체만법은 유심의 소조所造이므로 심체를 수득지 못하면 제법諸法이 오득悟得지 못하느니 심성수양心性修

養의 요체要諦인 선적 수행은 중요한 의의를 가지지 아니할 수가 없는 것이다. 선적 수행의 방식은 형식과 내용의 이중으로 나눌 수 있느니, 형식이라는 것은 정신을 통일하기 위해서는 신체를 안정할 필요가 있는 까닭이다.

그러므로 선적 수행의 초학자初學者는 적정寂靜한 처소에서 신체를 안정하는 것을 필수 조건으로 하느니, 선적 수행의 전문가는 흔히 산림의 한적처閑寂處를 택하여 환경의 훤뇨喧鬧를 피하고 신체를 안정한 뒤에 심성을 수련하는 것이 까닭이 있는 것이다.

그러나 복잡다단한 세간생활을 하는 다수인으로서 반드시 산림의 한적처를 택할 수는 없는 것인즉, 그러한 경우에는 비교적 한가의 때와 정적의 곳을 이용하여 신체를 정정整靜하고 정신을 수양하는 외에 다른 도리가 없느니, 그러한 외경外境을 택하고 신체를 안정하는 것이 형식적 방면에 속하는 것이다.

내용이라는 것은 심성을 수양하는 방식을 이름이라. 다만 심성수양이라 하면 실로 막연한 말이니, 심성의 수양은 과연 어떠한 방식으로 할 것인가. 회심멸지灰心滅志하여 일체 사려를 단제할 것인가. 그렇지 아니하면 고사극색苦思極索하여 법의 오저奧底를 토출討出할 것인가. 또는 다른 무슨 방식으로 할 것인가. 회심멸지와 고사극색은 선학상으로 보아 가장 대기大忌하는 것이니 회심멸지는 단견斷見과 혼침昏沈에 떨어지는 것이요, 고사극색은 상견常見과 도거掉擧에 떨어지는 것이다.

선적 수양은 이상 양자의 폐해를 떠나서 적당한 중도를 취하느니 화두話頭 즉 일정한 공안을 포착하고 공안에 대한 의정疑情을 집중하되 적적하여 분기紛起의 염念이 없고 성성惺惺하여 혼타昏墮의 허물이 없게 하느니 분기의 염이 없는 고로 정신을 통일할 수 있는 것이요, 혼타의 허물이 없는 고로 심성을 활양活養할 수 있는 것이다. 그리하여 일념 만년 대의大疑의 하에 대오大悟를 얻는 것이다.

2. 선禪의 종류種類

당대當代의 종밀선사宗密禪師는 그의 저서 《선원제전집도서禪源諸詮集都序》에서 선禪을 오종五種으로 분류하였으니,

제일第一은 외도선外道禪이라, 대이계흔상염하이수자帶異計欣上厭下而修者를 이름이니, 즉 상하존비上下尊卑등의 차별적 호오관념好惡觀念을 일으켜서, 상上을 좋아하고 하下를 싫어하는 분별심을 수행하는 것이요,

제이第二는 범부선凡夫禪이라, 정신인과역이흔염이수자正信因果亦以欣厭而修者를 이름이니, 선악보응善惡報應의 인과를 정신正信하나 오히려 흔염欣厭의 분별심을 가지고 수행하는 자요,

제삼第三은 소승선小乘禪이라, 오아공편진지이이수자悟我空遍眞之理而修者를 이름이니, 아공我空의 이리理를 알았으나 아직 법공法空의 이리理를 알지 못하고 다만 아견我見을 멸하기 위하여 수행하는 자요,

제사第四는 대승선大乘禪이라, 오아법이공소현진리이수자悟我法二空所顯眞理而修者를 이름이니 아공我空의 이리만을 알 뿐 아니라 법공法空의 이리까지 알아서 아법 이공二空의 묘체妙諦를 체득하고자 하는 것이요,

제오第五는 최상승선最上乘禪이라, 약돈오자심본래청정원무번뇌무루지성본자구족차심 즉불필경무이의차이수자若頓悟自心本來淸淨元無煩惱無漏智性本自具足此心 卽佛畢竟無異依此而修者를 이름이니, 일체一切 지엽枝葉의 관념을 떠나서 심즉시불心卽是佛 본래 청정의 불성을 각득覺得하여 증오체수證悟體修하는 자니 이를 역시 일행삼매 여진삼매 一行三昧如眞三昧라 하느니라.

이상 5종五種의 종밀宗密의 분류는 종밀의 주관적 분류로 일정 불변의 원칙은 아니다. 5종의 분류는 초학자로서의 선에 대한 관찰의 심적 형태를 말한 것이요, 선의 구경究竟을 말한 것이 아니다. 왜 그러냐 하면 선이라는 것은 출발점이야 여하하든지 참구參究의 정로를 밟아가면 반드시

동일한 결과를 얻게 되는 것이다. 선에 대한 발심發心, 즉 출발의 초심初心은 흔상염하欣上厭下든지 정신인과正信因果든지 내지 최상선最上禪의 출발이든지 또는 그 화두가 1700공안 중에 어떠한 공안을 택하든지 증오證悟에 이르는 때에는 사호絲毫도 차이가 없는 동일한 경지를 밟게 되는 것이다. 그와 반대로 공안에 대한 참구의 도가 정로를 잃으면 그 초발심은 아무리 최상승最上乘의 발심이라 할지라도 양과良果를 얻기 어려운 것이요. 일언지하 돈망생사一言之下頓忘生死, 일초직입여래지一超直入如來地의 점수漸修를 요要치 아니하는 대근중생大根衆生은 별문제라.

3. 선禪과 철학哲學의 관계關係

총론總論

이상에 말한 것은 선禪에 대한 일반적 관념을 말한 것이요, 이를 종교철학적 견지로 본다면 생명 문제, 자아 문제에 관하여 선은 어떠한 근거를 두었는지가 문제다. 대개 인생의 모든 문제는 생명 문제, 자아 문제에 관련되지 아니하는 것이 없으니 종교의 중요한 수행으로서 인생당면의 문제를 한각閑却하여 아무 근거를 두지 않는다면 영원의 가치를 가질 수가 없는 것이다. 그러면 선이라는 것은 이들의 생명 문제, 자아 문제에 대하여 어떠한 근거를 가지는가. 여기에서는 생명 문제를 별립別立하지 아니하고 자아 문제 중 생명 문제를 포괄하여 개언槪言코자 하노니 자아를 떠나서 생명이 존재할 수가 없는 까닭이다.

자아自我

자아 문제에 대하여 고래古來의 종교가, 철학가들이 부심초사腐心焦思 그것을 해결하려고 하였다. 희랍의 소크라테스는 '너 자신을 알라' 고 절규한 뒤로 지금까지 자아 문제는 실로 철학상의 중심 문제가 되어 있고, 인도에 있어서도 석존釋尊 이외에 우바니사타가 이 문제를 음미하여 이른바 사변고찰思辨考察의 기본이 되었고, 톨스토이도 모스크바의 설야雪夜에서 대우주를 향하여 자아를 찾아보았다. 그 밖의 자아 문제를 중심으로 고심초사한 사람이 실로 매거枚擧키 어려울 것이다.

상식적으로 말하면 자아라는 것은 신체를 의미하는 것일 것이다. 사람을 향하여 자아는 무엇이냐고 물으면 신체 전부가 자아라고 대답하는 것이 보통일 것이다. 신체 전부가 자아 관념의 출발점이 아닌 것은 아니나 자아 문제가 이에 이르러 구경究竟이 될 수는 없는 것이다.

신체의 전부를 자아라고 하면 신체의 전부, 즉 지체수발肢體鬚髮을 합한 것만이 자아가 되고, 신체 이외의 것은 무엇이든지 다 비아非我일 것이다. 그러면 신체의 전부 중에 수발鬚髮 혹 수족手足을 잃으면 완전한 자아가 될 수 없는 것이요, 신체 이외의 것 즉 의복·기구·가족·사회 등은 다 비아가 될 것이다. 그러나 수발과 수족의 일부를 잃었다고 자아 문제에 조금도 결손이 되지 않는 것이요, 신체 이외의 것도 다 자아가 되니 자기의 입은 의복이나 가진 기구를 훼상毁傷하는 것이 아니라 곧 자기를 훼상하는 것이 되는 것이요, 자기의 가족 사회를 파괴하면 그것은 자아를 떠난 몰교섭沒交涉의 가족 사회를 파괴하는 것이 아니라 곧 광의적 자아를 파괴하는 것이 되는 까닭이다.

자아라는 것은 신체만을 가리킨 것이 아니요, 육체와 정신을 통괄 주재하는 심心을 가리키는 말이다. 그렇다고 육체는 자아가 아니라는 것은 아니다. 심이 자아인 이상 그 자아는 무한적으로 확대擴大 외연外延할 수 있느니 왼손의 안전을 위하여 오른손을 단절하는 때에는 왼손이 자아가 되는 것이요, 가족을 위하여 신체의 일부를 희상하는 때에는 가족이 자아가 되는 것이요, 국가 사회를 위하여 자기를 휘생하는 때에는 국가 사회가 자아가 되는 것이요, 종교·학술 기타 모든 것을 위하여 생명을 희생하는 때에는 종교·학술 기타 모든 것이 자아가 되는 것이다.

범위 협착하고 의의意義 저열한 육체 자아설에 그친다면 자아라는 것은

6척의 공간과 100년의 시간에 지나지 못하는 것이니, 그렇다면 사람은 신체 방대한 코끼리와 수명이 구원久遠한 거북에 미치지 못할 것이니라.

사람으로서 육체적 관념에만 집착한다면 안으로는 자성의 힘이 없고 밖으로는 협조의 양量이 없어서 수성마행獸性魔行을 발휘하는 이외에 의거인술義擧仁術이라는 것은 조금도 없을 것이다.

사람은 저열한 육욕의 방종을 속박하고, 고상한 정신생활을 존귀尊貴하게 하는 고로 자아를 확대 연장하여 부모 처자에 미치고, 사회 국가에 미치고, 내지 전 우주를 관통하여 산하山河 대지大地가 다 자아가 되고, 일체 중생이 다 자아에 속하느니 구구한 6척의 몸으로 자아를 삼는 것이 어찌 오류誤謬가 아니리오.

공간적으로 그러할 뿐 아니라 시간적으로도 그러하니, 자아라는 것은 육체의 생존하는 시간, 즉 100년 이내의 생명만을 표준하는 것이 아니오 과거·현재·미래를 관통하여 영구한 생명을 가지게 되느니 사람은 과거 조선祖先의 영예를 위하여 자기를 희생하는 수도 있고, 미래 아손兒孫의 행복을 위하여 자기를 희생하는 수도 있으니 그로써 보면 자아의 생명은 3세를 통하여 연장되는 것이다. 그러면 자아라는 것은 유한적이 아니며, 상대적이 아니라 실로 무한아無限我, 절대아絕對我가 되는 것이다.

4. 선禪과 자아自我의 실현實現

이상의 말한 바와 같이 무한아·절대아가 있다면 어떠한 방식으로 이 무한의 자아, 절대의 자아를 실현할 수 있을까가 다음 문제일 것이다. 이 것은 외구外求하는 것이 아니요 내수內修하는 것이니, 이러한 무한아·절대아는 형形이나 경境에 있는 것이 아니요, 다만 심心에 있는 까닭이다. 심은 즉 진여요, 불성이요, 만법의 원源인 고로 공空으로 보면 진공이요, 유有로 보면 묘유妙有가 되느니, 일몰의 애체碍滯가 없는 동시에 일체 제법이 유출무진流出無盡하는 것이다. 일체 중생이 동일 불성이요 무량원

겁無量遠劫이 즉 이 일념이니 심에 있어서는 인아人我가 없고 삼세三世가 없으니 이것이 곧 무한의 자아이며, 절대의 자아이다.

그러나, 미오迷悟가 현수懸殊하고 진망眞妄이 각치各馳하여 미망의 중생은 청정묘각淸淨妙覺의 본심을 미실迷失하고 매진수류埋塵隨流의 망념을 집착하여 묘소渺少한 6척의 육괴肉塊와 단촉短促한 100년의 기식氣息을 유일무이唯一無二한 자아인 줄로 오인誤認 망집妄執하여 탐진치貪瞋癡의 삼독三毒 중에 침몰沈沒 서식棲息하는지라.

유수流水를 맑게 하기 위하여 원천源泉을 다스리고, 지엽枝葉을 무성케 하기 위하여 근간根幹을 붇돋우느니, 진여불성眞如佛性, 즉 무한아無限我, 절대아絶對我를 실현하기 위해서는 마음을 닦는 이외에 타도他道가 없는 것이다. 마음을 닦는 도를 선이라 하느니 선적 수행을 하여 심체心體를 오득悟得하면 진여불성이 일시에 발로하고 일체만법이 돈연 구현하여 만사 제법의 진상이 명경明鏡에 비치는 영상影相과 같이 마음을 따라 은현隱現하느니 그러한 대각大覺 중에 있어서는 횡橫으로 공간의 원근이 없고 수竪로 시간의 구잠久暫이 없는 것이다. 그리하여 선은 진여불성, 즉 무한절대의 자아를 실현하는 유일무이의 도가 되는 것이다.

명사십리明沙十里

1

경성역의 기적일성汽笛一聲. 시끄럽고 성가시던 경성을 뒤로 두고 동양에서 유명한 해수욕장인 명사십리明沙十里를 향하여 떠나게 된 것은 8월 5일 오전 8시 50분이었다.

나는 최근 경성에서 머문 3년간에 해수욕장을 가려고 해마다 벼르다 못 가고 금년에도 벼른 지는 여러 날이 되었으나 겨우 지금에야 실행하게 되었는데, 지금의 실행도 제반의 사정으로 보아서는 육분六分 이상이나 가능성이 없었으나 선의로 말하면 용단, 솔직하게 말하면 홧김에 떠난 것이다.

기차 안은 복잡한 승객으로 인하여 주위의 공기가 불결하고 더위도 비교적 심하여 모든 사람은 벌써 우울함을 느낀다. 그러나 증염蒸炎, 열뇨熱鬧, 번민煩悶, 고뇌苦惱 등등의 도회를 떠나서 만리창명萬里滄溟의 서늘한 맛을 한 주먹으로 움킬 수 있는 천하 명구名區의 명사십리로 해수욕을 가는 나로서는, 보일보步一步 기차의 속력을 따라서 일선의 정감이 동해에 가득히 실린 무량無量한 양미涼味를 통하여 각일각刻一刻 접근하여 지므로 그다지 열뇌熱惱를 느끼지 아니하였다.

그러면 천산만수千山萬水를 격隔하여 있는 천애天涯의 양미涼味를 취하려는 미래의 공상空想으로 차중의 현실, 즉 열뇌熱惱를 정복하는 것이 아닌가. 이것이 이른바 일체유심一切唯心이다. 만일 그것이 유심唯心의 표현이 아니라면 유물遺物의 반현反現이라고 할는지도 모른다.

용산으로부터 왕십리에 오는 동안에는 오른편으로 한강의 맑은 물결을 거스르고, 왼편으로는 남산의 푸른 빛을 마시게 되어서 새삼스럽게 청신

淸新을 느꼈다.

청량리를 지나서부터 옆에 앉은 사람과 이야기를 하게 되었다. 그는 평양 사람으로 현재 살고 있는 곳은 청주인데 영업차로 함흥에 가는 길이라고 한다. 무슨 영업을 하느냐고 물은즉 요리업을 한다고 한다.

요리업에 대한 이론이 전개되어 그 요리업에 창기업娼妓業을 겸하는 것을 알게 되었다. 그러한 영업에 상식이 없는 나로서는 일층의 호기심을 가지게 되어서 요리업과 창기업의 구분과 조직을 순서 있게 들어서 그 상세한 바를 알게 되었다. 그 내용은 구태여 쓰지 않거니와 일이 인신人身과 정조의 매매에 미쳐서는 자연히 사회제도의 결함과 생활방식의 추악함을 느끼는 찰나에 막연한 인생 문제를 상기케 된다.

나는 말머리를 끊고 머리를 돌리어 창밖을 내다보았다.

기차는 벌써 철원 경내에 들어섰다. 이 지방은 조금도 한해旱害를 보지 못하겠다. 그러므로 들빛은 살찌고 산 기운은 맑아서 차창으로 들어오는 산광야색山光野色은 깨닫지 못하는 동안에 나에게 많은 감격을 주었다.

철원역에서 일본 여자가 두 여자아이를 데리고 올라타 나의 상대편에 앉았는데, 한 아이는 10세쯤 되어 보이고, 다른 하나는 8세쯤 되어 보인다.

이윽고 기차가 평강역에 도착할 즈음에 작은 여자 아이가 차창으로 내다보고 손으로 평강읍의 집들을 가리키며 "저기 집이 많다. 저것이 다 '요보'의 집이지?" 하고 같이 온 여자를 쳐다본다. 그 말을 들은 여자는 한 눈으로 말하던 여자 아이를 보고 한 눈으로 나를 보면서 조금은 미안스러운 듯한 표정을 띠고 분명치 않은 어조로 그렇다고 대답하였다.

나는 일본인에게서 흔히 듣는 '요보'라는 말의 어원을 잘 알지 못하거니와, 열패자劣敗者인 조선인을 가리켜 하는 말인 줄만은 알았다. 그 여자 아이는 나를 보고도 저것도 '요보'로구나 하는 소리 없는 말을 몇 번이나 하였는지 모를 것이다.

검불랑을 지나면서부터 원근에 검은 구름이 힘있게 일어나며 바람이 선들거려서 바야흐로 비가 올 듯하다. 홀연히 남방의 한소旱騷를 연상하면서 비가 곧 오기를 빌었다.

경원선의 최고 지점인 해발 2천 7척의 고원高原을 넘어서자 먼 산에는 드문드문 우색雨色이 보인다.

아까 조선 가옥을 가리켜 '요보'의 집이라고 하던 여자 아이가 산 위의 뜬 구름을 가리키면서 "저 산 위에 연기가 가득 찼다"고 해서 기차 안에 앉아 있던 사람들이 모두 미소하였다. 구름을 가키려 연기라고 하는 여자 아이의 입으로 나온 '요보'라는 말을 심상히 듣지 아니하였던 것이 도리어 우스웠다. 그러나 조선인을 가리켜 '요보'라고 하는 일본인은 사람사람이 모두 구름을 가리켜 연기라고 하는 소녀의 유類일는지.

기차는 삼방 유협幽陜을 뚫어가게 되었다. 삼방의 철도는 강반强半이나 수도隧道와 교량으로 되어 있었다. 수도를 지나면 곧 다리가 있고, 다리를 건너면 곧 수도로 들어간다. 그리하여 흑암黑暗의 수도인가 생각하니 어느덧 단안절애斷岸絶崖의 교량을 보고 청류백석淸流白石의 교량인가 생각하면 어느덧 백주암야白晝暗夜의 수도를 지나게 된다. 수도와 교량이 아닌 부분은 횡산단록橫山斷麓의 고하高下를 따르고 급단회류急湍回流의 굽이를 쫓아서 자연을 정복하지 못한 반자연 반인위半自然 半人爲 그대로의 상태다.

2

원래로 산은 물에 임하여 더욱 기이하고, 물은 산을 만나서 다시 아름다운 것인데, 삼방 유협은 물을 지음쳐서[1] 나누지 아니한 산빛이 없고, 산을 안고 들면서 흐르지 않는 물소리가 없다. 그러므로 한 손으로 방울 지어 떨어질 듯한 푸른 산빛을 움키려다가 미처 움키지 못하고 다시 가늘다가

---

1)지음치다: 사이에 두다.

높아지면서 곡조를 이루지 못하는 맑은 시내 소리를 들으며 물고기의 뛰노는 것을 보다가 산새의 울음을 듣게 된다.

시내로는 언덕이요, 산으로는 끊어진 곳이다. 풀과 나무 우거진 사이에 이름 없는 산꽃들이 많이 피었는데, 이름 아는 꽃이라고는 도라지꽃뿐이다. 이름 아는 꽃이 종류로는 하나이나 수효로는 많다.

도라지꽃은 모든 꽃 중에 7~8분을 점령하였는데, 많을수록 아름답고 볼수록 보고 싶었다. 그러나 그것이 무슨 이유든 무슨 주관적은 아니었다. 만일 그것이 무심無心이라면 도라지꽃의 나를 보는 것도 나의 도라지꽃을 보는 것과 같을지도 모를 것이다.

산기슭을 감돌아든 곳에 나뭇가지를 가려서 다 보이지 않고 다소의 어느 부분만 보이는 목피로 이은 집들은 조용하고 그윽하게도 보인다마는 따라서 원시생활을 떠올리게 된다. 그 속에서 사는 사람들은 신선인지 원시인인지, 그렇지 아니하면 열패자劣敗者인지.

아무려나 삼방 유협은 시詩의 재료가 아니라 시요, 그림의 모델이 아니라 그림이다.

기차가 수도隧道에 들어갈 때는 차 안이 여간 시끄럽지 않다. 차창을 닫으라고 외치는 소리, 차창을 닫는 소리, 덥다는 소리, 어둡다는 소리 등등이다. 그뿐 아니라 날씨가 더운 까닭에 잠시라도 창을 열어놓고자 하여 수도를 나오자마자 곧 닫았던 창을 열게 되는데, 삼방에는 수도가 많고 자주 있으므로 성미 급한 사람들은 노 일어서서 들어갈 때는 닫고 나올 때는 열어서 어떤 때는 창 닫는 소리가 채 사라지지 아니하여서 다시 여는 소리가 난다. 기차가 수도를 통과할 때 창을 닫지 아니하면 매연이 들어온다는 까닭이다.

그런데 나의 좌석에 속한 차창만은 삼방을 다 지나도록 한 번도 닫지 않았다. 나는 차창 편으로 앉고, 내 옆에는 일본인이 앉았는데, 기차가 첫 수도를 들어갈 때에 곳곳에서 창을 닫느라고 거의 소동이라고 할 만큼 시끄럽다. 나는 창을 닫으려고 하지 아니하였다. 나의 창을 닫으려고 하지 않는 태도를 본 옆에 앉은 일본인은 나를 향하여 창을 닫기를 청한다.

나는 조금 기다려보자 하여 창을 닫지 아니하였는데 다행히 매연만 들어오지 아니할 뿐 아니라 도리어 서늘한 바람이 들어와서 여간 시원하지 아니하였다. 옆에 앉은 일본인과 상대편에 앉은 일본 여자가 경이한 표정으로 서로 보면서 일종의 불사의不思議로 생각하는 듯하다. 이것은 조금도 이상할 일이 아니요, 다만 나의 경험에 의하여 그리하여 본 것이다.

나의 경험에 의하면 기차가 수도를 통과한다고 반드시 매연이 차창으로 들어오는 것은 아니다. 어떤 때는 닫은 창틈으로 연기가 들어오지마는 어떤 때는 창을 열어놓아도 조금도 들어오지 않는다.

그런데 여름에는 흔히 들어오지 않는 줄로 기억된다. 물론 이것이 일정 불변一定不變의 철칙은 아니다. 그러나 이것을 물리학적으로 살펴보면 다소의 이유가 있을는지도 모른다.

그래서 나는 여름에는 기차를 타고 수도를 통과할 때에 창을 닫지 않고서 성공한 일이 많이 있으므로 이번에도 그 경험을 이용하여 성공한 것이다. 만일 다른 승객들도 이러한 경험이 있었으면 창을 닫았다 열었다 하기에 그리 야단법석을 하지 아니하였을 것이다.

3

사람은 맹목적으로 추종하는 일이 많은 듯하다. 승객들은 기차가 수도를 통과할 때에 매연이 들어온다는 말만을 듣고 덮어놓고 창을 닫기만 하여 한번도 닫지 아니하여 본 경험은 없는 듯하다. 혹은 공교히 경험에서 실패하였는지는 모르겠지만 나는 홀연히 수년 전에 오세암五歲庵에서 까마귀의 기억력을 시험하던 일이 생각난다.

기억력이 부족한 사람을 가리켜 까마귀 고기를 먹었다고 한다. 그것은 까마귀의 기억력이 부족하다는 말인데, 그 증거로는 까마귀는 자기의 식물食物을 가져다가 구름 그림자를 표준하고 두었다가 그 구름이 옮겨가면 그 식물을 찾지 못한다는 것이다. 조선 사람은 이 전설을 믿지 않는 이가 별로 없는 듯하다.

나는 어느 가을에 설악산 오세암에 있을 때에 일이 없는 탓이었던지 모르나 호기심으로 까마귀의 기억력을 시험해 본 일이 있다.

사찰에서는 밥이나 다른 식물食物을 공양할 때에는 먼저 그 식물의 소부분을 덜어서 일정한 위치에 놓아 조수鳥獸의 먹음에 맡기는데, 그것을 시식施食이라고 한다. 그런데 그 시식은 다른 조수들보다 오작鳥鵲이 많이 먹고, 오작 중에도 까마귀가 흔히 먹게 되는데, 일시에 다 먹지 못하면 몇 번이고 물고 가서 곳곳에 저장한다.

나는 까마귀의 식물을 저장하는 것이 과연 세상 사람들의 전하는 말과 같은가를 시험하기 위하여 일부러 시식을 많이 주고 그 행동을 조사하였다. 까마귀는 처음에 조금 먹다가 물고 가기 시작하는데 반드시 동일한 위치에 두 번 가는 일이 없을 뿐 아니라 그 저장하는 곳의 거리와 방향이 너무도 대중이 없어서 조금도 의식적 표준이 없는 것 같았다. 그래서 그 물고 가는 상태를 보고서 과연 전설과 같이 까마귀는 기성記性이 없는 것인가 의심하였다.

그러나 그것만으로는 그 결과를 단정할 수 없으므로 그 저장하는 곳을 눈여겨 보아서 기억할 수 있는 대로 기억하였다가 그 저장한 상태를 보기 위하여 두어 곳을 있는 대로 기억하였다가 그 저장한 상태를 보기 위하여 두어 곳을 찾아가서 본즉 곳곳마다 식물을 물어다 놓고 반드시 나뭇잎새로 덮어 놓았다. 나는 그 곳을 다른 무엇으로 안표를 하여 조사에 편리하도록 하여 놓고 돌아왔다.

약 4~5시간 후에 까마귀는 저장하였던 식물을 찾아 먹기 시작했다. 나는 긴장한 흥미를 가지고 그 결과를 기다렸다. 까마귀는 저장한 순서대로 찾는데 한번 내려가 앉으면 한 발짝도 옮기는 일이 없이 한번 앉은 그대로

서서 그 저장하였던 식물을 먹는데, 한번도 그러하고 둘째번도 그러하여 순서를 따라서 번번이 그러하였다. 그 뒤에도 몇 번이나 조사를 계속하였으나 조금도 틀림없었다.

이로 보면 까마귀의 기억력이 사람보다 나은 것은 물론 그 비류比類가 별로 많지 못한 듯하다.

그렇게 기성記性이 좋은 까마귀에 대하여 기억력이 없다고 인정하게 된 것은 무슨 연고인지 모르겠고, 처음에는 어찌하여 그런 말이 났든지 그 뒤로 얼마를 두고 그 전설을 맹종하여 그칠 바를 알지 못하는 것은 이상한 일이 아니라고 할 수 없다. 덮어놓고 오해를 하는 사람도 어리석거니와, 이유없이 오해를 받는 까마귀도 원통하리라고 생각하였다.

4

기차가 수도를 통과할 때마다 죽어라 하고 차창을 닫기만 하는 것을 보고 까마귀에 대한 일을 연상하는 것도 그다지 탈선은 아니었다.

삼방역을 지났다. 산봉우리에 둘린 구름을 보든지 구렁에 가득한 바람으로 보든지 비 올 듯이 바야흐로 급하여 만산초수滿山草樹에 새로운 빛이 왔다. 나의 흥취도 항분亢奮되었다.

마침 다리를 지날 때에 그 아래에서 목욕하던 7~8명의 아동이 일제히 일어서서 기차를 향하여 어지럽게 주먹질을 하면서 무슨 말인지 중얼거렸다.

나의 앞에 앉은 일본 소녀들은 그것을 보고 고소苦笑한다. 나는 불쾌를 느끼어서 다소의 흥취를 감감減하였다.

고산역에서 정차하는 때에 밖으로부터 어떤 여자의 곡성이 들렸다. 승객들은 모두 내다보았다. 50여 세가량 되어보이는 어떤 여인이 길바닥에서 뒹굴어가며 울고, 그 옆에는 같은 연갑되어 보이는 남자가 서서 반은 만류하고 반은 꾸짖는데 그들은 부부인 듯하다.

우는 여인이나 만류하는 남자나 여러 가지의 태도와 표정으로 보아서 그다지 격렬한 결과가 있을 것 같지 않다. 승객들은 보다가 싱거운 듯이 말았다.

이때에 정차가 조금 오래 되어서 승객들의 기분은 다소의 권태를 느끼어 침울의 빛이 있는 듯하였다.

마침 승객 중의 어느 중국인이 차 한 병을 사가지고 오다가 그릇하여 찻병을 차 바닥에 내려뜨려 여지없이 깨뜨렸다. 그것을 본 승객들은 크게 웃어버렸다. 그래서 차 안의 침울하던 기분은 거의 소산消散되었다. 찻병을 깨뜨린 것만은 그 사람에게 손실이겠지마는 일시라도 우울에 잠긴 여러 사람들을 웃긴 것은 적지 않은 공덕일 것이다. 그리하여 그 사람은 잃은 것보다 얻은 것이 많다고 보인다.

석왕사역으로부터 남산역까지 오는 동안에는 멀리 석왕사를 향하여 경의를 표하였다. 여러 친지를 만나고도 싶었고, 전일에 보던 산천이 그립기도 하였다. 회로回路에 들르기를 희망하고 지나버렸다.

안변역에 다다르니 비가 오기 시작했다. 유명한 안변들의 야색夜色은 살찌고 새로워서 풍년의 기상이 충일하였다. 오후 3시 30분경에 갈마역에 도착하니 전약前約에 있는 김대선金大先 군이 반가이 맞아준다. 차에 내리니 비가 와서 길이 질다. 정거장에서 5리나 되는 두남리까지 도보로 오고 보니 옷이 젖을 뿐 아니라 흙이 튀어서 행색이 심히 초초草草하였다.

두남리는 반농반어半農半漁의 촌인데, 명사십리에서 가장 가까운 마을이다. 김군은 일찌기 나를 위하여 그 마을에 셋방을 얻어놓았다. 김군의 인도로 그 집에 갔다. 가서 보니 촌가로는 비교적 정결통찰淨潔通暢하고 하절여객夏節旅客의 최고最苦의 적인 빈대와 벼룩이 없다. 이것이 얼마나 다행한지 모르겠다. 차에서 내릴 때의 생각으로는 해수욕장으로 직행이라도 하려하였으나 집에 들어앉고 보니 비가 계속하여 올 뿐 아니라 다소의 피로도 느끼어서 드러누워 버렸다.

김군도 이 동리에 일시 머물고 있는 중이다. 일시 머무는 것인 만큼 만사초창萬事草創 한 중에 저녁밥을 지어서 손수 들고 왔다. 감사히 달게 먹었다. 저녁밥을 먹고 나니 모기 소리가 여간이 아니다. '문성여뢰蚊聲如雷' 그대로의 사실이다. 모기장과 모기향을 갖추지 않는 것은 아니지마는 그것만으로는 도저히 승리를 얻을 것 같지 않다. 벼룩과 전갈이 없는 것을 다행히 생각하였더니 모기가 이러하니 인세人世에 완복完福이 없는 것을 깨달았다.

6일 이른 아침에 김군은 나를 위하여 욕의浴衣와 기타 필수품을 사려고 원산에 갔는데, 오후가 되도록 돌아오지 않는다. 기다리다가 명사십리를 보고 싶은 생각과 해수욕하고 싶은 마음을 걷잡지 못하여 욕의와 기타 준비가 없음을 불구하고 해수욕장으로 나갔다.

5

명사십리는 문자와 같이 가늘고 흰 모래가 작은 만을 따라 약 10리를 평평하게 펼쳐져 있고, 만내灣內에는 참차부제參差不齊한 대여섯의 작은 섬이 점점이 놓여 있어서 풍경이 명미明媚하고, 조망眺望이 극가極佳하며, 욕장浴場은 해안으로부터 약 50~60보步 거리이며, 수심은 대개 균등하여 4척 내외에 불과하고, 동해에는 조석의 출입이 거의 없으므로 모든 점으로 보아 해수욕장으로는 이상적이다.

해안의 남쪽에는 서양인의 별장 수십 호가 있는데, 해수욕의 절기에는 조선 내에 있는 사람은 물론 도쿄, 상하이, 베이징 등지에 있는 사람들까지 와서 피서를 한다 하니 그로만 미루어 보더라도 명사십리가 얼마나 명구名區인 것을 알 수가 있다 허락지 않는 다소의 사정을 불고不顧하고 반천리半千里의 산하를 일기一氣로 답파하여 만시일적萬矢一的 단순한 해수욕만을 위하여 온 나로서는 명사십리의 수려한 풍물과 해수욕장의 이상적 천자天姿에 만족지 아니할 수 없었다.

목적이 해수욕인지라 옷을 벗고 바다로 들어갔다. 그 상쾌한 것은 말로 형언할 바 아니다. 얼마든지 오래하고 싶었지마는 욕의浴衣를 입지 아니한지라 나체로 입욕함은 욕장의 예의상 불가하므로 땀만 대강 씻고 나와서 모래 위에 앉았다가 돌아오니, 김군은 욕의, 기타를 사가지고 돌아와서 나를 기다리고 있다.

7일 아침 5시에 일어나 보니 일기가 흐리었다. 7시경부터 비가 오기 시작하였으나 단속적斷續的으로 오는 것이 대단치 아니하였다. 아침밥을 먹고 나서 바다에 갈 욕심으로 비가 개기를 기다렸으나 쉽게 개지 않는다.

11시경 비가 조금 멈추기에 해수욕하는 데는 비를 맞아도 관계치 않겠다는 생각으로 나섰다가 얼마 아니 가서 비가 쏟아지는 데 할 수 없이 쫓기어 들어왔다. 신문이 왔기에 대강 보고 나니 원산元山의 오포午砲 소리가 들린다. 시계를 맞춰 가지고 나서니 비가 개기 시작한다. 맨발에 짚신을 신고 노동모를 쓰고 나섰다. 진 길에 짚신이 붙어서 단단해져 발이 아프다. 짚신을 벗어 들고 맨발로 가는데 비가 그쳐서 길이 반은 물이요, 반은 흙이라 맨발로 밟기에 자연스러운 쾌감을 얻었다. 더구나 명사십리에 들어서서 가늘고 보드라운 모래를 밟기에는 너무도 다정스러워서 맨발이 둘뿐인 것이 부족하였다.

해수욕장에 다다르니 마침 여러 사람들이 나와서 목욕을 하는데 남녀노유男女老幼가 한데 섞여서 활발하게 수영도 하고 유희도 한다. 조선인은 나 하나뿐이다. 나는 서양인들 목욕하는 데서 조금 떨어져서 가서 바다에 들어가 실컷 뛰고 놀았다. 여간 상쾌하지 않다. 조금 쉬기 위하여 나와서 모래 위에 앉았다. 이때에 모든 것은 신청新晴의 상징뿐이다.

쪽같이 푸른 바다는
잔잔하게 움직인다.
멀리서 돌아오는 돛대들은
개인 빛을 배불리 받아서

젖은 돛폭을 쪼이면서
가볍게 돌아온다.

걷히는 구름을 따라
여기저기 나타나는
조그만 바다 하늘은
어찌도 그리 푸르르냐.

멀고 가깝고 크고 작은 섬들은
어디로 날아가려느냐.
발 디디고 오똑 서서
쫓다 잡을 수가 없구나.

　얼마 동안 앉았다가 다시 바다로 들어가서 할 줄 모르는 헤엄도 쳐보고
머리를 물 속에 거꾸로 담가도 보고 마음 나는 대로 활발하게 놀았다. 다
시 나와서 몸을 모래언덕에 의지하여 발을 물에 잠갔다.

모래를 파서 샘을 만드니
샘 위에는 작은 뫼가 생긴다.
어여쁜 물결은
소리도 없이 가만히 와서
한 손으로 샘을 메우고
또 한 손으로 언덕을 짓는다.

모래를 모아 언덕을 만드니
언덕 아래에 샘이 생긴다.

짓궂은 물결은
해쭉해쭉 웃으면서
한 발로 언덕을 차고
한 발로 샘을 짓는다.

이제 저녁 때에 나를 위하여 덕원군청으로 명사십리에 대한 역사를 얻으려 갔던 김대선 군이 돌아와서 해수욕장으로 찾아왔는데, 덕원군청에서 명사십리에 대한 역사를 구하지 못한 것은 적지 않은 유감이다.

김군은 나와 같이 목욕을 하다가 멀리 바라보더니 자기의 부인이 목욕을 왔다고 쫓아가더니 거기서 재미있게 목욕을 하고 있었다.

6

서너 명의 일본인이 와서 투망으로 고기를 잡는다. 모든 사람들이 해수욕을 하면서 기쁜 마음으로 일반 풍물을 감상하는 중에 투망으로 고기를 잡는 것은 일종의 살풍경이었다.

오후 4시 반경이 되었는데 맨몸에 태양을 쬐어서 욕의를 입은 부분 이외에는 전신이 빨갛게 타버렸다.

갑자기 소낙비가 몰아 들어온다. 황혼 무렵까지를 있으려던 마을을 꺾어버리고 쫓겨 들어오는데 두세 명의 서양 여자가 욕의만을 걸치고 나간다. 그것이 몹시 부러웠다. 나도 도로 나가서 비를 맞으면서 목욕하고 싶었으나 별장은 말도 말고 탈의장 하나도 없어 나로서는 불가능이었다. 비를 맞으면서 목욕하는 그들을 여러 번 돌아보면서 부러워하였다.

집에 돌아와 보니 햇볕에 탄 살이 쓰라리고 아픈데 두 다리가 더욱 심하였다.

8일은 조반을 먹고 나서 그 지방의 과수업의 성공자로 유명한 두남리의 윤병수尹秉秀 씨를 만나러 과수원 사무실로 찾아가 보았다. 사무원인 듯한 사람에게 주인이 있는지를 물으니, 지금 아침식사 중이니 조금 기다리라 하기에 배회하면서 과수와 저장고 등을 구경하노라니 약 30분 후에 주인이 나왔는데, 그는 윤병수 씨의 장자 중호重琥 씨다. 그 부친은 종증腫症으로 치료중이므로 손님을 맞지 못한다 하여 대신 응접하는 것이다. 과수업에 대한 동기, 경력, 현상 등을 물은즉 대답하는 그 요지는 아래와 같다

이 과수업은 본래 부친이 경영하신 것인데, 동기는 특별한 것이 없고, 다만 사람은 놀고 먹는 것이 불가하다는 생각에서 나온 것입니다. 그래도 가세는 상당한 여유가 있었습니다. 과수를 처음으로 재배한 것은 지금으로부터 34년 전인데, 그때에는 천여 평의 땅 한 부분에 사과나무 120여 그루를 심었습니다. 차차 늘어서 지금은 전 면적 8정보에 과수 1700여 주인데 사과나무 900여 그루와 배나무 800여 그루입니다. 사과나무 중 가장 잘 열리는 나무는 한 그루에 60관, 즉 1400개를 따는데 그 가액은 30원가량입니다. 일본에서는 학설상 사과나 배나무는 수령 15년을 지나면 벌써 늙어서 열매를 잘 맺지 못하는고로 수지가 맞지 않는다고 하는데, 우리 과수는 최고 수령 30~40년으로부터 20년 내외이건마는 생산력이 조금도 감퇴하지 않습니다. 그래서 일본인들이 이것을 연구하는 중입니다. 지금은 과수에서 나는 수입이 매년 1만 5000원가량인데, 지출은 인건비 5000여 원, 비료 약품비 등 합 2000여 원, 총합 8000여 원입니다. 장래는 양量으로 확장할 생각은 없고 질을 개량을 하여서 외국의 생산품보다 우량하게 하고 싶습니다.

마침 일본인이 찾아오고 나도 이 이상 더 물을 말도 없어서 주인을 작별하고 돌아오다가 길에서 신문 분전인分傳人을 만나서 내게 오는 신문을 받아가지고 보면서 돌아왔다.

11시경에 해수욕을 가는데 햇볕에 덴 다리가 아파서 걸을 걷기에 곤란하였다. 그러나 다리 좀 아픈 것쯤으로야 해수욕을 아니 갈 수는 없었다.

그러나 폭양에 오래 앉았을 용기는 없어서 약 1시간 후에 돌아왔다.

오후 4시 반경에 다시 바다에 나갔다. 서양인의 별장 앞을 지나는데 3명의 서양 아동이 별장으로부터 달음질로 나오다가 한 아이가 돌에 발을 다쳐서 우는데 "이타이 이타이(아파 아파)"하며 운다.

별장으로부터 30세쯤 되어 보이는 조선 여자가 나오더니 그 우는 아이를 안고 들어가면서 "나잇타라나 쿠호도이타이요(울면 울수록 더 아파요)" 한다. 그 아이가 일본말 배우는 중인지는 모르겠거니와 조선에 있는 서양아이가 창졸히 우는 사이에 일본말을 쓰는 것도 이상하거니와 조선 여자로 서양 아이를 대하여 일본말을 사용하는 것도 심상치 않게 들렸다.

바다에 나가서 목욕을 하고 벗은 채로 모래 위에 앉아서 원고를 쓰는데 순사가 와서 물끄러미 보더니 "나니(무엇이오)" 하고 묻는다. 머리를 들어 순사를 보니 말은 일본말을 하여도 사람은 조선 사람이다. "일기를 씁니다" 하니 순사는 "좀 봅시다" 하고 손을 내민다. 원고 쓰던 것을 주니 뒤적 뒤적 거리더니 "경성서 오셨소" 한다. "예" 하고 대답하니 순사는 아무 말도 없이 가버린다. 그 순사는 처음에 일본말을 하고, 그 다음에 반말을 하고, 나중에는 경어를 하였다. 남의 원고를 보자는 것도 우스운 일이거니와 그 전후부동前後不同의 언동은 더욱 이상하였다.

7

다시 목욕을 하고 나서 맨발로 모래를 갈면서 배회하는데, 석양이 가까워서 저녁놀이 물들기 시작한다. 산 그림자는 어촌의 작은 집들에 따뜻이 쪼이는데, 바닷물은 푸르러서 돌아오는 돛대를 물들인다. 흰 고기는 누워서 뛰고 갈매기는 옆으로 난다. 목욕은 사람들의 말소리는 높아지고 저녁 연기를 지음친 나무 빛은 옅어진다. 나도 석양을 따라서 돌아왔다.

9일은 우편국에 볼일이 있어서 원산에 갔다. 볼일을 보고 송도원松濤園으로 갔다. 천연의 풍물로 말하면 명사십리에 비교할 바가 아니나 해수욕

장으로서의 시설은 비교적 상당하다. 해수욕을 잠깐하고 일본 음식점에
가서 점심을 먹고 송림松林 사이에서 조금 배회하다가 다시 원산을 경유
하여 여사旅舍에 돌아와 조금 쉬고 명사십리에 가 또 해수욕을 하였다. 행
보行步를 한 까닭인지 조금 피로한 듯하여 곧 돌아왔다.

10일엔 신문이 오기를 기다려서 보고 나니 11시 반이 되었다. 곧 해수
욕장으로 나가서 목욕을 하고 모래사장에 누웠으니 풍일風日이 아름답고
바다에는 작은 물결이 움직인다. 발을 모래에다 묻었다가 파내고 파내었
다가 다시 묻으며, 손가락으로 아무 구상構想이나 목적이 없이 함부로 모
래를 긋다가 손바닥으로 지워버리고 다시 긋는다. 그리하다가 홀연히 명
상冥想에 들어갔다. 멀리 날아오는 바닷새의 소리가 나를 깨웠다.

어여쁜 바닷새야
어디로 날아오느냐.
공중의 어느 곳도
너의 길이 아니련만,
길이라 다 못 오리라.
잠든 나를 깨워라.

갈매기 가는 곳에
나도 같이 가고지고.
가다가 못 가거든
달 아래서 자고 가자.
둘의 꿈 깊은 때야
너나 나나 다르리.

해수욕장에 범선帆船이 하나 매어 있다. 그 배 밑에 가서,

나 : "이게 무슨 배요?"

선인 : "아이들의 놀잇배요."

나 : "그러면 이것이 서양 사람의 배요?"

선인 : "아니오, 조선 사람의 배요."

나는 배에 올라가서 자세히 물은즉 그 배는 해수욕하는 데 쓰이는 배인데, 배에 올라가서 물에 뛰어내리기도 하고 혹은 그 배를 타고 뱃놀이도하는 배다. 1개월에 95원圓을 받고 삯을 파는 배로 매일 오전 9시경에 와서 오후 5시에 가는데, 선원은 다섯 사람이라 한다. 95원을 5명이 나눠 내면 매일매일 60여 전인데 그중에서 선세船貰를 제하면 대단히 박한 임금이다. 여기에서 그들의 생활난을 볼 수가 있었다. 오후 4시경에 여사에 돌아왔다.

11일 상오 11시경에 해수욕장으로 나왔다. 그 동리 뒤 솔밭 속에 참외막이 있는데 그 아래에 3~4명의 노인들이 앉아서 바람을 쐬며 이야기들을한다. 나도 그 자리에 함께했다. 이날이 마침 음력으로 칠석날이므로 견우성이 장가를 드느니 직녀성이 시집을 가느니 하였다. 나는 칠석에 대한 토속을 물었는데 별로 지적하여 말할 것이 없다고 한다.

8

해수욕장에 나가 보니 심히 적요하여 서양인의 내왕은 하나도 볼 수가없으므로 이상히 생각하였다. 다시 생각하나 이날은 일요일이므로 서양인들은 종교의 의식을 행하기 위하여 나오지 않은 줄을 아는 동시에 그들의 규율적 행동을 연상하였다.

목욕을 들어가다가 물 속에서 조개 하나를 보았다. 그 조개를 주워서 들고 보니 흰 바탕에 주황색 선이 있어서 심히 아름답다. 조금 가져다가 도로 깊은 곳으로 던져버렸다. 이것은 다른 사람에게 잡히면 그 생명이 위험할까 염려함이다.

나는 사사물물事事物物에 대하여 그렇게 인자한 마음을 쓰는 사람은 아니다. 그런데 한 작은 조개의 생명을 아껴서 멀리 물 깊은 곳으로 던진 것은 나의 믿는바 종교의 힘이다.

석가여래는 거룩하시다. 3000년 후에 사바세계 동해바다 한 모퉁이의 한 작은 조개의 생명에까지 미치는 석가여래의 대자비는 거룩하시다.

김대선 군이 부득이한 사정으로 인하여 곧 경성에 올라가겠다고 고별을 하여 창연히 작별하였다. 김군은 나의 금번 해수욕행에 대하여 적지 않은 노력으로 많은 편의를 주었다. 그를 작별함에는 충심으로 결연하였다. 나도 내일엔 발정發程하여 석왕사와 삼방三防을 거쳐 가려는 예정이었다. 석양에 여사로 돌아올 때에 명사십리를 향하여 타일을 기약하고 말없이 작별하였다.

그리운 명사십리
보고 나니 후회로다.
첫정이 들자마자
이별이란 무슨 말이냐.
다른 때 다시 만나
남은 회포 풀리라.

12일, 경성행의 첫차가 오전 6시 3분에 갈마역을 출발한다기에 일찍 일어나서 그 차를 탄다는 것이 늦잠이 들어서 일어나고 보니 벌써 5시 20분이 되었다. 급히 행장을 수습하여 가지고 5리나 넘는 갈마역을 향하여 도중에서 원산을 떠나서 갈마로 향하는 차를 보았다. 이 차는 화물차라 정거장에서 오래 머물 것이라는 생각으로 전속력으로 쫓아갔다. 10여 보를 남겨 놓고 차가 떠나버린다. 조금 열없기도 하고 분하기도 하였으나 할 수 없었다. 주점으로 기다리다가 11시 3분차를 타고 석왕사역에 내려서 자동차로 석왕사 동구에 이르니 피서객으로 인하여 번창 대번창이다. 여관마다 만원이어서 여관을 찾아다니다가 거절을 당하고 네 번째에 겨우 방 하나를 얻어 들었다.

석왕사의 오세권吳世權 씨를 만나서 석왕사의 여러 가지 정황을 듣고 차차 고적孤寂을 면하였다. 조금 있다가 경성서 내려온 이관구李寬求 · 황석우黃錫禹 · 최윤동崔允東 삼씨를 만나서 분외로 반가왔다. 그러나 그들은 곧 자동차로 떠나는 길이어서 만나는 악수가 동시에 작별하는 악수가 되었다. 작별이 너무도 총총하여서 만나는 기쁨보다 떠나는 회포가 많았다. 멀리 그들의 탄 자동차의 후진後塵을 바라보았다.

9

오후 4시에 오세권 씨와 동반하여 석왕사를 방문하게 되었다. 단속문斷俗門에 다다르니 그 옆에는 이태조의 수식송手植松과 순종의 수식송이 마주서 있는데, 이태조의 수식송은 고사枯死한 지 오래되어 썩은 등걸만 남아 있고, 순종의 수식송은 아직 10여 척밖에 아니 되었다.

하나는 창업주의 손으로 심은 것이요, 하나는 조선왕조 최후의 군주의 손으로 심은 것이어서 그 두 소나무 사이에는 이조 500년간 흥망성쇠의 역사가 숨어 있다. 창업주의 수식송 옆에 솔을 심던 조선왕조 역사의 끝 페이지를 막은 순종은 그 감개가 과연 어떠하였을는지.

가신 님 심은 나무
옛 등걸엔 이끼로다.
당년의 푸른 빛은
상설霜雪을 누르더니

견디어 남은 해를
비바람에 맡기리.

우리들은 남암南庵을 먼저 거쳐서 큰절에 가기로 하였다. 나는 연전부터 남암에 가서 살아볼까 하는 생각을 가졌다. 지금도 그 생각을 계속하는 중이다. 그러므로 남암을 찾게 된 것이다.

수음樹陰이 우거진 녹수도綠隧道를 뚫고 시내를 따라서 6~7리를 들어 가니 산 굴리고 물 도는 곳에 조그마한 암자가 정남향으로 전개되었는데, 가옥과 도량道場이 청초하고 풍광이 명려明麗하여 적이 나의 생각을 끌었다.

남암을 보고 오는 길에 승방인 백련암에 들어가서 주인격의 승수자에게 정도情到한 관대를 받고 적은님 고개를 넘어서 큰절에 이르니 마침 주지 화상은 기도법요祈禱法要를 집행중이므로 만나지 못하고, 다른 노녁老德 이외의 3~4인을 만나서 대개의 한훤寒喧을 마치고 그들의 간곡한 만류를 사절하고 여관으로 내려오다가 도중에서 약수 두어 잔을 마시고 유유히 시내 소리를 들으며 구름을 밟고 돌아오니 황혼이 지났다.

석반을 마친 수에 오군이 내방하여 담화하다가 9시경에 약수를 먹으러 갔다. 만도사녀滿道士女의 내왕이 부절不絶하고 약수터에는 사람들이 많이 모여서 순서로 물을 뜨는데, 순서를 어기는 이가 없지 않다. 나는 우군의 힘을 빌려 석 잔을 얻어 먹고 돌아와서 꿈의 나라로 들어갔다.

여기에서 말하지 아니할 수 없는 일이 하나 있으니, 그것은 반찬에 대한 일이다. 오던 날 저녁에 반찬이 하도 많기에 세어보니 열네 가지다. 그 이튿날 아침에는 반찬이 열다섯 가지다. 나는 칠첩 반상이니 십이첩이니 하는 말은 들었으나 반찬 열여섯 가지, 밥그릇을 합하여 열일곱 그릇이 놓인 밥상은 받아보지 못한 것은 물론 듣도 보도 못하였다. 재래의 조선식으로는 그것이 칭찬거리가 될지 모르나 한꺼번에 여러 그릇과 분량이 많은 반찬을 놓는 것은 개량하지 아니하면 안될 것이다. 열여섯 가지 중에 집어 먹어본 것이 몇 가지 되지 못하고, 집어 먹은 것도 먹은 것보다 남은 것이 많다. 일반적으로 이것을 개량하여 품질은 수의隨意로 할지라도 종류와 분량은 너무 많이 하지 말고 한때를 먹기에 적의適宜하도록 하는 것이 좋은 줄로 생각된다.

13일, 석왕사역에서 12시 3분발 차를 타고 삼방으로 가는데 고산역에 이르니, 이날은 고산 장날이다. 장꾼들이 장에서 물건을 사 가지고 차를 타는데 가지고 오르는 물건이 너무 많아서 한 번에 가지고 오를 수가 없으므로 먼저 물건을 창문으로 들여보내는데, 차 안에 있는 사람에게는 누구든지 물건을 받아달라고 한다. 나도 받아들인 것이 여간 많지 않다. 쌀자루, 참외자루, 계란뭉치, 미역뭉치, 심지어 옹기그릇까지 십여 가지를 받아들이고 보니 땀이 버썩 났다.

10

차장과 보이들은 휴대품이 너무 많아서 안 되겠다고 들여 놓은 물건을 도로 내어 놓는다. 그러면 물건 임자는 반은 웃고 반은 우는 표정으로 차장에게 애걸복걸하면 차장은 눈을 부라리며 안 된다고 욕설 반 섞기로 야단을 친다.

차장이 저편에 가서 물건을 내놓으면 이편에서는 내놓은 물건을 도로 들여놓고, 차장이 이편에서 물건을 내놓으면 저편에서는 내다놓은 물건을 도로 들여놓는다. 그러는 동안에 내어놓으라는 소리, 도로 달라는 소리, 사람 드나드는 소리, 어린애 우는 소리, 복잡 무질서, 완연히 일막의 추극醜劇을 연출하였다.

그리하여 그 차를 타지 못한 사람도 있고 억지로 탄대야 그 정상이 실로 가이없었다. 그들은 약간의 화물 임금을 주지 않기 위하여 인격을 여지없이 희생하였다. 그것은 이익보다 손해가 많은 것이다. 일반적으로 그런 일이 없기를 바란다.

그것도 선천사先天事가 되고, 어느덧 삼방 약수포에 이르렀다. 천관泉館은 모든 설비로 보아서 그러한 산천에서뿐 아니라 도회에 있어서도 훌륭한 여관이다.

그러나 그 여관 주인도 조선인이요, 내객도 조선인인데 여관으로서의 내객에게 필요한 조항 몇 가지를 모두 일본문자로 써서 붙였다. 그것이 내객에게 불쾌한 인상을 주었다. 그것을 고치기를 바란다.

약수포는 내객으로 인하여 번창할 뿐 아니라 여러 가지 점으로 보아 상당히 도회미가 있다. 약수보다 좋다고 하나 나로서는 큰 차이를 모르겠다.

전일부터 김용태金容泰 사師의 노력으로 약수포에 불교 포교소를 건설하였다는 말을 들었다. 여관에서 조금 누웠다가 포교소를 찾아갔다. 김용태 사는 반가이 맞이하면서 그 포교소로 오지 않고 여관에 든 것을 호의好意로 책망하면서 사람을 보내어 약수를 떠다 준다. 감사히 먹었다. 포교소는 수년 전부터 있었으나 가옥이 협애狹隘하여 금년에 새로 건축하였는데, 신건新建가옥은 청초할 뿐 아니라 상당한 수용량이 있어서 산촌의 포교당으로는 훌륭하다.

이러한 벽지에 포교소를 건설한 김용태 사에 대하여 그 성의와 노력을 감사하였다.

여관에 돌아와서 조금 있다가 약수터에 나갔다. 사람이 많아 일시에 물을 먹을 수가 없으므로 도착순으로 안항雁行을 지어 서서 앞의 사람이 물을 마시고 나온 뒤에 그 다음 사람이 들어서게 되었는데, 입구에는 감독자가 서서 엄격한 감독을 한다.

그러나 규칙 위반자가 상당히 많다. 선후의 순서를 어기고 돌진하는 규칙 위반자는 남자 편이 많고, 남이야 어찌 되든지 자기만 물 앞으로 바짝 대어 앉아서 언제까지든지 싫도록 먹는 규칙 위반자는 여자 편이 많다.

같은 규칙 위반이지마는 남자의 범행은 우락부락하고, 여자의 범행은 다라지다. 그것이 남녀 성격의 차이가 될는지 모르겠다.

나도 규칙 위반자가 되었다. 그러나 나는 적극적으로 범행한 것이 아니라 남에게 밀려서 상당한 나의 순서를 지키지 못하였은즉 이것은 규칙 위반이 아닌 것이 아니다.

약 30분 만에 물맛을 보았다. 그러나 만족히는 마시지 못하였다.

그 후로는 다시 물터에 갈 용기가 없어서 여관 보이의 힘을 빌려 약수로 얻어 먹었다.

14일, 차를 타려고 정거장에 나오다가 본즉 철사의 한끝은 산 위에 매고 한끝은 산 아래에 매어 놓고 산 위에서 시초柴草묶음을 철사에 걸어 놓으면 그 시초 묶음이 철사의 경사傾斜를 날아 저절로 내려온다. 산촌의 주민들은 그것을 많이 이용하였으면 좋겠다.

나는 오후 2시 10분에 약수포 발 경성행의 군중인群中人이 되었다.

작품론 · 작가론

사랑과 혁명, 평화의 미학

 김재홍 문학평론가 · 경희대 국문과 교수

붓과 연꽃, 만해의 삶

만해 한용운(1979~1944). 그는 격동의 구한말과 시련의 일제하를 가장 치열하고 지조 있게 살다간 근대사 최대의 인물 중 한 사람이다. 진보적인 개혁승이자 뛰어난 종교사상가로서, 또한 3 · 1운동을 주도한 혁혁한 독립운동가이자 실천적인 민족사상가로서, 아울러 시집 《님의 침묵沈默》의 시인으로서, 만해는 입체적인 성격을 지닌다. 비록 만해는 무승적無乘籍 · 무호적無戶籍의 자유인이었지만, 암흑의 하늘 아래에서 끝까지 저항의 횃불을 높이 치켜들면서도 지절을 꿋꿋이 지켜온 많지 않은 순국선열의 대오에서도 핵심적인 존재로 부조되고 있다. 그가 예순 다섯 나이에 심우장尋牛莊에서 별세하기까지 소리 높여 외쳤던 자유사상 · 평등사상 · 민족사상 · 진보사상 · 민중사상은 어려운 시대일수록 빛과 향기를 더해가는 이 땅 정신사의 소중한 덕목이 아닐 수 없다. 무엇보다도 그의 시집 《님의 침묵》의 88편이 완성해 낸 사랑의 철학, 평화의 철학, 인본주의 사상이야말로 해방 후 이 땅의 역사가 험난한 능선에 이를 적마다 올바른 길을 인도해 주는 희망의 등불로서 불타고 있다. 본고에서는 만해의 생애와

사상, 그리고 문학을 전반적으로 개괄함으로써 만해의 문학과 사상이 지닌 포괄성과 총체성을 일별해 보고자 한다.

먼저 만해의 생애는 크게 세 시기로 구분할 수 있다. 제1기는 출생, 성장, 출가, 불문입신佛門立身에 이르는 30대 말기까지로, 이때는 주로 한학 수학, 불교 수업 및 그 연장선상에서의 불교 활동에 중점이 놓여진다. 제2기는 1918년 《유심惟心》지를 간행하면서 3·1운동에 적극 참여하고 옥고를 치르면서 사회활동을 본격화하고, 《님의 침묵》을 탈고하는 등 성숙한 정신을 보여주는 40대에서 50대 중반까지의 절정기를 말한다. 제3기는 재혼을 하고 심우장에 은거하면서 《흑풍黑風》 등의 소설을 발표하는 한편, 만당卍黨 등 항일 지하운동을 이끈 50대 후반부터 별세하기까지의 만년기를 일컫는다. 이렇게 볼 때 제1기는 주로 불교 활동에, 제2기는 독립운동 및 문예 창작에, 그리고 제3기는 문학 창작과 사회활동에 초점이 놓여짐을 알 수 있다. 이처럼 만해는 생애 자체가 입체적인 데다가 그 활동이나 업적 또한 다면적이다. 독립사상·종교사상·문학사상으로 갈래를 잡아볼 수 있는 그의 사상은 서로 분리되면서도 서로 상통하며 일관성을 지니는 것이 특징이다. 그 어느 한 사상이라 해도 그것은 논설, 경전 주해, 평론, 시, 소설, 수필 등 거의 모든 저작에 두루 나타나기 때문에 폭넓고 깊이 있게 다루지 않으면 전체적인 포괄성을 얻기가 쉽지 않다.

만해문학, 그 체계와 특성

만해의 저작은 경전의 편술로부터 사적史蹟·사화史話·강술講述·번역·주해·논설에 이르기까지 다양하며 문학작품도 한시漢詩·시조·현대시·소설·수필을 망라하고 있다. 저술 기간도 〈조선불교유신론〉(1910년 탈고, 1913년 불교서관 발행)에서 시작되어 수필 〈명사십리明沙十里〉(1940. 5)에 이르기까지 30여년에 걸쳐 있다. 이러한 만해의 저작을 연대순으로 검토하면, 그의 사상적 편력과 생애사적 궤적은 물론 문제의식과

272

문예관의 변화까지도 추출해 낼 수 있을 것이다.

1910년대의 만해는 불교논설, 독립논설을 통하여 그의 투쟁적인 사상의 핵심을 드러내 보여주었다. 〈조선불교유신론〉과 〈조선독립에 대한 감상의 대요大要〉(1917. 7)가 그것이다. '조선 불교의 유신은 파괴로부터'라는 혁신적 선언으로 시작되는 〈조선불교유신론〉에서 그는, 조선왕조 5백년간 침체의 그늘에서 벗어나지 못하고 있던 불교의 중흥과 유신을 이루기 위해서는 되풀이되는 불교계의 폐습을 과감히 파괴해야 하며, 민중불교의 실천적 이념을 새로이 정립해야 할 것임을 강조했다. 이러한 '불교유신론'의 중심사상은 무기력하고 퇴폐적이며 심지어 친일적 성향마저 띠어가던 당대 불교계에 큰 충격을 던져주었다. 한편 〈조선독립에 대한 감상의 대요大要〉는 세칭 〈조선독립의 서書〉로서 만해의 독립사상이 직접적으로 드러나 있는 논설이다.

만해에게 1910년대가 논설의 시대였다면 1920년대는 시의 시대이다. 3·1운동으로 투옥되었다가 출옥한 1922년에는 시 〈무궁화 심고자〉(《개벽》 27호, 1922. 9)를 발표한 이래 1926년 저 불세출의 시집 《님의 침묵》을 간행한다. 실상 만해는 그전부터 틈틈이 한시를 지어왔으며 시의 형식을 취한 〈심心〉 등의 글을 《유심》에 발표한 적도 있었다. 그러나 본격적인 시작詩作은 1920년대, 즉 출옥 이후부터라고 보는 것이 옳을 것이다.

만해에 있어 시는 한시와 시조, 그리고 현대시가 세 가지 장르로 나타난다. 한시는 현재 165수 정도가 전해지는데, 한일합방 전후인 1908년경부터 회갑에 이르는 1939년경까지 약 30년에 걸쳐서 씌어졌다. 이들 한시는 내용에 따라 '사향시思鄕詩', '상자연賞自然의 시詩', '선감각禪感覺의 시詩', '선열시', '옥중시' 등으로 분류해 볼 수 있는데 대체로 생애사적 편력을 드러내는 생활시적 성격을 지닌다. 즉 '사향시'는 범부로서의 인간적 변모가, '상자연의 시'는 전통적 선비 또는 고전 시인으로서의 모습이, '선감각의 시'에는 보리菩提를 구하는 구도자의 자세가, '선열시'에는 민족주의자로서의 만해가 부각된다. 그리고 '옥중시'에는 독립투사로서의 서릿발 같은 면모가 여실히 드러남으로써 만해의 생활 역정과 인간성을 총체적으로 담고 있다.

그런데 만해의 시조는 그의 한시와 현대시의 특성을 함께 갖춘 중간 장르의 성격을 지닌다고 할 수 있다. 또 시조는 그 근원이 되는 장르의식이 전통문학에 뿌리를 두고 있으면서 생활사적 면모를 지닌다는 점에서 한시와 공통점을 갖고 있다. 한편 시조는 '님'의 표상성과 여성주체가 나타난다는 사실과, 은유적 표현기법이 두드러진다는 점에서, 현대시 《님의 침묵》과 연결된다. 이렇게 볼 때 35수 정도 발견된 만해의 시조는 독립적 특성보다 한시와 현대시의 중간 장르로서 또 다분히 여기적·즉흥적 성격을 지니는 것으로 보인다.

이별과 만남의 변증법적 드라마, 《님의 침묵》

시집 《님의 침묵》은 만해 문학의 중심부에 놓이는 것이기에 조심스런 고찰을 요한다. 만해는 백담사 오세암에 머무르면서, 《십현담주해十玄譚註解》를 탈고한 직후, 용맹정진하여 88편에 달하는 연작시 《님의 침묵》을 완성했다. 이때가 1925년 8월 29일이었다. 이 시집이 처음으로 선보인 것은 탈고된 이듬해인 1926년 5월 20일이다. 재판은 1934년 한성도서에서 발행했는데 〈군말〉만 약간 수정했을 뿐 원문은 초판과 별 차이가 없기 때문에 텍스트로 사용해도 무방하겠다. 그러나 해방 후의 유총본(20여 종이 있음)에서는 띄어쓰기, 한자 표기를 임의로 한 것, 한자 오독誤讀, 자·구·행의 탈락 등의 오류가 발견된다. 이는 선시選詩 및 전재轉載 과정에서 편집자들이 원전의 전고典故 없이 임의로 표기·수정한 데서 비롯된 것이라고 판단된다. 앞으로 이 방면의 논자들이나 편집자들은 작품의 정확한 이해와 연구를 기하기 위해서는 반드시 초판 혹은 재판본을 전고典考해야만 할 것이다.

시집 《님의 침묵》의 기본 구조는 이별과 만남으로, 그것은 '님'을 구심점으로 한 '이별'과 '만남'의 변증법적 드라마로 볼 수 있다.

님은 갔습니다. 아아 사랑하는 나의 님은 갔습니다.
푸른 산빛을 깨치고 단풍나무 숲을 향하여 난 작은 길을 걸어서 차마 떨치고 갔습니다.
황금黃金의 꽃같이 굳고 빛나던 옛 맹서盟誓는 차디찬 티끌이 되어서 한숨의 미풍微風에 날아갔습니다.
날카로운 첫 '키스'의 추억追憶은 나의 운명運命의 지침指針을 돌려놓고 뒷걸음쳐서 사라졌습니다.
나는 향기로운 님의 말소리에 귀먹고, 꽃다운 님의 얼굴에 눈멀었습니다.
사랑도 사람의 일이라, 만날 때에 미리 떠날 것을 염려하고 경계하지 아니한 것은 아니지만, 이별은 뜻밖의 일이 되고 놀란 가슴은 새로운 슬픔에 터집니다.
그러나 이별을 쓸데없는 눈물의 원천源泉을 만들고 마는 것은, 스스로 사랑을 깨치는 것인 줄 아는 까닭에, 걷잡을 수 없는 슬픔의 힘을 옮겨서 새 희망希望의 정수박이에 들어부었습니다.
우리는 만날 때에 떠날 것을 염려하는 것과 같이 떠날 때에 다시 만날 것을 믿습니다.
아아, 님은 갔지만은 나는 님을 보내지 아니하였습니다.
제 곡조를 못이기는 사랑의 노래는 님의 침묵沈默을 휩싸고 돕니다.
　　　　　　　　　　　　　　　　　　　　　－〈님의 침묵〉 전문

인용작품은 시집 《님의 침묵》 88편 중 서시에 해당하는 〈님의 침묵〉으로, 님이 떠나감, 즉 이별을 자각하고 그것을 확인하는 구절로 시작된다.

"차마 떨치고 갔습니다/ 한숨의 미풍微風에 날아갔습니다/ 나의 운명運命의 지침指針을 돌려놓고 뒷걸음 쳐서 사라졌습니다"와 같이 점층적인 반복을 통해 이별의 상황을 거듭 강조한다. 그런데 10행으로 구성된 시 〈님의 침묵〉은 기승전결起承轉結의 구조로 이해된다. 즉, 이별의 상황이 제시되는 1~4행이 기起에 해당되고, 이별 이후의 슬픔과 고통이 드러나는 5·6행이 승承에 해당되며, 슬픔의 힘이 "새 희망의 정수박이에 들어부어"지는 과정인 7·8행은 전轉에 해당된다. 그리고 "다시 만날 것"을 확신하는 9·10행은 결結이라 하겠다. 시 〈님의 침묵〉에서 드러나는 '이별→고통→희망→만남'의 구성 방식은 시집 《님의 침묵》의 전체적인 구성 방식과 대응된다. 시집 《님의 침묵》의 마지막 작품인 〈사랑의 끝판〉에, 시집 전체에 흐르고 있던 갈등과 고뇌의 어두움이 걷히고 벅찬 기대와 설렘으로 이루어져 있는 데서 분명히 확인된다. 이처럼 전체(시집)와 부분(서시)이 구성적 상동 관계를 지니고 있다는 말은 시 〈님의 침묵〉이 전체 시집의 내용과 주제를 함축적으로 제시하고 있다는 말이기도 하다.

시집 《님의 침묵》에서 두드러지는 것은 '부정적인 세계관'인데, 이는 당대 사회를 모순의 사회로 보고 그 모순에 대한 부정과 저항의 자세를 보여주는 것이다. 이는 거의 모든 시들에 '없다, 말라, 않는다' 등의 부정종지법이 나타나고 있는 데서 확인된다. 그것은 시적 사유의 기본 구조가 부정적 인식에 바탕을 둔 것으로, 부정을 통해 참된 긍정에 도달하고자 하는 만해의 근대적 비판정신을 반영하는 것이라고 볼 수 있다.

또 다른 특징은 '세속'과 '신성'의 갈등이다. 희노애락喜怒哀樂 등 세속적인 정감을 적나라하게 펼치면서도 세속에서 벗어나려는 신성지향의 갈등과 조망이 엿보인다. 이러한 세속과 신성지향의 갈등과 화해를 통해 참된 인간성이 드러나며, 그것을 통해 관념이나 이념에 얽매이지 않는 자유롭고 생생한 정감과 설득력이 유발되는 것이다.

끝으로 〈님의 침묵〉은 '님과 사랑의 시'로서의 특성을 지닌다. 님은 상상력의 구심점으로, 존재의 근거인 동시에 지향해야 할 이데아를 표상하는 것으로, 현실적으로는 부재하는 것으로 나타나 있다.

그러나 〈님의 침묵〉은 이별이나 이별의 슬픔, 그 자체를 노래한 것은 아니다. 이별에서 절망과 갈등의 변증법적 모순을 겪고 난 다음, 참다운 '님'과 사랑의 의미를 새롭게 발견함으로써 크고 빛나는 만남을 성취하는 생성과 극복의 시라고 볼 수 있다.

비유와 역설, 만해 시의 수사법

만해 시의 내용과 아울러 그것을 지탱하고 있는 방법론도 주의 깊게 검토해 볼 필요가 있다. 방법론이란 수단이나 기법의 단계에 머무르는 것이 아니라 곧잘 세계관의 차원과 관련되기 때문이다. 만해 시의 핵심적인 방법으로 활용되고 있는 것은 은유와 역설이다.

은유는 계사형 은유copular metaphor, '의'의 은유, 동사형 은유, 활물론적 은유 등으로 다양하게 변주되어 나타난다. 계사형 은유가 두드러지게 쓰인 작품은 〈알 수 없어요〉·〈나룻배와 행인行人〉·〈꿈이라면〉 등이다. 〈알 수 없어요〉에서는 '오동잎, 푸른 하늘, 시내, 저녁놀, 등불' 등 객체로서의 자연물들과 '발자취, 얼굴, 입김, 노래, 시詩, 가슴' 등 주체로서의 인간 사이의 간극이 계사형 은유에 의해 단축·화합·연계됨으로써 새로운 상상력의 내면공간을 형성하게 된다. 그래서 〈알 수 없어요〉는 대자연의 신비가 인간의 정신세계로 이끌어 들여져 시적 비약과 초월을 가능케 하는 것이다.

한편 역설paradox은 〈반비례反比例〉·〈사랑의 존재〉·〈나는 잊고자〉 등의 시편을 통해 나타나는데, 특히 〈반비례〉는 전문이 역설로 이루어진 작품이다.

그러한 예에서 주체와 객체는 역설에 의해 근원적인 동일성을 획득하고 있음을 발견해 낼 수 있다. 이처럼 역설은 모순을 극복하고 시적 초월

과 비약을 성취시키는 원동력인 동시에, 시적 상상력을 전개하는 근본원
리로 사용된다. 바로 이 점에서 정신적 극복의 '힘'과 시상詩想을 전개하
는 방법론으로서의 역설의 중요성이 인정된다.

척박한 현실에서 피어난 유토피아에의 꿈

만해는 대략 다섯 편의 소설을 창작한 것으로 알려져 있는데, 그 다섯
편은 아래와 같다.

《흑풍黑風》(《조선일보》 연재, 1935. 4. 9.~1936. 2. 4.)
《후회後悔》(《조선중앙일보》 연재 중단, 1936. 6. 27.~1936. 7. 31)
《철혈미인鐵血美人》(《불교》 연재 중단, 1937년. 3 · 4월호)
《박명薄命》(《조선일보》 연재, 1938. 5. 18~1939. 3. 12)
《죽음》(창작연대 미상. 유고로 전해지다 전집에 수록)

완결된 작품은 세 편뿐이다. 특히 주목의 대상이 되는 것은 《흑풍黑風》
이다. 이 작품을 분석해 보면 '가진 자'와 '못 가진 자'의 대립에 모티프를
두고 있는데, 그와 같은 대립은 사회제도의 모순과 부조리에 기인하는 것
이기 때문에 혁명적 수단으로 타파해야 한다는 당대의 주장과 관련된다.
만해 소설에서 '가진 자' '착취하는 자'로서의 지주 · 자본가는 바로 일
본 제국주의의 표상이며, '억눌린 자' '가난한 자'는 바로 당대 조선인의
표상이다. 따라서 지주 · 자본가의 타도는 바로 일제와의 투쟁이며 시대
적 모순에 대한 저항의지의 표출이 된다. 사회체제의 모순을 개혁하고 부
조리한 현실을 타파하려는 소설 속의 혁명의지는 바로 자주독립 의지의
표현이며, 당대의 민족적인 당위명제로 해석된다. 이 점에서 만해의 소설
은 1930년대에 이르러 한층 극력해지는 일제의 탄압에 대처하려는 하나
의 응전 방식으로서의 의의를 갖는다. 만해 소설에는 이러한 민족주의와

결부된 경향적 성격 이외에도 여성주의와 유토피아 지향적 요소, 혼융된 유 · 불사상이 나타나고 있다.

그런데 만해 소설이 지닌 전근대적 주체의 과도한 노출과 표현의 진부함은 중요한 결점으로 지적될 수 있다. 그러나 풍유諷諭및 탁의託意로서의 만해 소설의 주제가 내포하고 있는 비판정신과 저항의지는 험난한 시대 궁핍한 상황의 일제하에서 효과적인 응전 방식이 아닐 수 없다.

종교인으로서, 혁명가로서 만해의 사상

만해 사상은 종교사상으로서의 불교사상에 뿌리를 두고 있으며, 그것은 독립사상이라 할 수 있는 자유사상, 평등 · 평화사상, 민족사상, 진보사상, 민중사상과 뗄 수 없는 관계에 놓여 있다.

만해의 불교사상, 특히 대승불교의 이념을 근간으로 하는데, 이는 세간世間과 출세간出世間을 하나로 본다는 것. 즉 이상과 현실, 예토穢土와 정토淨土, 포교와 독립운동, 신앙과 생활을 분리하지 않고 하나로 인식하고 있는 데서 드러난다. 만해 시의 도처에서 나타나는 성聖과 속俗, 혹은 영과 육 사이의 갈등이 결국은 변증법적인 통일에 이르고 있다는 사실도 그 한 증좌이다. 그 때문에 우리는 선승으로서의 만해와 민족투사로서의 만해를 나눌 수 없는 것이다. 그것은 만해가 민족 해방을 위한 투쟁과 구도를 분리되지 않는 하나로 여겼기 때문이다.

만해의 독립사상은 그 근본에 있어 다시 몇 갈래의 흐름으로 요약할 수 있다. 그것은 첫째 자유사상, 둘째 평등 · 평화사상, 셋째 민족사상, 넷째 진보 · 혁신사상, 다섯째 민중사상이다. 만해의 독립사상은 그의 불교사상과 긴밀하게 연관되어 있다.

자유사상은 만해 독립사상의 핵심이다. 그것은 비단 독립사상의 핵심일 뿐 아니라, 그의 모든 작품 · 논술에서 보편적으로 나타나는 만해 사상의 또 다른 축이다. 만해는 세상만물의 본질이 자유에 있으며, 특히 사람에게 있어 자유는 인격의 표상인 동시에 인간 존엄성의 핵심으로 파악하고 있다. 만해는 〈조선불교유신론〉에서도, 자유야말로 '인간의 인간다움'을 표징하는 근본 도덕률이며 근원적 가치의 척도임을 강조했다. 또 자유는 남의 자유를 침범하지 말아야 한다는 데 그 한계가 있음을 지적했다. 따라서 무력으로 조선을 식민지화하여 조선과 조선인의 자유를 침탈한 일본 제국주의자들은 자유가 무엇인지, 또 그것이 왜 인류 지고의 덕목인지 깨닫지 못한 야만인으로 규정되는 것이다. 바로 이 점에서 만해의 자유사상은 독립투쟁의 길로 연결되는 필연성을 지니게 되는 것이다. 3·1운동을 주도하고 만당卍黨을 영도하는 등, 만해 생애에 일관된 독립 투쟁은 바로 '자유를 얻기 위해서는 생명을 터럭처럼 여기는' 자유사상의 자연스런 표출인 것이다.

만해의 평등사상은 그의 자유사상과 동전의 표리와 같아서, 분리시켜 논할 수 없는 상보적 속성을 지니고 있다. 그는 평등이란 만상의 본질이며 원리이지만 현실적으로는 불평등이 있을 수 있다고 지적하면서, 만상의 근본법칙으로서의 평등을 불교사상에서 이끌어내고 있다. 세상만물은 모두 불성佛性을 지니는 데서 평등하지만 그것을 깨닫느냐 깨닫지 못하느냐에 따라서 차이가 생겨난다는 것이 바로 불교적 평등사상이다. 그의 평등 정신은 자유의 정신인 동시에, 사랑의 정신인 평화사상에 맞닿아 있다. 평화사상은 침략을 본령으로 하는 제국주의, 혹은 식민주의와 대치된다. 평화사상은 인간사회의 평등이고, 자유의 정신이 조화롭게 균형을 이루는 데서 비로소 그 이상이 실현될 수 있다. 그렇다면 평등·평화의 정신에 근본적으로 어긋나는 일제의 식민 통치에 어떻게 대응해야 하는가. 목적이 평화라면 방법 또한 평화적이어야 한다는 것이 만해의 생각이다.

자유·평화사상과 함께 민족사상도 만해 사상의 근간을 이룬다. 그는 개인은 개인 단독으로 세계 위에 존립하는 것이 아니라, 그를 둘러싼 이웃과 사회, 그리고 나아가서 민족 및 국가와 관계를 맺으면서 살아갈 수밖에 없는 존재로 파악했다.

그는 민족의 삶은 그 민족 스스로가 지키고 이끌어 나가야 하는 세계사적 당위이며, 세계의 대세로 판단했다. 그래서 민족의, 민족을 위한, 민족에 의한 역사 전개가 이루어져야 하며, 또한 조선은 독립해야 한다는 당위성을 확보했던 것이다. 이처럼 만해의 민족사상은 그것이 전통사상에 깊이 침윤된 민족주의에 뿌리를 두면서도 인류의 평등과 자유, 그리고 세계사적 필연성과 당위성에 근거하고 있다는 점에서, 논리적 객관성을 확보하는 데 성공하였다.

만해 사상이 또 다른 측면으로, 일종의 혁신사상이라 할 수 있는 진보사상이 논의될 수 있다. 이는 불교사상에서 발견되는 부정정신과 비판정신을 바탕으로 하면서 바람직한 미래를 건설하고자 하는 진취적인 미래지향의 정신을 의미한다. 앞서 언급한 〈조선불교유신론〉의 골격에 해당하는 '유신선언'이야말로 만해의 진보사상을 극명히 드러내 주는 예다. 그것은 과격한 혁명이나 급진적인 레지스탕스가 아니다. 이는 과거에 대한 무조건적인 부정이나 현실 외면이 아니라, 과거를 정직하게 바라보고 그것을 비판적으로 현재에 수용하되 창조적·건설적으로 미래에 연결시키는 데서 참된 역사발전이 이루어진다는 내용의 확고하면서도 예리한 역사의식을 근거로 한다. 이러한 역사의식에 근거한 만해의 진보사상은 당대의 불교나 사회 상황, 그리고 정신문화의 모든 면에 적용해야 할 긴절한 과제가 아닐 수 없었다. 그리고 만해가 한평생을 일관성 있게 독립운동에 정진하면서도 다양한 활동영역을 유지할 수 있었던 것도 이러한 참된 역사의식에 바탕을 둔 올바른 진보사상에 정신의 뿌리를 두고 있었기 때문인 것으로 이해된다.

만해 사상의 본령이 넓고 깊은 여러 갈래와 층위로 나뉠 수 있음은 위에서 살펴본 바와 같다. 그런데 그러한 사상이 '누구를 위한' 것이며 '누구에 의해서' 전개되느냐고 할 때, 만해는 하나의 민족이며 다른 하나는 민중이라고 답할 것이다. 물론 민족와 민중은 개인으로부터 시작되어 개인으로 회귀되는 상대성을 전제로 한다.

불교적인 정신에 바탕을 둔 민중사상은 그의 독립사상과 문학사상에도 그대로 연결된다. 즉 만해는 조선 독립이 일부 지식층이나 독립군에 의해서만이 쟁취되는 것이 아니라 전민중의 조직화·집단화와 그러한 힘이 역동화할 때 성취될 수 있으며 또 그렇게 돼야 마땅하다고 생각하였다.

이처럼 민중불교사상은 민중독립사상, 그리고 민중문학사상으로 연결됨으로써 만해 사상의 근거가 바로 '민중을 위한', '민중에 의한' '민중의' 정신에 뿌리박고 있음을 확인할 수 있게 해준다. 민중이 사는 사회가 바로 종교와 사상, 그리고 문학의 현장이며, 그것들이 민중과 함께 호흡하는 데서 생생한 의미를 획득하게 된다는 확고한 신념이 자리 잡고 있는 것이다.

〈님의 침묵〉 80주년, 부활하는 만해문학

지금까지 만해의 문학과 사상의 개요를 살펴보았다. 만해에 대한 평가는 그가 보여준 다양한 활동처럼 다각도에서 이루어져야 할 것이다.

우선 만해의 문학, 특히 시는 타고르로 대표되는 외래시의 영향을 소신 있게 받아들이며 이를 충분히 소화하고 극복하였던 것으로 이해된다. 뿐만 아니라 만해는 향가를 비롯한 여요麗謠, 조선의 한시·시조·가사는 등 전통시의 정신과 방법을 바탕으로 하면서, 외래시의 구성방법이나 스타일상의 장점을 충분히 수용하여 창조적이면서 독자적인 시세계를 확립하였다. 또한 당대 시와의 폭넓은 상관 관계 속에서 이들을 종합하고 정양正揚함으로써 전통의 창조적 계승을 성취하고 있다는 점도 소중한 것이라 하겠다. 그리고 만해 시는 전통성 못지않게 그 지향과 방법론상의 현대성을 확립하고 있다는 점에서 또한 사랑의 애절한 정서를 노래하면서도 형이상학적 깊이를 심화하고 있다는 점에서, 문학사적 위치의 중요성으로 인해 현대시의 가장 중요한 봉우리를 획득한 것으로 판단된다.

한편 만해의 사상은 기본적으로 자유·평등사상을 날줄로, 민족·민중 사상을 씨줄로 하며, 진보사상을 그 벼리로 하여 전개되는 특징을 지닌다. 자유·평등사상은 인간의 근원적 본성으로부터 우러나온 것이며, 민족·민중사상은 국가 사회 상황의 구조적 특성을 기층으로 하여 파생된다. 그리고 진보사상은 역사발전의 기본원리와 법칙으로 작용하는 데서 의미가 드러난다. 이러한 만해 사상이 특히 가치를 지니는 것은 이것들이 식민지 치하라는 근원적 모습의 시대에 배태되었으며, 그 상황하에서 실천적·논리적으로 전개됐다는 점에서 있다. 이러한 사상들이 신앙운동이면서 사회운동으로서, 참선이면서 행동으로서, 현실이면서 이상으로서 또한 실천적 투쟁이면서 체계적 논리로서 하나로 통일 되면서 전개됐다는 점은 강한 설득력을 유발할 수 있는 것이다.

　만해가 독립투쟁과 민족운동에 있어서 지도적 인물이며, 불교개혁과 종교사상에 있어 기념비적 인물이라는 점은 재삼 강조할 필요가 없을 것이다. 그러나 만해는 민족사·사상사·문학사에 있어서 공히 근대사 최대의 인물로 평가될 수 있으며, 이 점에서 만해의 사상 및 문학에 대한 체계적인 연구가 지속적으로 이루어져야 할 것임을 첨언해 둔다.

만해 한용운의 시, 그리고 소설

권영민 문학평론가 · 서울대 교수

투쟁적인 삶과 문학적인 삶

만해卍海 한용운韓龍雲이 세상에 태어난 해가 1879년이니 벌써 한 세기가 넘었다. 그는 충남 홍성의 외진 촌락에서 자라났다. 서당에서 한문을 공부했던 그는 동학에 가담하면서 어지러운 세상을 바로잡고 가난한 백성을 구해야 한다는 큰 뜻을 세웠다. 그러나 동학운동이 실패로 돌아가자 몸을 피할 수밖에 없었다. 그가 설악산 오세암에 입산한 것은 나이 스물이 훨씬 넘어서의 일이었으며, 이때부터 불가에 들어서서 불도의 기반을 닦기 시작하였다.

한용운은 일본의 세력이 확대되고 있던 1909년 일본에 건너가 새로운 문물을 두루 살피고 돌아왔으며, 침체한 불교의 혁신운동을 내세워 유명한 〈불교유신론維新論〉을 발표하기도 하였다. 그러나 경술년(1910)의 국치를 당하매, 망국의 한을 품고 만주로 떠돌다가 그 후 귀국하여서는 종교운동과 구국운동을 함께 이끌어 나갔다. 《불교 대전大典》을 펴내고 《유심唯心》《불교》 등의 잡지를 간행하면서 '조선 불교 청년 총동맹'을 조직하여 대중 불교의 실현에 앞장섰던 만해에게는 대선사의 호칭이 붙여져 있었다. 이러한 그의 불교 운동은 종교적인 측면에서만 국한되지 않고, 민족의 독립운동으로 확대되었다. 불교계를 대표하여 33인 중 하나로 3·1운동에 참가한 한용운은 만세운동의 주도적인 역할을 하다가 일경日警에게 체포되어 3년 동안 투옥되었으며, 옥중에서 〈조선 독립의 서書〉를 기초하였다. 그러나 그는 한평생을 바쳐 투쟁하며 열망했던 조국의 광복을 끝내 보지 못하고 1944년에 세상을 떠났다.

　한용운은 당대 문단과는 일정한 거리를 둔 채 한국 불교의 근대화를 위해 앞장섰던 승려였고, 민족의 독립을 위해 투쟁하였던 저항적인 지식인이었다. 그럼에도 불구하고 그의 생애 가운데에서 가장 빛나는 업적으로 남아 있는 부분의 하나가 문필 활동이라는 것은 특이한 일이다. 그는 시집 《님의 침묵》을 내놓고 많은 한시漢詩와 시조를 발표하였다. 그리고 장편소설 《흑풍》 《박명》 《후회》 등을 쓰기도 하였다. 그의 시가 지니고 있는 시 정신은 그의 투철한 역사의식과 함께 높이 평가되고 있으며, 만해 한용운의 위대성을 말해 주는 중요한 일면이 되고 있다. 그런데 여기서 우리가 주목하지 않으면 안 될 것은 한용운 문학의 위대성이 그의 인간적인 삶과 그 행적에서 기인하는 것이 아니라, 문학 그 자체에서 비롯되는 것이라는 점이다. 한용운의 생애를 조심스럽게 검토해 본 사람이라 하더라도, 그의 문학 수업이 어느 때쯤에 이루어진 것인지를 확인할 수 없다. 오랫동안 한학 수업을 받았을 뿐 정상적인 학교 교육을 통한 신학문에의 접근이 전혀 불가능했었다는 사실을 생각한다면, 《님의 침묵》과 같은 한용운의 업적은 특이한 경우에 속한다. 특히 《님의 침묵》 이전에 발표한 한용운의 논설들이 국한문을 혼용한 문체에서 벗어나지 못하고 있었던 점을 견주어 볼 때, 《님의 침묵》이 거둔 시적 성과는 한국어의 시적 성취라는 점에서 더욱 돋보일 수밖에 없다.

　한용운의 시는 일상적인 생활에 뿌리박고 있는 고유한 우리말의 자연스러움을 그대로 살려내고 있다. 그만큼 읽기 쉽고 이해하기 쉽다. 하지만, 이것은 의미의 단조로움이나 시정신의 소박함을 뜻하는 것이 아니라, 일상적인 생활 감정에 충실함을 의미한다. 생활 감정에 충실하기 때문에, 시적 정서의 공감대를 더욱 확대시킬 수 있게 되는 것이다. 자기 모국어를 순화하는 것이 시인이 맡은 궁극적인 사명 중 하나라면, 한용운은 초창기의 시단에서 바로 그러한 일을 수행했던 시인임에 틀림없다. 시인으로서 한용운의 업적은 바로 이러한 언어의 문체에서부터 더욱 새롭게 평가되어야 할 것이다.

침묵하는 님의 노래

시집 《님의 침묵》 이전에 시인으로서 만해 한용운의 이름은 문단에 존재하지 않는다. 한용운 자신이 스스로를 시인이라고 내세워 작품을 발표한 적도 별로 없다. 그는 초기 문단 형성기에 서구문학에 심취해 있던 문인들과 문학적 교류를 가졌던 일도 없다. 그렇기 때문에 《님의 침묵》의 시인 한용운의 등장은 당대 문단에서는 의외의 경우에 속하는 일이다. 당시 《동아일보》에 《님의 침묵》을 읽은 소감을 발표했던 주요한朱耀翰도 '적막하던 시단에 홀연히 출현한 한용운'을 한 사람의 불도佛徒라고 소개하고 있을 정도였다.

한용운은 이 시집을 내면서 이렇게 자신의 소감을 피력하였다.

독자여, 나는 시인으로 여러분의 앞에 보이는 것을 부끄러워합니다. 여러분이 나의 시를 읽을 때 나를 슬퍼하고 스스로 슬퍼할 줄을 압니다. 나는 나의 시를 독자의 자손에게까지 읽히고 싶은 마음은 없습니다. 그때에는 나의 시를 읽는 것이, 늦은 봄의 꽃 수풀에 앉아서 마른 국화를 비벼서 코에 대는 것과 같을지 모르겠습니다.

한용운이 시집 《님의 침묵》의 후기에서 밝힌 망설임과 부끄러움의 진정한 뜻을 당대의 독자들이 어떻게 받아들였는지는 알 수 없다. 시집 《님의 침묵》이 당시 문단에 파문을 던진 것은 사실이지만, 문학적 논의의 대상이 되지는 못했던 것 같다. 그의 시에 대한 논의는 해방 이후 1960년대에 들어서면서 본격화되었다. "나의 시를 독자의 자손에게까지 읽히고 싶은 마음이 없다"고 말했던 만해의 뜻과는 달리, 《님의 침묵》은 간행된 후 한 세대가 지난 다음에야 새롭게 읽혀지기 시작했던 것이다. 그 시대의 독자들에게는 당연히 매서운 서릿발 아래 피어 있는 '국화꽃'으로 보였어야 할 만해의 시는 오히려 지금에 이르러서야 그 고결한 정신이 조금씩이나마 이해되고 있다. 우리가 서 있는 '지금 여기'도 분명 '늦은 봄 꽃 수풀'이 아니라는 사실을 생각한다면, 우리가 언제까지나 '침묵하는 님'을 노래한 한용운의 시를 더듬어야 할 것인지 짐작하기조차 어려운 일이다.

한용운은 그의 시를 통해 님을 노래하고 있다. 그의 시적 관심은 모두 님이라는 존재에 집중되고 있으며, 시를 통해 님의 존재에 대한 인식을 구체적으로 형상화시켜 놓고 있다. 그는 "기룬 것은 모두 님"이며 "내가 사랑할 뿐만 아니라 나를 사랑하는" 존재가 바로 님이라고 말하고 있다. 그러나 님은 시적 자아와 함께 현실에 존재하는 대상이 아니다. 님은 이미 현실을 떠나가 버렸기 때문에, 시인은 떠나버린 님, 지금은 현실에 존재하지 않는 님을 노래하고 있다. 한용운은 님이 가버린 상태를 "사랑의 이별"이라고 말한다. 그리고 "당신과 나의 거리가 멀면 사랑의 양이 많고"라는 역설의 표현을 통해 님에 대한 사랑의 의미를 강조하기도 한다. 특히 "이별은 미美의 창조"라고 말함으로써, 사랑의 아름다움이 서로 멀리 떨어져 있는 가운데에서 더욱 진실하게 드러날 수 있음을 나타내고 있다. 한용운이 노래하고 있는 이와 같은 님의 존재 방식은 당대의 상황과 연관되어 식민지 시대의 비극적인 역사와 빗대어지기도 하며, 형이상학적이고 종교적 의미로 이해되기도 하였다.

님은 갔습니다. 아아 사랑하는 나의 님은 갔습니다.

푸른 산빛을 깨치고 단풍나무 숲을 향하여 난 작은 길을 걸어서 차마 떨치고 갔습니다.

황금黃金의 꽃같이 굳고 빛나던 옛 맹서盟誓는 차디찬 티끌이 되어서 한숨의 미풍微風에 날아갔습니다.

날카로운 첫 '키스'의 추억追憶은 나의 운명運命의 지침指針을 돌려놓고 뒷걸음쳐서 사라졌습니다.

나는 향기로운 님의 말소리에 귀먹고, 꽃다운 님의 얼굴에 눈멀었습니다.

사랑도 사람의 일이라, 만날 때에 미리 떠날 것을 염려하고 경계하지 아니한 것은 아니지만, 이별은 뜻밖의 일이 되고 놀란 가슴은 새로운 슬픔에 터집니다.

그러나 이별을 쓸데없는 눈물의 원천源泉을 만들고 마는 것은, 스스로 사랑을 깨치는 것인 줄 아는 까닭에, 걷잡을 수 없는 슬픔의 힘을 옮겨서 새 희망希望의 정수박이에 들어부었습니다.

우리는 만날 때에 떠날 것을 염려하는 것과 같이 떠날 때에 다시 만날 것을 믿습니다.

아아, 님은 갔지만은 나는 님을 보내지 아니하였습니다.

제 곡조를 못 이기는 사랑의 노래는 님의 침묵沈默을 휩싸고 돕니다.

—〈님의 침묵〉 전문

한용운의 시에서 님의 존재는 침묵이라는 말을 통해 역설적으로 제시되고 있다. 그는 님이 떠난 현실을 그대로 사실로 받아들이고 있다. 객관적인 현실을 인정하고 있다는 뜻이다. 님은 떠나갔고, 그렇기 때문에 님이 부재하는 현실은 비극적인 공간이 될 수밖에 없다. 그러나, 한용운은 대상으로서의 님의 존재를 부재의 비극적 공간에서 끌어내고, 오히려 그 존재의 당위성을 부여하고 있다. "님은 갔지마는 나는 님을 보내지 아니하였"다는 시적 진술에서처럼, 시적 자아는 대상으로서의 님을 떠나지 않고 있다. 님과 시적 자아가 둘이 아니라 하나이기 때문이다. 바로 여기서 시적 주체로서의 나와 시적 대상으로서의 님의 분리와 통합이 역설적으로 드러나는 것이다.

한용운의 시는 비탄과 정한의 노래는 아니다. 한용운은 님이 떠나버린 슬픔은 말하면서도, 그 슬픔을 극복하기 위해 님에 대한 새로운 기대와 신념을 강조하고 있다. 비극의 현실 속에 빠져 있는 개인의 정서적 파탄을 그리지 않고, 오히려 존재의 본질과 새로운 삶의 전망을 노래하고 있다. 그러므로 한용운의 시는 의지적이며 강렬한 어조가 돋보인다. 이러한 특징은 한용운 자신의 혁명적 기질과도 깊은 관계가 있을 것이지만, 역사의식의 투철성을 말해 주는 것이라는 점도 간과할 수 없을 것이다.

당신이 가신 뒤로 나는 당신을 잊을 수가 없습니다.
까닭은 당신을 위하느니보다 나를 위함이 많습니다.

나는 갈고 심을 땅이 없으므로 추수秋收가 없습니다.
저녁거리가 없어서 조나 감자를 꾸러 이웃집에 갔더니 주인主人은 '거지는 인격人格이 없다. 인격이 없는 사람은 생명生命이 없다. 너를 도와주는 것은 죄악罪惡이다'고 말하였습니다.
그 말을 듣고 돌아 나올 때에 쏟아지는 눈물 속에서 당신을 보았습니다.

나는 집도 없고 다른 까닭을 겸하여 민적民籍이 없습니다.
'민적民籍 없는 자者는 인권人權이 없다. 인권人權이 없는 너에게 무슨 정조貞操냐' 하고 능욕凌辱하려는 장군將軍이 있었습니다.
그를 항거抗拒한 뒤에 남에게 대한 격분激憤이 스스로의 슬픔으로 화化

하는 찰나刹那에 당신을 보았습니다.

아아, 온갖 윤리倫理, 도덕道德, 법률法律은 칼과 황금黃金을 제사 지내는 연기烟氣인 줄을 알았습니다.

영원永遠의 사랑을 받을까, 인간역사人間歷史의 첫 페이지에 잉크칠을 할까, 술을 마실까 망설일 때에 당신을 보았습니다.

—〈당신을 보았습니다〉전문

님에 대한 갈망은 시인 한용운의 사상과 행동과 예술을 사랑이라는 결정체로 만들어놓고 있다. 고통과 시련의 시대에 대항하여 떳떳하게 자기를 세우고 자기 의지를 말하고 있는 한용운의 시에는 언제나 사랑의 참뜻이 담겨 있는 것이다. 증오해야 할 대상에 대하여 비판하면서도, 한용운은 사랑의 의미를 강조하고 있다. 강압적인 침략에 의해 모든 것을 약탈당했음에도 불구하고, 한용운은 평등을 내세우고 분노를 감정적으로 표출하지 않고 있다.

한용운의 시는 가버린 님을 노래하고 있으나, 이별의 슬픔을 노래하는 것이 아니라 기다림의 초조함을 노래한다. 시적 대상에 대한 간절한 기원이 그 속에 깃들어 있다.

오셔요, 당신은 오실 때가 되었어요. 어서 오셔요.

당신은 당신의 오실 때가 언제인지 아십니까. 당신의 오실 때는 나의 기다리는 때입니다.

당신의 나의 꽃밭으로 오셔요. 나의 꽃밭에는 꽃들이 피어 있습니다.

만일 당신을 쫓아오는 사람이 있으면 당신은 꽃 속으로 들어가서 숨으십시오.

나는 나비가 되어서 당신 숨은 꽃 위에 가서 앉겠습니다.

그러면 쫓아오는 사람이 당신을 찾을 수는 없습니다.

오셔요, 당신은 오실 때가 되었습니다. 어서 오셔요.

당신은 나의 품으로 오셔요. 나의 품에는 보드라운 가슴이 있습니다.

만일 당신을 쫓아오는 사람이 있으면 당신은 머리를 숙여서 나의 가슴에 대십시오.

나의 가슴은 당신이 만질 때에는 물같이 보드랍지만 당신의 위험危險을 위하여는 황금黃金의 칼도 되고 강철鋼鐵의 방패도 됩니다.

나의 가슴은 말굽에 밟힌 낙화落花가 될지언정 당신의 머리가 나의 가슴에서 떨어질 수는 없습니다.

그러면 쫓아오는 사람이 당신에게 손을 댈 수는 없습니다.

오셔요, 당신은 오실 때가 되었습니다. 어서 오셔요.

당신은 나의 죽음 속으로 오셔요. 죽음은 당신을 위하여의 준비準備가 언제든지 되어 있습니다.

만일 당신을 쫓아오는 사람이 있으면 당신은 나의 죽음의 뒤에 서십시오.

죽음은 허무虛無와 만능萬能이 하나입니다.

죽음의 사랑은 무한無限인 동시에 무궁無窮입니다.

죽음의 앞에는 군함軍艦과 포대砲臺가 티끌이 됩니다.

죽음의 앞에는 강자强者와 약자弱者가 벗이 됩니다.

그러면 쫓아오는 사람이 당신을 잡을 수는 없습니다.

오셔요, 당신은 오실 때가 되었습니다. 어서 오셔요.

—〈오셔요〉 전문

한용운의 시의 정신은 역사에 대한 믿음을 기초로 하고 있다. 그가 삶에 대한 정직성을 지키고, 악에 항거하고, 민족과 국가를 위해 투쟁했던 행동적 실천가였음을 생각한다면, 그러한 의지를 시적으로 구현하면서 가장 서정적인 어조를 활용하고 있다는 점도 높이 평가해야 할 일이다. 한용운의 시적 언어가 획득하고 있는 일상적 경험의 진실성은 저항적 시정신의 형상을 위해서도 반드시 전제되어야 할 것임은 물론이다.

멜로 드라마적 소설과 도덕적 상상력

한용운에게 있어서 소설이라는 것은 무슨 의미가 있을까? 이 질문은 만해 문학의 성격을 이해하는 데에 있어서 매우 본질적인 의문을 제기한다. 한용운은 시인이지만 시인만은 아니며, 소설을 썼지만 소설가만은 아니다. 한용운이 발표한 소설은 《흑풍黑風》(《조선일보》, 1935. 4. 9~1936. 2. 4)과 《박명薄命》(《조선일보》, 1938. 5. 18~1939. 3. 12) 두 편이 있다. 그러나 이미 1924년경에 탈고한 채 발표하지 않은 《죽음》이라든지 미완성의 《후회後悔》(《조선중앙일보》, 1936), 《철혈미인鐵血美人》(《불교》, 1937) 등을 들어본다면, 만해 자신이 소설의 양식에 상당한 관심을 가지고 있었음을 알 수 있다.

한용운이 소설 창작에 집중적인 관심을 보인 1930년대 후반은 일본이 군국주의적인 체제를 강화하면서 '동화의 논리'를 내세워 한국 민족의 말살을 기도했던 시련과 고통의 시대이다. 일본은 만주사변(1931), 중일전쟁(1937), 태평양전쟁(1941)으로 이어지는 군국주의의 확대 과정에서 내선 일체론이라는 새로운 지배이념을 내세우고, 한국에 대한 식민지 정책을 전환한 바 있다. 이와 같은 일본의 지배 정책의 변화는 1930년대 후반의 한국문학에 커다란 영향을 미쳤다. 일본은 한국문학에 대한 사상적 탄압을 강화하고 1935년 조선프롤레타리아 예술동맹을 강제로 해체시킨다. 카프의 강제 해체는 문예의 영역에서 정치 사회적 이념과 사상을 제거시키기 위한 사상 탄압의 대표적인 예라고 할 것이다. 한국인의 사상운동에 대한 일본의 탄압은 '수양 동우회 사건' (1937)을 계기로 하여 이광수 등의 부르주아 작가들에게도 가해진다. 일본은 이 단체의 민족주의적 성향을 문제 삼아 여기에 가담한 인사들을 대부분 구속하게 된다. '수양 동우회 사건'과 함께 한국 사회에서는 문학과 예술을 통해 추구해 온 민족과 역사, 계급과 현실에 관한 이념과 사상이 모두 강제로 제거되고 있다.

1930년대 중반 이후부터 한국문학은 이러한 사상 탄압으로 인하여 표면적으로는 집단적 이념적인 성향을 드러내지 못하게 된다. 이 시기의 한국문학이 보여주는 예술주의적 경향은 사상의 탄압에서 비롯된 문학정신의 위축과 깊은 관계가 있다. 한용운의 소설은 바로 이 같은 문제의 시대에 등장한다. 물론 한용운의 경우에도 이 같은 외압을 면하기 어려웠던 것이 사실이다. 예컨대, 《흑풍》 같은 작품을 보면 그 이야기의 무대를 청나라로 정해야 했고, 시대의 모순에 대한 중국의 젊은이들의 반발을 혁명이라는 이름으로 포장해야 했던 것이다. 소설 《박명》의 경우에는 극한적인 상황 속에서도 변함이 없는 인간의 도덕적 본질을 제시함으로써 현실의 문제성을 포괄하고자 한다. 한용운은 소설이라는 것을 인간 존재의 본질을 드러내는 것으로 이해함으로써, 삶의 현실적인 조건을 넘어서는 곳에 자신의 소설이 자리하게 한다.

한용운의 소설은 인간 존재의 가치 문제를 떠나서는 이해하기 어려운 것이다. 그의 소설이 당대의 비평적 관심에서 제외되어 있었던 것은 그의 소설의 성격에 대한 비평적 몰이해와 관련되는 것으로 생각할 수 있다. 물론 한용운이 당대의 문단과 일정한 거리를 두고 소원했다는 점도 지적할수 있지만, 반대로 당대의 비평적 논리를 대변하고 있던 사실주의 미학이나 모더니즘적 방식이 모두 한용운의 소설을 이해하는 데에 적절하지 못했던 것임을 알아야만 한다. 만해의 소설은 삶의 전체성을 지향하거나 반영의 충실성을 의도하는 것과도 거리가 멀고, 개인의 내면과 왜곡된 현실의 아이러니를 추구하는 방법과도 일정한 거리를 둔다. 한용운의 소설은 당대적인 현실의 디테일을 기술하는 것이 아니라 진실하면서도 강렬한 인간의 감정 또는 인간 정신의 어떤 정수를 포착하는 것이었다고 할 수 있다. 이것은 삶을 바라보는 서사적인 원리에 의한 것이라기보다는 오히려 시적인 자세에 가까운 것이라고 할 수 있다.

한용운의 소설들은 그 내용과 주제가 서로 다르다. 우선 첫번째의 소설 《죽음》을 보면 그 내용에서 두드러지게 드러나고 있는 것은 남녀간의 사랑을 둘러싼 폭력과 살인과 보복과 자살이다. 그리고 소설 《흑풍》의 경우에도 이야기 속에 등장하는 인물들의 극한적인 행동과 사건의 우연성이 두드러지게 나타난다. 혁명이 가지는 절대적인 가치를 위해 개인적인 모든 것을 희생하도록 강요한다. 이 작품에서 그려내는 혁명을 위한 준비 과정은 혁명이라는 것이 갖는 냉엄성과 연관되어 있다. 특히 혁명은 열정에 의해서가 아니라 단호한 결단에 의해 가능하다는 것을 말해준다. 소설 《박명》에서는 인간의 삶에서 흔히 문제가 되는 은혜와 배반의 논리가 참된 것과 거짓된 것 사이에서 극한적인 대립관계로 구체화된다.

한용운의 소설에는 두 가지의 인간형이 등장한다. 하나는 긍정적인 인물이고, 다른 하나는 부정적인 인물이다. 그리고 이러한 등장인물의 행위와 성격은 모두 어김없이 선과 악의 대결이라는 이분법적인 도식 위에 자리한다. 등장인물들은 개성적으로 개별화되는 것이 아니라 인간 본성의 전형적인 일면을 반영하기 때문에 알레고리적이다. 그러므로 인물의 도덕적 위상이 어느 무엇보다 우선한다. 이러한 인물들은 사회적 관계의 특수성이 별로 중시되지 않는다. 모든 인물들은 그들이 위치하고 있는 사회적인 기반이나 계급적 요건에 의해 좌우되는 법이 없고, 자기 내면에 자리하고 있는 윤리적 가치를 중심으로 그 정서적 갈등을 극대화하는 데에 초점을 맞추고 있다.

한용운의 소설은 극한적인 대립적 모티프의 결합에 따른 구성의 우연성과 사건의 비약으로 인하여 실재성에 대한 설득력을 발휘하지 못한다는 공통점을 지닌다. 특히 인물의 성격 묘사에 있어서도 악에 대한 응징을 강조하면서 원수를 갚기 위해 죽음을 불사하는 극한적인 행동으로 대응한다든가 아니면 인간의 인내력을 넘어서는 순종적인 자세를 과장적으로 보여주기도 한다. 그러므로 그의 소설은 모두가 궁극적으로는 선과 악의 문제로 귀결되고 있으며, 이 도덕적인 가치 규범을 극단적인 행동으로 구체화시켜 놓은 것이라고 할 수 있다. 그가 도덕적 가치 규범의 절대성을 강조하면 할수록 소설에서 드러나는 행동은 과장되고 개연성의 논리를 벗어나게 되는 것이다. 이러한 성격화 방식은 개성의 발견이라는 근대소설의 개념과는 거리가 멀다. 오히려 모든 인물들의 성격이 인간적인 품성의 어떤 특성으로 귀착되는 것이 문제가 된다.

이 같은 이유로 인하여 한용운의 소설은 실패한 것으로 평가되는 것이 보통이다. 한용운의 소설이 실패하였다는 것은 무엇을 의미하는가? 이러한 질문은 소설이라는 문학 양식이 한용운에게 있어서 어떤 것인가를 되묻는 것과 다를 바가 없다. 한용운 자신은 그의 첫 연재소설인 《흑풍》의 발표에 즈음하여 자기 자신이 '소설을 쓸 소질이 있는 사람도 아니요, 또 소설가가 되고 싶어 애쓰는 사람도 아님'을 강조하고 있다. 그러나 그는 자신이 한번 알리고 싶었던 이야기를 소설을 통해 알릴 수 있게 된 것을 다행으로 여기고 있음도 밝히고 있다. 한용운이 알리고 싶었던 이야기가 무엇이었는가를 여기서 다시 따지는 일은 별로 중요하지 않다. 오히려 한용운이 바로 어떤 의도에 근거하여 소설을 쓰고자 하였다는 사실 자체가 문제가 된다. 이 의도의 문제는 한용운 소설이 보여주는 과장적인 수사와 기법 등에 관련되기 때문이다.

한용운의 소설이 근대소설의 이론적인 틀에서 벗어나 있는 것은 수준의 문제가 아니라 기법의 문제에 해당한다. 그의 소설은 이른바 멜로 드라마적인 구성을 중시하고 있기 때문이다. 그는 이미 앞에서도 검토한 바 있듯이, 문학의 목적이 현실을 있는 그대로 보여주는 데에 있다고 생각하지 않는다. 오히려 그는 그렇게 되어야만 하는 현실을 보여주고자 하는 것이 중요하다고 생각한다. 그의 문학적 태도는 한편으로는 감상적이면서도 도덕적이고 교훈적이다. 바로 이러한 태도에서 비롯된 것이 멜로 드라마 적 구성법이다.

원래 멜로 드라마라는 이야기의 형식은 서구의 경우 18세기에 처음 발 생했다. 멜로 드라마에는 특수한 어떤 서사 논리나 원칙 같은 것이 존재하 지 않는다. 오히려 다양한 이야기의 형식 속에서 나타나는 미학적인 표현 양식이 중시된다. 그러므로 멜로 드라마는 강렬한 주정주의의 성향을 드 러낸다. 이것은 서사의 기본 원리와도 어긋나는 것이지만 인간 심성에 근 거한 본질적인 주제를 형상화하기 위해서는 피할 수 없는 현상이다. 멜로 드라마에서 가장 두드러진 특징은 성격과 행위의 극단성이다. 구성의 원 리와 상관없는 행위의 극단적인 배치는 멜로 드라마적이라는 관형어의 대표적인 표시이다. 인물의 성격의 경우에도 도덕적인 양극화 현상에서 나타나는 선에 대한 악의 박해와 선에 대한 최후의 보상이 강조된다. 그러 므로 개인의 내면 성격이라든지 인간관계의 사회적인 양상이라든지 하는 문제가 개입될 여지가 별로 없다. 도덕적 정신적 절대성만을 강조하는 것 이기 때문에 멜로 드라마에는 극단적인 수사학과 과장적 표현이 자주 등 장하는 것이다.

한용운의 소설이 멜로 드라마적인 구성을 통해 구현하고자 한 것은 인 간 심성의 본질이다. 한용운 자신은 자신의 소설에 대해 '오직 나로서 평 소부터 여러분께 대하여 한번 알리었으면 하던 그것을 알리게 된 것'(《흑 풍》, 작자의 말, 《조선일보》, 1935. 4. 8)을 강조하였고, '결코 그 여성을 옛날 열녀 관념으로써 그리려는 것이 아니고 다만 한 사람의 인간이 다른 한 사람을 위해서 처음에 먹었던 마음을 끝까지 변하지 않고 완전히 자기 를 포기하면서 남을 섬긴다는, 이 고귀하고 거룩한 심정을 그려보려는 것'(《박명》, 작자의 말, 《조선일보》, 1938. 5. 10)이라고 말하기도 한다. 실제로 이 같은 작가의 말을 참고하지 않더라도 한용운의 소설은 모두 인간의 본질에 대한 해명을 의도하고 있다고 할 수 있다. 그의 소설에서 인간관계는 사회적 계급의 대립이나 이념적 갈등으로 구체화한다 하더라도, 도덕적 논리에 해당하는 선과 악이라는 구분이 명확하게 적용된다. 경제적인 착취 구조를 보여주는 경우에도 그것은 계급 논리가 아니라 인간의 부도덕과 비윤리성을 말해주는 악행으로 설정된다. 그러므로 한용운의 소설이 현실 사회에 대한 사실적인 접근이나 보고가 되기에는 분명 부적절하다.

한용운의 소설은 멜로 드라마의 구성 방식을 활용하여 인간 정신의 본질적인 가치를 구현하고자 한다. 한용운 자신이 지니고 있는 도덕적 상상력이 여기서 함께 작용한다. 그러므로 그의 소설의 사회문화적 · 윤리적 관심이 다른 곳에 놓여 있다는 것은 분명하다. 그의 소설은 신성성이 부재하는 상황에서 정신적인 것의 의미를 극화하려는 기획으로 볼 수 있다. 그의 소설은 현실세계에 초월이라는 것이 부재한다는 사실 자체를 받아들이기를 거부하고 오히려 신성한 것을 인간적인 차원으로 이전한다. 개별적인 인물에게 도덕적인 절대성을 표현하도록 요구하고 있기 때문이다. 그의 소설에서 자살이라든지 복수라든지 하는 극단적인 행위가 자주 등장하는 것은 이와 관련된다. 그는 현존하는 현실로서의 삶보다는 그가 대망하는 약속으로서의 미래에 관심을 두고 있다. 이러한 태도는 현실에 대한 객관적인 사실적 접근을 요구하는 근대소설의 논리와 어긋난다. 한용운은 소설 속에서 자기 인식이라는 문제의 중요성을 제기하면서 현실 인식의 가능성을 크게 열어놓지 않는다. 그러므로 그의 소설의 주인공들은 주관성의 좁은 한계에 갇혀 있기 때문에 자기 밖으로 나올 수가 없다. 소설의 주인공이 하나의 사회에 속해 있으면서 그 사회에 대항하여 싸워야 하는 존재라는 점을 생각한다면 그의 소설은 자기와의 싸움에 더 큰 의미가 부여되고 있음을 알 수 있다. 바로 이것이 그의 소설이 시의 경우와 다른 점이라고 할 수 있을 것이다.

삶의 가치로서의 예술

한용운이 가지고 있던 문학과 예술에 대한 관심을 이해할 수 있는 하나의 단서를 제공하는 일화 하나를 소개하는 것으로 이 글을 마치기로 한다. 한용운이 성북동의 자택 심우장尋牛莊에 기거하고 있을 때였다. 한용운은 《조선일보》에 장편소설 《흑풍》을 연재한 후에 잇달아 《후회後悔》라는 소설을 《조선중앙일보》에 연재하면서 세인의 관심을 끌어 모으고 있었다. 당시 종합잡지 《삼천리》의 한 기자가 만해를 찾아갔다. 잡지에 기획물로 연재하고 있던 《당대 처사處士 방문기》라는 기사에 한용운의 근황을 소개하기 위해서였다. 담당 기자는, 불승의 몸으로 민족 운동의 지도자가 되었고 신문예에도 널리 통하고 있는 한용운에게 문예에 대하여 어떻게 생각하고 있는가를 물었다. 참선을 하고 있던 한용운은 이렇게 대답했다.

예술이란 인생의 한 사치품이지요. 오락이라고밖에 안 보지요. 요사이에 와서는 예술을 이지理智 방면으로 끌어가며 그렇게 해석하려는 사람들도 있지만, 감정을 토대로 한 예술이 이지에 사로잡히는 날이면 그것은 벌써 예술성을 잃었다고 하겠지요. 그리고 또 근자에 이르러 너무나 감정이 극단으로 흐르는 예술은 오히려 우리 인간 전체에 비겁과 유약柔弱을 가져오는 것이나 아닌가 하고 우려까지 하지요. 예를 들면, 우리의 생활에 있어서 기름이나 고추나 깨는 없어도 생활할 수 있어도 쌀과 불과 나무가 없으면 도저히 생활할 수 없는 것과 마찬가지로, 예술이 없어도 최저한의 인간 생활은 이룰 수가 있겠지요. 그러나 좀 더 맛있게 먹자면 고추와 깨와 기름이 필요없다고는 할 수 없겠지요. 어떤 사람은 항의하리다마는 나는 이렇게 예술을 보니까요.

298

잡지 《삼천리》의 기자가 적은 한용운의 말 가운데에서 우리는 감성과 이지 어느 쪽에도 기울어져서는 안 된다는 예술의 중용中庸을 눈치 챌 수 있다. 예술이 이지에 빠지면 예술성을 잃게 된다는 말이 관념에 빠져 드는 것을 경계한 것이라면, 예술이 감정의 극단에 이를 때 인간을 비겁과 유약으로 몰아간다고 한 것은 감정에의 지나친 탐닉을 또한 경계한 것이라고 할 수 있다.

한용운은 인간이 먹고 살기 위해 필요한 최소한의 요건으로서 쌀과 불과 나무를 들고 있다. 생존의 문제만을 생각한다면 이러한 삶의 최소한의 요건만으로도 인간은 살아나갈 수 있다. 하지만 인간의 삶은 보다 높은 인간 존재의 가치를 필요로 한다. 먹고 살기 위해서가 아니라 좀 더 인간다운 존재로서 살기 위해, 먹고 사는 것 이외의 것을 요구하는 것이다. 한용운은 맛있게 음식을 먹기 위해 거기에 첨가하는 기름, 고추, 깨와 같은 양념이 필요하다고 비유적인 표현을 쓰고 있지만, 바로 여기에 예술의 필요성이 제시되고 있다. 한용운은 비유적인 표현을 통해 문화니 예술이니 하는 것의 참다운 의미와 가치를 제대로 설명하고 있는 셈이다.

한용운의 말 그대로, 1930년대 일제 식민지 지배 아래에서 우리 민족이 '쌀과 나무' 조차도 구하기 어려운 삶을 누렸던 것을 생각한다면, '기름이나 고추나 깨' 와 같은 것은 없어도 살아갈 수 있는 사치품들이었다고 할 수도 있을 것이다. 그러나 최소한의 삶을 꾸려가면서 최대한의 인간으로 존재할 수 있기 위해서 먹고 사는 것에만 매달릴 수 없다는 것은 당연한 논리라고 할 것이다.

작가 · 작품 연보

1879년	충남 홍성군 결성면 성곡리 491번지에서 한응준의 차남으로 출생. 본관은 청주, 자는 정옥貞玉, 속명은 유천裕天. 어머니는 온양 방씨方氏.
1884년	고향의 서당에서 한학을 익힘. 《통감通鑑》《서경기삼주》를 통달함.
1892년	고향에서 천안 전씨全氏와 결혼.
1897년	동학농민운동에 참여하였으나 실패하자 설악산 오세암으로 출분出奔.
1904년	시베리아, 만주를 주유하다가 고향으로 돌아가 수개월간 머묾. 맏아들 보국 출생.
1905년	설악산 백담사에서 김연곡金蓮谷 선사禪師를 만나 중이 됨. 법명 용운龍雲, 법호 만해卍海.
1908년	5~10월 일본의 동경 등을 돌아다니며 일본 불교계의 현실과 신문물을 시찰한 후 12월 서울에서 경성명진측량강습소 개설.
1909년	금강산 표훈사 불교강사로 취임.
1910년	9월 백담사에서 《조선불교유신론朝鮮佛敎維薪論》 탈고.
1911년	만주 등지를 주유하며 동북아 정세를 살핌. 조선임제종 관장에 취임
1912년	《불교대전》을 편찬을 통한 경전의 대중화 도모.
1913년	불교강연회 총재로 취임. 박한영, 장금봉 등과 불교종무원을 창설. 5월 불교서관佛敎書館에서 《조선불교유신론》 발행.
1914년	조선불교회 회장으로 취임. 4월 범어사에서 《불교대전》 발행.
1915년	이 해부터 1916년까지 영호남 지방을 순례하며 대강연회를

	개최. 조선선종 중앙포교당 포교사로 취임.
1917년	9월 신문관에서 《정선강의 채근담精選講義菜根譚》 발행. 12월 오세암에서 좌선하던 중 바람에 물건이 떨어지는 소리를 듣고 문득 깨달음을 얻어 한시 〈오도송悟道頌〉 남김.
1918년	9월 불교 월간지 《유심惟心》 창간(전 3권을 발행하고 중단됨). 시 〈처음에 씀〉〈심心〉, 논문 〈조선朝鮮 청년靑年과 수양修養〉〈고통苦痛과 쾌락快樂〉〈전로前路를 택擇하여 진進하라〉〈학생學生의 위생적衛生的 하기夏期 자수성自修性〉, 수필 〈고학생苦學生〉, 번역 〈생生의 실현實現〉, 격언집 〈수양총화修養叢話〉(이상 《유심》 창간호, 9월) 발표. 시 〈일경초一莖草의 생명生命〉, 〈마魔는 자조물自造物이다〉(이상 《유심》 10월) 발표. 논문 〈자아自我를 해탈解脫하라〉〈천연遷延의 해害〉〈훼예毀譽〉, 수필 〈무용無用의 노심勞心〉〈전가前家의 오동梧桐〉(이상 《유심》12월) 발표.
1919년	3·1운동 주도. 최남선이 작성한 〈독립선언서〉의 자구를 수정하고 공약 삼장을 추가함. 민족대표 33인을 대표하여 독립 선언 연설을 하는 등 앞장서 활약함. 거사 후 일본경찰에게 체포됨. 7월 서대문 형무소에서 일본 검사의 심문에 대한 답변으로 〈조선독립에 대한 감상의 개요〉(《독립신문》, 7월 10일)를 기초하여 제출.
1920년	3년 형을 받고 투옥되었으나 가을, 감형되어 출옥.
1922년	법보회 발기. 5월 출감 후 처음으로 기독교청년회관에서 학생회의 주최로 '철창철학'이라는 연제의 연설을 함. 10월 조선학생회 주최로 천도교 회관에서 〈육바라밀〉이라는 연재로 독립사상에 대한 강연을 함. 시 〈무궁화 심고자〉(《개벽》 9월), 잡조雜俎 〈안창남 고국방문기행〉(잡조·《동아일보》, 12월 6일) 발표.

1923년	2월 조선물산장려운동 적극 지원. 논문 〈조선급조선인朝鮮及朝鮮人의 번민煩悶〉(《동아일보》, 1월 9일), 논문 〈현 제도를 타파하라〉(《동명》 1월) 발표.
1924년	10월 조선불교청년회 총재로 취임. 장편소설 《죽음》 탈고하였으나 발표하지 않음. 논문 〈내가 믿는 불교〉(《개벽》 3월) 발표.
1925년	6월 《십현담주해十玄談註解》를, 8월 《님의 침묵》을 탈고함. 논설 〈혼탁한 사상계의 선후책〉(《동아일보》, 1월 1일), 논설 〈사회운동과 민족운동〉(논설·《동아일보》, 1월 2일) 발표.
1926년	5월 법보회에서 《십현담주해》를, 회동서관에서 《님의 침묵》을 발간. 논설 〈가갸날에 대하여〉(《동아일보》, 12월 7일) 발표.
1927년	1월 신간회 발기. 5월 신간회 중앙집행위원 겸 경성지회장 선임. 조선불교청년회의 체제를 개편하여 조선불교총동맹으로 개칭하는 등 불교의 대중화에 노력. 수필 〈여성의 자각〉(《동아일보》, 7월 3일), 회고담 〈죽었다가 다시 살아난 이야기〉(《별건곤別乾坤》 8월), 수필 〈내가 생각하는 통쾌이삼痛快二三〉(《별건곤》 8월) 발표.
1928년	건봉사에서 《건봉사 및 건봉사 말사 사적》 편찬. 잡조 〈질소·간결〉(《별건곤》 12월 1일), 시조 〈성불과 왕생〉(《회광》 창간호, 12월 28일) 발표.
1929년	조병옥·김병로·송진우·이인·이원혁·이관용·서정희 등과 광주학생의거를 전국적으로 확대시키고 민중대회 개최.수필 〈천하명기 황진이〉(《별건곤》 1월), 논설 〈조선청년에게〉(《조선일보》 1월), 수필 〈인격을 존중하라〉(《일광》 창간호, 3월), 논문 〈작은 일부터〉(《근우》 창간호, 5월), 논설 〈전문지식을 갖추자〉(《별건곤》 6월), 한시 〈문침성 외 8도〉(《삼천리》 창간호, 6월), 기행문 〈명사십리〉(《조선일보》 8월 14~24일) 발표.

1930년	비밀결사단체 '만당卍黨' 조직. 논문 〈농민운동에 대한 신년 소감〉(《조선농민》1월), 논문 〈신간회 해소운동〉(《삼천리三千里》2월), 회고담 〈나는 왜 중僧이 되었나〉(《삼천리》5월), 논문 〈농업의 신성화〉(《농민》5월), 잡조 〈만유萬有가 불성佛性으로 돌아간다〉(《삼천리》6월), 잡조 〈침착성과 지구성 있는 청년을〉(《대중공론大衆公論》6월), 회고담 〈남모르는 나의 아들〉, 잡조 〈만10주년 기념축사〉(이상 《별건곤》7월), 잡조 〈유림계에 대한 희망〉(《인도》10월) 등 발표.
1931년	《불교》인수 후 속간. 논문 〈민중불교건설은 포교법에 있다〉(《매일신보》1월 31일), 논문 〈협동기관조직大協同機關組織의 필요와 가능 여하〉(《혜성》창간호, 3월), 시 〈권두언〉(《불교》제6월), 논설 〈불교청년 총동맹에 대하여〉, 잡조 〈만화〉(《불교》이상 8월), 논설 〈재만在滿·재일在日동포의 결혼문제〉(《삼천리》9월), 시 〈권두언〉, 논설 〈정·교를 분립하라〉〈인도 불교운동의 편신片信〉〈국보적 한글 경판의 발견 경로〉, 잡조 〈만화〉(이상 《불교》9월), 시 〈권두언〉, 논문 〈중국불교의 현상〉〈조선불교의 개혁안〉〈불교개신에 대하여〉(이상 《불교》10월), 잡조 〈문갈등 聞葛藤〉, 시 〈권두언〉, 논문 〈타이의 불교〉, 잡조 〈문갈등〉(이상 《불교》11월), 시 〈권두언〉, 논문 〈우주의 인과율〉〈중국혁명과 종교의 수난〉(이상·《불교》12월), 잡조 〈겨울밤 나의 생활〉(《혜성》12월) 등 발표.
1932년	조선불교 대표인물 투표에서 최고득점으로 압도적인 지지를 받음(한용운 422표, 방한암 18표, 박한영 13표, 김태흡 8표, 이혼성 6표, 백용성 4표, 송종헌 3표, 백성욱 3표, 이하 생략). 이 같은 결과가 3월 《불교》에 발표됨. 시 〈권두언〉, 논문 〈사법개정에 대하여〉〈원숭이와 불교〉(이상 《불교》1월), 논설 〈표현 단체 건설여부〉(《조선일보》1월 3일), 수필 〈평생 못 잊을

상처〉(《조선일보》 1월 8일), 시 〈권두언〉, 논문 〈선禪과 인생人生〉(이상 · 《불교》2월), 논설 〈군축회의에 대하여〉(《신동아》 2월), 시 〈권두언〉, 논설 〈세계 종교계의 회고〉〈사법개정에 대하여〉(이상 《불교》3월), 논설 〈출발점〉(《회광》 3월), 시 〈권두언〉, 논설 〈신도의 불교사업은 어떠할까?〉, 잡조 〈문갈등〉(이상 《불교》 4월), 잡조 〈파쟁派爭으로 재분열한 천도교〉(《신동아》4월), 논문 〈동상〉(《시대상》 4월), 잡조 〈문갈등〉〈불교 신임 중앙간부에게〉(이상 《불교》 5월), 논문 〈손문은 어떤 사람인가?〉〈유대민족의 건국운동〉(《시대상》 5월), 시 〈권두언〉, 논문 〈신앙信仰에 대對하여〉(이상 《불교》 6월), 시 〈권두언〉, 잡조 〈문갈등〉(이상 《불교》 7월), 시 〈권두언〉, 잡조 〈문갈등〉, 논문 〈조선불교의 해외발전을 요망함〉(이상 《불교》 8월), 시 〈권두언〉, 잡조 〈문갈등〉(이상 《불교》 9월), 논설 〈교단의 권위를 확립하고〉(《불교》 9월), 시 〈권두언〉, 논설 〈불교청년운동에 대하여〉(이상 《불교》 10월), 논설 〈시베리아에 이동〉, 잡조 〈월명야月明夜에 일수시一首詩〉(이상 《삼천리》 10월), 기행문 〈해인사 순례기〉(《불교》 10월), 시 〈권두언〉(《불교》11월), 논설 〈석가의 정신〉(《삼천리》 11월), 수필 〈고난의 칼날에 서라〉(《실생활》11월) 등 발표.

1933년

유숙원 씨와 재혼. 시 〈권두언〉, 논설〈불교사업의 개정방침을 실행하라〉〈한글경 인출을 마치고〉(이상 《불교》 1월), 명구 〈새해의 맹세〉(《삼천리》 1월), 명구 〈나의 처세훈〉(《신동아》 1월), 시 〈권두언〉(《불교》 2월), 시 〈권두언〉, 논설 〈현대 아메리카의 종교〉〈교정敎政연구회 창립에 대하여〉(《불교》 3월), 동시 〈달님〉〈산 너머 언니〉〈롱籠의 소조小鳥〉(이상 《동아일보》 3월 26일), 시 〈권두언〉, 논설 〈불교연구회 창립에 대하여〉(이상 《불교》 4월), 잡조 〈한글 맞춤법 통일안의 보급 방법〉(《한글》 4

월), 잡조 〈권두언〉(《불교》 5월), 잡조 〈권두언〉, 논설 〈신러시아의 종교운동〉(《불교》 6월), 논문 〈선과 자아〉(《불교》 7월), 회고 〈시베리아를 거쳐 서울로〉(《삼천리》 9월), 논설 〈자립역행自立力行의 정신을 보급시키라〉(《신흥조선新興朝鮮》 10월) 등 발표.

1934년   9. 1 딸 영숙英淑 출생. 잡조 〈구차한 사랑은 불행을 가져온다〉, 논설 〈정신적 동요가 없도록〉(이상 · 《중앙》 2월) 발표.

1935년   심우장尋牛莊 지음. 회고담 〈북대륙의 하룻밤〉(《조선일보》3월 8~13일), 장편소설 《흑풍》(《조선일보》 1935년 4월 9일~1936년 2월 4일 연재), 논설 〈한 · 일공학제도韓日共學制度〉(《조선일보》10월 8일), 논설 〈문자비문자文字非文字〉(《선원》 10월 15일), 수필 〈최후의 오분간〉(《조광朝光》 11월) 등 발표.

1936년   7월 정인보, 안재홍 등과 경성 공평동 태서관에서 다산 정약용의 서세逝世 백년기념회 개최. 장편소설 《후회》를 《조선중앙일보》에 연재하였으나 신문의 폐간으로 50회로 중단됨. 잡조 〈천天〉(《조선일보》 3월 6~7일), 잡조 〈일日〉(《조선일보》3월8~9일), 잡조 〈월月〉(《조선일보》 3월 12일), 잡조 〈성한星漢〉(《조선일보》 3월 12일), 수필 〈봄〉(《조선일보》 3월17~18일), 수필 〈취직〉(《조선일보》 3월 19~20일), 수필 〈인조인人造人〉(《조선일보》 3월 21~26일), 시 〈산거〉〈산골물〉〈모순〉(이상 《조선일보》 3월 27일),시 〈천일淺日〉(《조선일보》 3월 28일), 시 〈쥐〉(《조선일보》 3월 31일), 〈일출〉〈해촌의 석양〉(이상 《조선일보》 4월 2일), 시 〈강 배〉〈낙화落花〉〈일경초 一莖草〉(이상 · 《조선일보》 4월 3일), 시 〈파리〉〈모기〉(이상 · 《조선일보》 4월 5일), 수필 〈모종신범 무아경暮鐘晨梵無我境〉(《조광》 10월), 잡조 〈손기정 선수의 소식을 듣고〉(《삼천리》8권 2호 2월) 등 발표.

1937년	3월 재정난으로 휴간되었던 《불교》지를 속간하여 《신불교》 출간. 장편소설 《철혈미인鐵血美人》을 《불교》 신집에 2호까지 연재하고 중단함. 논설 〈《불교》 속간에 대하여〉(《신불교》 3월), 논설 〈조선불교 통제안統制案〉(《신불교》 4월), 논문 〈역경 譯經의 급무急務〉(《신불교》 5월), 논문 〈주지선거住持選擧에 대하여〉(《불교》 6월), 수필 〈심우장설尋牛莊說〉(《신불교》 6월), 논문 〈선외선禪外禪〉(《신불교》 7월), 수필 〈영대永臺〉(《조선일보》 7월 20일), 논문 〈정진精進〉(《신불교》 8월), 논문 〈계언戒言〉(《신불교》 10월), 논문 〈제논의 비시부동론飛矢不動論과 승조僧肇의 물부천론物不遷論〉(《신불교》 11월), 잡조 〈산장춘묵〉 (《신불교》 10~12월), 논설 〈조선불교에 대한 과거 1년의 회고와 신년의 전망〉(《신불교》 12월) 등 발표.
1938년	논설 〈불교청년운동을 부활하라〉(《신불교》 2월), 논설 〈공산주의와 반종교이상反宗敎理想〉(《신불교》 3월), 논설 〈반종교운동의 비판〉〈불교와 효행〉〈나치스 독일의 종교〉(이상 《신불교》 5월), 장편소설 《박명薄命》(《조선일보》 1938년 5월 18일 ~1939년 3월 12일 연재. 미완), 논문 〈인내忍耐〉, 잡조 〈산장촌묵山莊寸墨〉(이상 《신불교》 7월), 논설 〈삼본산합의三本山合議를 전망함〉(《신불교》 9월), 논설 〈총본산總本山 창설에 대한 재인식〉(《신불교》 11월) 등 발표.
1939년	7월 회갑을 맞아 박광·이원혁·장도환·김관호 씨가 중심이 되어 서울 청량사에서 회갑연을 엶. 11월 《삼국지》를 번역하여 《조선일보》에 연재하다가 이듬해 8월 11일 중단됨.
1940년	논설 〈불교의 과거와 미래〉(《신불교》 2월) 발표.
1944년	6월 29일 심우장에서 영양실조로 입적. 유해는 미아리 화장장에서 다비한 후 망우리 공동 묘지에 안장됨. 세수歲首 66. 법랍法臘 39.

한국대표시인선집 만해 한용운

초판 인쇄 — 2005년 10월 5일
초판 2쇄 — 2011년 4월 11일

지은이 —— 한 용 운
펴낸이 —— 임 대 현
펴낸곳 —— (주)문학사상
주 소 —— 서울특별시 송파구 오금동 91번지 (138-858)
등 록 —— 1973년 3월 21일 제1-137호

편집부 —— 3401-8543~4
영업부 —— 3401-8540~2
팩시밀리 —— 3401-8741
지로계좌 —— 3006111
홈페이지 —— www.munsa.co.kr
한글도메인 —— 문학사상
E·메일 —— munsa@munsa.co.kr

잘못 만들어진 책은 구입하신 서점에서 바꾸어 드립니다.

책값은 표지 뒷면에 표시되어 있습니다.

ISBN 978-89-7012-713-2 04810
ISBN 978-89-7012-500-8 (세트)